爱那么短，遗忘那么长

林宛央 著

作家出版社

图书在版编目（CIP）数据

爱那么短，遗忘那么长 / 林宛央 著. -- 北京 ：作家出版社，2014. 6

ISBN 978-7-5063-7369-2

Ⅰ. ①爱… Ⅱ. ①林… Ⅲ. ①散文集 – 中国 – 当代 Ⅳ. ①I267

中国版本图书馆CIP数据核字（2014）第069854号

爱那么短，遗忘那么长

作　　者： 林宛央
责任编辑： 王宝生　田小爽
装帧设计： 姚姚设计工作室
出版发行： 作家出版社
社　　址： 北京农展馆南里10号　　**邮　　编：** 100125
电话传真： 86-10-65930756（出版发行部）
86-10-65004079（总编室）
86-10-65015116（邮购部）
E-mail:zuojia@zuojia.net.cn
http://www.haozuojia.com（作家在线）
印　　刷： 北京凯达印务有限公司
成品尺寸： 143×208
印　　张： 8
版　　次： 2014年6月第1版
印　　次： 2014年8月第2次印刷
ISBN　978-7-5063-7369-2
定　　价： 32.80元

长的是磨难，短的是人生

剪一枝春光供清瓶，偷一晌贪欢，饮茉莉香。托底盖碗白细瓷小茶杯里，茉莉花瓣徐徐绽放，氤氲出几道香雾，在春寒料峭的窗户上，用细碎香味画出时光的窗花。翻开一本老书，在旧时光的流年似水里，从弄堂中传来几声叫卖吆喝，九曲十八弯，阳光一下子醒了过来，浅笑，将身子倚在镂空雕花靠背老式椅子上，觑着眼，看光影在脸上折射出一段一段故事，书写一个传奇的名字——张爱玲。

我想她应该是这样的女子。

在春梦无痕的清晨，打着哈欠，翻个身，从水红色锦缎被子中爬起，穿上松松垮垮的丝质睡袍，边走边随手将头发绾出一个发髻，然后冲一杯浓浓的摩卡，站在小小阳台，斜倚着窗户，闲闲地看着成双的鸟儿在窗棂上打情骂俏，眼神让人捉摸不定，三分萧索，一分温暖，然后嘴角往上一提，呷一口咖啡，算作一天的开始。那嘴角的一提里，有笑意，有戏谑，甚至有几分无奈。

阳台上的一时三刻聊以闲情。张爱玲这样的女子自然是极致的。也许她会在享受完早晨的面包、咖啡与清闲之后，在镜子前看看自己清冷的面孔，然后转身拉开衣柜。红色，是高跟鞋；紫色，是立领纽扣开衩长旗袍；卡其色，是流苏针织大披肩；宝蓝色，是细碎水钻闪耀的手拎式皮包。

凝神想了想，记下了每一个颜色。回头却步，坐于梳妆镜前。该以怎样的姿态来完成这一项每个女人都会经历的过程。深棕色古木椭圆梳妆镜里，她微张的嘴唇和半张半合的眼睛里，藏着万种风情。她懒散地如一只猫一样斜靠在椅子上，跷着女士优雅的二郎腿，右手前探，拿起细细的眉笔，娴熟地用细长的手指在眉毛上刻上岁月悠然的痕迹。那眉色如她的心情一样，黯黯的，哑然的，带着爱情失意的忧伤，都缘自有离恨，故画作远山眉。

粉饼盒里，浅咖的脂粉，淡红的胭脂，血色一样浪漫的口红，一样一样装扮出她独特的美丽。只是，遗憾，少了那个人，立于身后，呵手画梅妆。只是，可惜，那个一生难求的知己早已散落在天涯，“妆罢低眉问夫婿，画眉深浅入时无”的甜蜜浪漫于爱玲而言不知在何年何月何时已经成为一种奢侈。

也罢，孤标傲世携谁隐，孤芳自赏，虽然寂寞，但心内不荒芜，一样可以独步天下，也许正是因为那一杯寂寞的烈酒，酿就了旷古的文学奇才——张爱玲。

妆罢，将衣服一件件摆在那张大大的双人床上，紫色，上了身，又消失；绿色，戴在了手上，又拿掉；衣服拎起了，又扔掉，一件一件试过，直到看到那个满意的自己，然后拎上自己最喜欢的包，将里面塞满口红、眉笔、胭脂、水粉，披上披肩，踩上高跟鞋，左转几圈，右转几圈，笑意从嘴角蔓延到眼梢。转身，出门，笑容却凝固了，该去找谁呢，寂寞爱玲，寂寞心。

女为悦己者容。终于又退了回去，扔掉披肩，脱掉大衣，统统甩到双人大床上，面前的大衣柜子里袅袅生出了几分怨气。燃起第一炉香，点一支女士香烟，烟雾缭绕里，那些一晃而过的忧伤才不会被察觉，其实又有谁来察觉呢。

太阳一点点升了起来，阳光和烟幕让公寓里的镜子也变得影影绰绰。她坐在角落里，虽然眼神孤傲，却怎么也不敢看那镜子，在镜子里一切都是成双的，影也是成双的影，欢喜是成对，寂寞也是成对。什么都是有两个，一个实，一个虚，一个真，一个假。甚至那咿咿呀呀的留声机的歌声都是带双音的，唱针磨平了头，走着双道。梦是醒的影子，暗是亮的影子，都是一半对一半的。

她开始怀念那些忐忑地等待着一个人的日子，看光影从这面墙上移到了那面墙上，看光影从晒台爬过，一点一点移到床脚。她想，人们总说光阴、光阴，其实那就是光影啊。岁岁年年的好光影才合成了这些好年景。

等待，让日子变得有所期待。等待，让忧伤的心情变得美好……

等待，让我在岁月的长河里，一点点看清那个我喜欢的女子，尽管她一直那么刻意地掩饰着自己，用骄傲收拾好自己所有的心情。

可是，拨开心雾，你能看到的是那个脆弱易伤的爱玲，是那个感性真实的爱玲。

所以，她才会说，爱一个人可以很低、很低，低到尘埃里又开出花来。为了爱过，她亦可以咬牙自个儿承受起一切，永不言悔，孤傲地抬着头继续前行。她的心愿亦很卑微，只是希望可以和他平淡永久地相濡以沫，犹如世间几万年来痴心等待的女子，然而却不得。

她清绝出尘，清高自许，在面临爱情的时候，却一反常态，她比她的文字还要讳莫如深，却远没有她的文字清醒。如果在那一场民国恋爱里，她能像她笔下的女子一样，有那么一丝的城府和自私，也许，便不会有之后的漫漫长夜寂寥心。

大红喜帖里，低调到不能再低调地写着："胡兰成张爱玲签订终身，结为夫妇，愿使岁月静好，现世安稳。"只是，在那个动乱的年代，岁月，焉得静好？现世，如何安稳？

她的心愿在炮声中一点点落幕，兵荒马乱的岁月里，一段美好的爱情都无处藏身，更何况错付一生的虚妄而无望的爱呢。她的一腔情意终是被那个人、那段年华辜负了，原来，往往越是绚烂的开头，越是凄凉的结局，越是卑微的心愿越是被现实碾得粉碎。这个世界带给我们的只有那么多，占尽了天华，就不可能占尽地利。

爱情在某个时刻遗忘了爱玲，但生活从未抛弃她，不论何时，不论何种境遇，爱玲她从来都是那个骄傲行走在人间的女子，我佩服这个真实的女子，就像我会情不自禁地喜欢那些为爱而生的人，那些为爱勇敢、为爱守候的人，在兵荒马乱的时代里和纸醉金迷的社会里，都是最难能可贵的财富。

她为爱人抛却名利，不计前程。她甚至连名分和家人的祝福都不要，她亦不在乎万千世界的质疑和唾骂，只为了能和那个自以为可以执子之手的人在一起。她以为从一无所有才能走到万物皆生，谁知这情意只是世事生计里的镜花水月，经不起一点风吹草动。那个她倾心所选的男子，根本担当不起她哪怕卑微的心愿和真挚的情意。

终于，她只能猝然放手，决绝离弃，孤独地秉承他带给她的多舛命运。此后，她的光辉一点点褪了下去，黯淡成大红帖子上那淡淡的金箔。

然，那又如何？四面楚歌怎么样，天理不容又怎样？她爱了，她嫁了，她要做她喜欢做、愿意做的事情，哪管世人诽谤。从来都是别人拜她，读她，追慕她的世界、她的心灵、她的脚印，她才不要理会别人。

洗手净指甲，做鞋泥里踏。

她不仅真实，同样坦荡。

胡兰成在《今生今世——民国女子》里说她是清绝出尘的临水照花人。我想，张爱玲至今依然被世人膜拜，不仅仅是她在文学艺术上的至高造诣，同样艳绝的还有她弥漫在骨子里的风情万种、特立独行。

如果说人淡如云的民国女子林徽因是一朵幽兰开山间，那清高出尘的张爱玲则是一株荼蘼开到花事了，带着一丝让人窒息的艳与伤。多少年来，她犀利而苍凉的眼神与文字几乎成为了上海的代名词。

她说倾城之恋，于是人们就用一座城来彪炳她的风华绝代。而我，同样被她倾倒，奢望，用一支笔，用自己和她的两心关照，照出一个真实的张爱玲；奢望，那些上世纪三四十年代的旖旎风光和爱玲的一粥一饭，一颦一笑，能在文字的回忆里再一次还魂。张爱玲这样的女子，与其用秃笔画就，倒不如还原一个中国奇女子的生活原景，让她自己活动其间，舒展生命，徐徐然让我们读清，读懂，看张的过程其实亦是张看。其实，又有什么可计较的，长的是磨难，短的是人生。

名家评价

张爱玲的小说艺术，像神话一般，经过一代代的海峡两岸作者和读者的爱戴、诠释、模仿、批评和再发现，而永垂不朽。

——李欧梵（国际知名文化研究学者）

张爱玲的散文在自我的表达上清晰而直接，仿佛从文字的迷雾中现出真身，从幕后走到台前。惟有小说才是张爱玲的意义。所以，认识的结果就是，将张爱玲从小说中攫出来，然后再还给小说。

——王安忆（中国当代著名女作家）

张爱玲的一生，就是一个苍凉的手势，一声重重的叹息。

——叶兆言（当代著名作家）

人人仿佛张爱玲。

——王德威（美国哈佛大学教授）

张爱玲当然是不世出的天才，她的文字风格很有趣，像是绕过了五四时期的文学，直接从《红楼梦》、《金瓶梅》那一脉下来的，张爱玲的小说语言更纯粹，是正宗的中文，她的中国传统文化造诣其实很深。

——白先勇（当代著名作家）

在一个低气压的时代，水土特别不相宜的地方，谁也不存什么幻想，期待文艺园地里有奇花异卉探出头来。然而天下比较重要一些的事故，往往在你冷不防的时候出现。史家或社会学家，会用逻辑来证明，偶发的事故实在是酝酿已久的结果。但没有这种分析头脑的大众，总觉得世界上真有魔术棒似的东西在指挥着，每件新事故都像从天而降，教人无论悲喜都有些措手不及。张爱玲女士的作品给予读者的第一印象，便有这情形。

——傅雷（著名文艺评论家）

我读张爱玲的作品，觉得自有一种魅力，非急切地吞读下去不可。读下去像听凄幽的音乐，即使是片段也会感动起来。她的比喻是聪明而巧妙的，有的虽不懂，也觉得她是可爱的。她的鲜明色彩，又如一幅图画，对于颜色的渲染，就连最好的图画也赶不上，也许人间本无此色，而张女士真可以说是个“仙才”了，我最钦佩她，并不是瞎捧。

——苏青（与张爱玲齐名的海派女作家的代表人物）

天下的文章谁敢这样起名，又能起出这样的名，恐怕只有个张爱玲。张是一个俗女人的心性和口气，嘟嘟嘟地唠叨不已，又风趣，又刻薄，要离开又想听，是会说是非的女狐子。

——贾平凹（当代著名作家）

以“质”而论，实在可同西洋现代极少数第一流作家相比而毫无愧色。隔些年读《秧歌》、《赤地之恋》，更使我深信张爱玲是当代最重要的作家，也是“五四”以来最优秀的作家。

——夏志清（中国文学评论家）

【目录】

第一章 我有一个家

不凡家族

不凡家族（我没赶上看见他们，所以跟他们的关系仅仅只是属于彼此，一种沉默的无条件的支持，看似无用、无效，却是我最需要的。他们只是静静地躺在我的血液里，等我死的时候再死一次。我爱他们。）

“哇”一声婴儿的啼哭如暖瓶迸裂般响起，响彻在上海一座美丽的大宅子里。那是上海公共租界西区的麦根路 313 号张爱玲的家。1920 年，在中国经济还没有大发展的年代，这一幢建于清末的仿西式大宅子，简直就是豪门家族的别墅，对于一般老百姓而言，简直是无法企及的。当然事实本来如此，无需议论，传奇女子张爱玲的确是出身豪门。不管是她的祖父张佩纶，还是她的曾外祖父李鸿章，在当时都是时代名人，即使对滚滚红尘和凝重深厚的历史而言，他们也有着自己独特的地位，有着时间消逝也无法流逝的记忆。

姑且不论出生在这样的家庭究竟是幸或不幸，但无可否认的是，这个豪宅和他们身上流淌的血液，都赋予了这个女孩子与生俱来的高贵，甩也甩不掉，如一枚朱砂痣，是刻在血液里，生生不息的，这就是家族的印记，是血脉的力量。我想这一点，即使孤僻如张爱玲也是无法否认的，正如她在自传体小说《小团圆》中所言，“她爱他们，他们不干涉她，只静静地躺在她血液里，在她死的时候再死一次。”虽然她并没有见过他们，但大抵也只有那种唇齿相依的深深眷恋才会有这样的感觉吧。于是，终于，带着那耀眼却也阴郁的光芒，她施施然走来，在九月梧桐细雨的日子里。

9 月 30 日，一个月的最后一天，在人们整理完了一个月的情绪，在银子进进出出终于出了个账目，在新的苍绿夹袍外面要加上一件深色斗篷的时候，她也来了。那个时候，夏天刚走，冬天未至，上海的空气已然不那么燥热，梧桐树里散发出一阵阵清凉的风，带着香味的让人若即若离的风，吹散了忙碌一天的用人的疲倦，从早上到晚上，他们左进右出，一趟又一趟地穿梭在这个大宅子里，只为了迎接这个宅子期待已久的一声新生儿的啼哭。她清亮的眼眸，脆生生的啼哭，打破了这个大宅子沉寂已久的安静，如一只美丽的夜莺划过黎明时刻最黑暗的天空，惊世骇俗，清绝出尘。

出尘，然后轻轻拂去了黄逸梵心上那一层厚厚的尘埃。她从老妈子手里轻轻接过自己的第一个孩子，微微笑了。想象着以后她会一点一点成为自己心目中那个乖巧伶俐的西方贵族淑女模样，她把她抱得更紧了一些。匆匆从外赶回来的张志沂，穿过一扇又一扇门，一路小跑到自己的屋子里，看着自己喜欢的女子抱着他们的孩子，看着女儿在襁褓里晃动着眼睛，刹那间幸福和感动积聚在胸口，良久说不出话来，只是紧张地走来走去。屋子里很静很静，风一直吹，在窗户边结出一股小小的力量，卷起满屋子的祥和，轻飘飘地离去了。那时，爱玲还什么都不懂，却只是为这种感觉莫名欢喜着，所以不哭也不闹。

什么感觉呢？多年后，在脑海里不停寻找，爱玲想，原来这就是爱。

只是这爱，在这个宅子里，在她所知道的岁月里，总是来得快，去得也匆匆。于她父母如是，于她亦如此。所以她快乐恣意的童年时光，也因父母爱的消散而一去不复返。存在她脑海里让她久久不忘的温暖竟是祖父祖母的爱情。

张爱玲的祖父母感情好，这好像已经成为家族中人的共识，祖父张佩纶在日记里亦写到他和张爱玲祖母李菊耦持螯对饮，下棋品茗，还合著武侠小说《紫绡记》及食谱一部，虽然在张爱玲眼中，那小说枯燥无味，食谱也乏善可陈，但旧时婚姻，能够如此和谐美好，已经难得，所以，当姑姑张茂渊告诉她说“我想奶奶一定不愿意”的时候，张爱玲简直听不进去。

因为在她的心中，那样的时光是那么的恬淡美好，几乎让她想到了古人笔下“赌书消得泼茶香”、“何当共剪西窗烛”的景象。倚在窗边，听细雨潺潺，看着《孽海花》里他们的悲悲喜喜，她就仿佛顺着一只小舟一路漂到了江南的水乡梦境，炊烟袅袅，桃花映水，夕阳飞过石桥，在嘴角牵起美丽的弧度，一支竹篙摇啊摇，摇来一轮金黄的明月，羞涩地爬过树梢，西厢里，不知谁家女儿，正将一对蝴蝶织就欲双飞。

她蓦然想起“现世安稳，岁月静好”这样的字眼来，想来也不过如此吧。多年后，当她再想起这样的场景时，有个男子执笔，为她写下同样的话来，她痴痴地梦着，却原来也不过只是镜花水月一场，终敌不过命运的流离，原来即使一往情深，不知情之所起如杜丽娘，也不是人人都碰得到温良男子柳梦梅。如花美眷，似水流年，于爱玲而言，那一场盛放只不过是姹紫嫣红开遍，都付于断井颓垣。

此后经年，她将只是萎谢了。

然后，再冷眼看祖父祖母的故事，她开始猛然惊醒，当年姑姑那一句大煞风景的话未必不是事实，而他们二十多年的恩爱，也不全是诗情画意，那些柴米油盐酱醋茶的琐碎烦恼，只是爱玲自己轻易地屏蔽了。

她开始恍然大悟，爱情里，轰轰烈烈终不如细水长流。而天长地久，海枯石烂，原来是那么容易枯掉。她也愿意开始相信，也许祖母李菊耦在最初也和所有的古代女子一样，逃不过父母之命、媒妁之言的爱情命运。偶尔，张爱玲想起胡适说："中国的女人，都应该姓'碰'，她们的幸福，完全决定于她们的运气，碰到什么就是什么。"真的是丝毫不差，那种自由恋爱、约定终身的桥段只会发生在故事之中，便是祖母这样的相府千金，也只能在深闺之中听天由命。

所以晚年，在《对照记》中张爱玲一改往日笃定的态度，通过祖母婚前婚后的照片变化，隐隐透露出他们这段婚姻的身不由己。她说，从十八岁到四十七岁，祖母的服饰发型几乎没有变化，只是十八岁的脸上忍着笑容，张爱玲猜她大概笑钻在黑布下面的摄影师，四十七岁的脸庞依然很美，却沉静得仿佛只是一抹微光，无人知晓内心沉浮。

是的，我不否认李菊耦的感情从一开始就被规定了，但我也必须承认她还是幸福的，她主动配合她那被规定的婚姻，一路走下去，应该说，她做得很好。因为她的表情完全没有悲苦女子脸上的愁苦，亦没有命运颠沛流离的凛冽，我想，至少用张爱玲渴望的“现世安稳”来形容她祖父祖母的婚姻，绝不为过。

而，爱玲，显然，时光还在静静走。

周岁故事

周岁故事（爱一个人爱到管他拿零用钱的程度，是个严格的考验。）

新生的喜悦在大宅子里无限蔓延，不管是太太们还是仆人们，也都在为这无限喜悦而忙碌着。爱玲是张家的第一个孩子，遵照礼数和传统，一样一样的程序都要走过来。三朝洗儿、满月礼、百天礼等等，在爱玲刚出生的这一段时间里，宅子里几乎每天都是宾朋满座。有的很喜欢抱抱她，有的想逗她笑一笑，奈何爱玲就是这样一个倔强的孩子，任凭你怎么样热情，就是一副若即若离的态度，并不那么听话。只用一双骨碌碌转的眼睛打量着这个世界，打量着她身边的人群。这也让我开始有点相信，人身上的某一种性格，也许真的是从出生的那一刻起就已经注定，一如爱玲的冷冷清清。

但热闹，在这里，总还是要一轮一轮上演的。又到了一年中，秋风起，荷花落，菊花绽放的季节。爱玲的生日，人生中第一个生日也伴随着秋风吹到了张家大院里。

那一天，在爱玲模糊的印象里，格外的忙碌。一大清早，她就无法享受她本该有的懒觉时光了，而是早早地被奶妈摇醒。外面，秋风渐起，吹来些微的凉，小小的襁褓和奶妈的怀抱都是那么温暖，她有一点点的留恋。可是，看着一大堆人在外面给她准备新衣服，她又莫名地兴奋起来，新衣服的魔力诱惑总是任何事情都无法抵挡的，所以，她只在那温暖的怀抱里靠了一下，就钻在新衣服里，开始自己崭新的一天。

刚被母亲抱出屋门，大堂里，已经坐着好多陌生人，她的七大姑八大姨，叔叔伯伯太爷太奶……哦，混乱得让她有点无法想象，人，为什么总是要和那么多的人相处，不能只和自己喜欢的人来往，或者遗世而独立呢。小小的她显然不明白，但是长大后，那些从小刻在骨子里的东西还是萌发了，她最终还是选择了遗世而独立。甚至连死亡，人生的最后一刻，也要寂寂的，不与任何人告别，与她出生时的热闹和风光恰恰相反，但，我想，也许那正是爱玲所渴望的。因为，本来无一物，何处惹尘埃，若，回归灵魂深处，就还给这糟烂的世界一个躯壳，让纯净随灵魂而去。

躯壳还在，周岁时候的故事正在民国时期华丽上演。拜了亲戚，收了贺礼，在家长里短几句之后，就已经快要到晌午时分了，照例，小寿星是要吃长寿面的。但是，在吃面之前却有一个非常重要的仪式——抓周。这是一个传统的诞生礼仪，既是对生命延续、顺利兴旺的祝愿，也具有一定的家庭游戏性质，饱含了中国人以育儿为追求的信仰，又可以预测小孩的前途和性情，因此，上千年来这个习俗一直被沿用。

在张爱玲这样的豪门大族里，抓周之礼更是讲究。别的不说，单看《红楼梦》里贾宝玉的抓周盛况就能了解其一二。只是贾宝玉抓了个脂粉之物，因此让贾政很不高兴。而，爱玲，她的抓周同样具有戏剧性。

床前，早已经布置好道具，陈设了一个大案，上面摆着经书、笔、墨、纸、砚、算盘、钱币、账册、首饰、花朵、吃食、玩具、炊具、缝纫用品、刺绣用具等等。奶妈将她从里屋抱出来，让她坐在一把老式靠背雕花棕色藤木椅上。没有人说话，也不会有任何人去诱导她，大家都静静等待着她自己人生中的第一次选择。一开始，爱玲坐在那里，不愿意动，很纳闷为什么那么多人看着她，自己又不是猴子，他们也不是看大戏的，可是，父亲母亲都那么温柔地看着她，面带笑容，那种恬淡是爱玲长大后再不曾见过的。她也笑了，看着一案子的玩具，心里痒痒起来，小小的胳膊往前探啊探，终于，拿起了一样东西。

一旁观看的大人，看到小爱玲拿起的东西，都笑着鼓起掌来。但是，关于张爱玲究竟拿的是什么，她和自己的母亲又产生了很大的分歧。爱玲的母亲黄逸梵女士坚持认为爱玲抓的是笔，但爱玲显然并不认同，并且丝毫不给自己的母亲面子，同样坚定地认为自己拿的一定是钱。当然，现在事情已经过去了一个世纪，没有太多的人会关注一个离自己那么遥远的人在抓周的时候究竟抓了什么。因此，在张爱玲身上，爱钱还是爱才就成了一个问题。但，如果客观地来看，我想，我会选择支持她的母亲。一来，当时爱玲年纪太小，一岁孩子的记忆，总是模糊的，甚至是没有的。二来，如果抓周这个事情，真的可以预测一个人的前途的话，那么，我也坚定地认为，文字，是爱玲一生光芒所在。尽管，她这一生，在其他领域也颇有建树；尽管，她自己总是无比骄傲地宣称，她爱钱，因为她没有吃过钱的苦，只知道钱的好处。

但褪去所有的表象，看穿她的文字，看穿她的灵魂，你却能察觉文字在她的手里被还了魂，再细微平凡的感觉，在爱玲的文字里，亦是字字惊心，句句惊艳的。那些被隐藏的小心思，那些藏在善良里的小魔鬼，在她的面前，无处遁形。她对人性的通透，对世间百态的观照，简直是叫人惊无可惊的。文字在她这里，才是真正有了生命，直钻进人心里去的。对文字，她并不是经历，更不是经营，而是天分。她的母亲说她应当更多地去经历些事情，因为小说不能光靠想象。我当然赞同，但也有点自以为是地认为，小说在爱玲这里，哪怕只有想象，也是好的。

时光之书，不停翻阅，阅尽千年历史，找寻那些美丽的身影。在文字的历史中，女作家们有以机智聪慧见长者，有以抒发情感著称者，但是能将才与情完美结合的，在我心中却惟有李清照与张爱玲。李清照的作品，或清新俏皮，或深沉忧郁，但都是带着自身经历的，得以深入人心和自己的心，却始终无法超然物外，她的幸与不幸全都在她的文字里，躲也无处躲，藏也无处藏的。

而张爱玲则是世俗的，但是世俗得如此精致，让人禁不住击掌赞赏。读她的作品你会发现她对人生乐趣的观照真是绝妙！对爱情中男女的心理更是把握得准确而妙趣横生，而那时，她几乎还不知道爱情的滋味。她的作品充满了浓郁的上海小资风情，她总是在作品里和你拉家常，却又保持着若即若离的距离，你永远无法在她的作品里看透她的喜怒哀乐，但她却在万水千山之外将你的心情刻画得淋漓尽致。所以读她的文字，就像在一路收藏自己的点点滴滴，总有那么一个故事，是自己的十八春。总有那么一些心情，让你忍不住也要喊出来，世钧，我们回不去了，再也回不去了。于是，你那么想去靠近她，而她却消失在天边以外，惟留文字心香一瓣。终于，你只能膜拜，爱玲，这世间穿山越岭亦无法相见的知己，这人世高山流水亦不得相换的文字天才。

而关于金钱，我想，如若此刻爱玲看到这个字眼，一定是雀跃的。她也许会跳起来，和姑姑、和炎樱大谈钱的好处，然后，被姑姑半开玩笑地奚落：我们张家怎会生出爱玲这样的人来。言外之意，自然是说，张家这样的大家，怎会有她这样对钱斤斤计较的人。她当然不会生气，她甚至会高高地抬起头来，一如她往昔的态度，高傲地宣称自己不过是小市民一个，没什么大不了，全然不顾自己贵族之后的身份。

但，正是这样一个自称爱财如命的小市民，却让我从心里欢喜。因为她的爱财是真正的取之有道。也许，在那个刚刚处于启蒙的民国时期，在那个女人还要依附着男人生存的时代，并不是所有人都理解那种靠自己双手挣钱的愉悦感，尤其是对于一个女人而言。但，姑姑张茂渊却是一定会明白的。因为她们是同样的人。

张爱玲的另一个好朋友苏青曾自嘲："这个屋子里没有一样东西是靠男人买的。"但，转念一想，她又觉得悲凉，因为这并不是一件值得骄傲的事情。那个年代，风云变幻的大上海，流光溢彩的大上海，周璇燕语莺声地唱着《天涯歌女》，咿咿呀呀碎了多少人的梦，醒了多少人的痴。阮玲玉在银幕前、舞台上笑语盈盈，泪珠涟涟，一杯红酒，摇晃着欲语还休的爱，张爱玲在传奇世界里，恣意泼墨，留下几段痴缠爱恨，她们都疯狂地爱着。高脚杯，紫红浴袍，留声机，锦缎旗袍，张爱玲喑哑地说，生命是一袭华丽的袍，里面爬满了虱子。于是，她们终于又无可奈何地落寞着，几近绝望。满屋子的华丽，是自己挑起生命的绣线，循着爱的踪迹，密密缝织。却没有有情人，执手相看，凭栏相望，满屋子的华丽，没了爱，也不过是一只只快要死亡的虱子，竭尽己力在呐喊。而，一群呐喊的虱子，当然没什么可骄傲。

但又是骄傲的。

因为，她们的每一个奇迹都是自己创造的。她们的每一点小成就，都是用自己的努力换来的。每一个字里，每一首歌里，每一个步伐里，都有着她们的理想和她们的风华绝代。不管是苏青还是张爱玲，她们都用文字和敏捷的才思燃烧了自己的一生，也绽放了无与伦比的美丽。在那个女性价值还没有完全解放的年代，她们就已经可以完全靠自己而支撑起自己的人生，甚至是整个家庭的人生。也正因为如此，她们也才会那么精确地展现出她们在人格上和爱情上的完整独立性。这让我又一次想起“经济基础决定上层建筑”这句话来。也许这才是古代甚至上千年以来男女不平等的真正原因。也是为什么在古代，男子可以三妻四妾，而女子必须从一而终的本质。

因为金钱和价值，让人有了行使权利。

所以，我钦佩爱玲这样的女子。因为即使在那个动荡飘摇、身似浮萍的年代里，她们亦完全不用依赖任何一个人而生活。

而这，本身就是一件足够让人骄傲的事情。

而张爱玲所谓的爱钱，其实亦不过是人情与钱财的两不相欠。即使是挚爱如胡兰成，信任如姑姑，亲切如母亲，她从心里也不愿意欠着他们。因此，她那么急切地要把攒下来的钱还给母亲，也那么迫不及待地在与胡兰成分手多年后，将自己写电影剧本赚来的钱还给他，作为两人感情最后的、干干净净的终结。

所以，她才会说，爱一个人爱到管他拿零用钱的程度，是个严格的考验。

恰是如此。

就这样老去

就这样老去（凡是牵涉到快乐的授受上，就犯不着斤斤计较了。较量些什么呢？——长的是磨难，短的是人生。）

夜色，已经很深了。天空，泛着点点星光，月亮也已经有了困意，懒洋洋地躲在皎洁星光之中，发着不明不暗的光。床头前，镂空式立体小台灯发出橘色的光芒，照出屏幕前的另一种明月光。那些娟秀的小楷字也都有了少女的春困，一个个恹恹的，我却没有丝毫的困意，呷一口已经有些凉掉的花茶，看着透明玻璃杯子里，茉莉花瓣徐徐地打着卷，散发出独特的茉莉香味，想起张爱玲的那一炉苦涩的茉莉香片。旧时代的记忆一下子涌上心头，那些泛着黄的老胶片，那些卷着毛边的大部头的书，那些有点呛人的大烟壳的味道，那些蘸着浓墨，一笔一画书写的传奇，拼凑出他的真实。

张志沂。爱玲的父亲。

深夜里，写到这对父女的故事，总是有些黯然的。尽管他们之间的那些回忆再不愉快，但那父女天性中就有的美好，还是会让很久未见父亲的我，想起来，也有些落泪的冲动。

我想，我该是和张爱玲一样的，并不算拥有太多父爱的人。她的失去是因为父母的离异。而我的缺失，则恰恰是因为爱。因为爱，因为家庭的责任，父亲常年在外，我们都是跟着母亲长大的，因此，童年时期，对于父亲的记忆太少太少，直至现在我都记不清楚童年时我和父亲相处的岁月。那一段时光，仿佛被屏蔽了一样，任我怎么回忆，我还是回忆不起。所以，每一次，当看到书中那些父女在一起的片段，不论美丽亦或忧伤，我总是羡慕的。想念，让我和父亲的距离更近了一些。离父亲更近，我才能越来越理解那时候的张志沂。

人们常说，女儿是父亲前世的情人。这话，放在别人身上未必适用，但在爱玲这里，却是再恰当不过。张爱玲的小说《心经》，讲述一个女孩子和自己的父亲相爱，热烈到惨烈的感情，张爱玲偏偏用清淡的笔调写来。仿佛世事都不关己。故事的最后，父女二人最终分崩离析，从默契融洽，到分道扬镳，几乎是在一瞬间，好像一只曾经精美的瓷瓶，被摔碎在地，光弧划过，碎片飞溅。张爱玲和她父亲，各自掉头走开，却在别人无法注意到的瞬间，拾起残瓷一片，珍藏在心，即便被那棱角划得伤痕累累，但是，仍然无法舍弃，从残片上，他们体会它旧日的美。

当张爱玲和张志沂辗转于各自的人生路途上时，想到生命里的那个人，是否各有各的委屈与芥蒂，其间的酸楚难言，倒跟爱情有点相似。创伤多半因为爱而不是不爱。

在最初，她的快乐丝毫不比别人少。

父亲应该是张爱玲生命中的第一个知音。张爱玲从小就能文善书，展现出她在文学上的天分。父亲张志沂从小接受的是古典文化教育，自是个中好手。英文、中文又都精通。他比一般人更早地发现女儿在文学上的早慧。在她追求天才梦的道路上，步步牵携。他认真阅读张爱玲所有的文字，和她畅谈《红楼梦》及古典名著，张爱玲对高鹗的续作大加抨击，张志沂也颇以为然。后来张爱玲写了一部《摩登红楼梦》，非常无厘头和混乱，张志沂不仅能看下去，且细细为女儿的文章拟出回目来。后来，张爱玲在《对照记》中回忆起这一段往事，评价说这个回目非常像样，想必这“像样”也是张志沂用了心的缘故。

我始终记得《小团圆》中，张爱玲有一回描写她和父亲一起去一位亲戚家，临走前，爱玲偷偷藏了起来，他满屋子找她的场景，当他发现爱玲只是悄悄躲起来时，他亦没有多加责怪。他不是不爱，只是他的爱，婉转无言，笨拙倔强，她也不是不懂，只是那时候年轻气盛，不懂得慈悲与温和。

很多年之后，张爱玲在美国，写文回忆父亲带她去买点心的往事，她要小蛋糕，他总是买香肠卷，她偶尔也会尝一只，那年在多伦多，她看见类似的香肠卷，一时怀旧起来，买了四只，却不是那个味道了。浅淡的文字间，即使是在她的不愿表达里，也透出了自己对当年这对父女好时光的怀念，原来他们也曾经那样亲密温馨过。

成年后，历经岁月洗礼，经历悲欢离合，终于不再那么凌厉的张爱玲也许同样看懂了父亲曾经的殷切之爱。所以不管是在《小团圆》里，还是《对照记》里，她的回忆，终于变得温和起来，而不像《私语》时，那样的杀气腾腾，剑气逼人。这一点，恐怕张志沂也想不到。他们最后的结局，竟是回到了最初时的明亮动人。

然而，所有的美好，都在十岁那一年被渐渐抽离。

如果追溯更久的话，应该是在1924年张爱玲四岁的时候，这些美好就已经和他们父女分道扬镳。

1925年，婚后的第十个年头了吧。那些年，张志沂遗少的作风渐露，开始吸食鸦片和逛妓院。原本宁静安然的家里开始变得乌烟瘴气，那一年，张爱玲的母亲忍无可忍，终于选择了离家出走，出国留洋。

年仅四岁的张爱玲从此失去了母爱，而父亲，在母亲离开后，每天更加醉生梦死。鸦片让他失去了清醒的意志，曾经一度，他差点因为这些东西，而失去了生命。张爱玲对父亲的爱，在这烟雾缭绕中，终于也渐渐看不清。幼小的孩子，虽然不言不语，却在心里将父亲的不争气和母亲的太新派轻而易举地分开。

1928 年，张爱玲八岁，母亲在父亲的恳求下，心软了，回国，想要重新开始经营自己曾经美好的家园梦。原本，他们是有机会，重新回到过去的，原本张爱玲是有机会重新找到父爱和母爱的。

然而，这个梦，张爱玲精心编织的梦，却被父亲的鸦片无情地打碎了。1930 年，张爱玲的母亲再度出国，这一次，她彻底放弃了她年轻时候的爱情，放弃了和张志沂十多年的夫妻情分。

充斥着腐朽的封建社会习气的家，让她找不到任何留恋的理由，这个一生都在追求自由的女子，终于放下了这个家。

十岁的张爱玲开始和继母一起生活。那日子像噩梦，充斥了她本应该轻快恣意的少年时光。梦里，是穿都穿不完的继母的旧衣服；梦里，是她每回立在父亲床榻前，开口要学费时继母嘲笑的语气以及父亲为难的神情。

梦里，是她十八岁成人礼时，她从父亲那里所接受的毒打。那一顿夹杂了张志沂各种感情的毒打，像是《情深深雨濛濛》里陆振华鞭打在陆依萍身上的鞭子，一鞭一鞭，在她身上留下了无法愈合的伤口，也鞭打走了他们父女之间原本该有的亲情。他以为，终有一天，她能明白一个父亲的心，然后她会在某一个春日阳光明媚的午后，重新握起他的手，那时候他已白发苍苍，换回自己的女儿给他说那些曾经他讲过的故事。然而，最终，他还是没有等到这一天，这个在倔强下疼痛的女儿，这个不善于表达的女儿，在亲情面前，始终说不出我爱你那最简单的三个字。

这一顿毒打，让张爱玲终于下定决心，离开父亲，离开这个噩梦一样的家。1938年，张爱玲从张家大宅子里逃了出来，和母亲姑姑住在一起。从此，她的生命里，父亲这个词越来越模糊，薄凉到连回忆里都带着一些漫不经心。

那些梨花似雪、晨鸟歌唱的日子，就这样不见了。童年的矮墙下，那株梧桐早已高过屋檐；午夜的月光下，那一支燃起的红烛，也早已只留下期期艾艾的红泪。那些有着蝉鸣蛙叫的夜晚，他为她拟定的红楼回目，又该由谁来继续拟下去？岁月总是趁人不备的时候，渐渐地爬满你我的双肩。童年那场惺忪未醒的梦，终究支付给了流年，惟有光阴如影相随，至死不渝。

她应该是没有想过还会再见到父亲的。从那一天，她从那个宅子里逃走，她就做好了壮士断腕的决心。然而命运，偏偏就是这样的巧合，亲情是今世前生早已被注定好的缘分。

张爱玲在香港大学读到大四的时候，港战爆发，她只能离校回到上海。后来好友炎樱在上海续读圣约翰大学，她也有这样的想法，但是最大的问题是学费。在香港读大学后，爱玲渐渐地和母亲失去了联系，惟一有交情的人就是姑姑，但姑姑的钱也不多。张爱玲和弟弟张子静说起这件事情，愤愤不平。姑姑和弟弟，都建议她回去和父亲要钱，因为当初离婚协议上说好的，张爱玲的教育费用由父亲出，况且，父亲对于母亲，总有一种未了的情愫。这条路，未必不是个好的解决办法。然而，张爱玲却有自己的骄傲。当初，她离家出走，投奔母亲的时候，就曾遭到继母的嘲笑，认为黄逸梵收留张爱玲简直就是搬起石头砸自己的脚，现在，倘若真的回去了，岂不是更让继母有骄傲嘲笑的资本。

但，除此之外，恐怕还有一个原因。她已有几年没有见到父亲，况且当初的分别又是那样的尴尬。现在，让张爱玲再一次面对父亲，在许久未见的情况下，她未必做好了这个心理准备。她不知道该以怎样的姿态来面对那让她又恨又爱的父亲，骄傲的，还是恐惧的，还是鄙夷的？既然不知道，那又何必自寻烦恼。

然而，张子静却一直在极力促成这件事情。回家之后便跟父亲提起了这件事情，张志沂沉吟了一下，毫无表情地说，你叫她来吧。张子静以为，这种面无表情是因为父亲对姐姐离家出走一事未能释怀。但如果真的没有释怀，又何必大费周章让张爱玲过来一趟，直接拒绝或者直接将钱交给张子静岂不更好？

我想，他的面无表情，可能更多的是不知所措。他让张爱玲亲自来，也许是因为他已经开始想念这个女儿了，这个他一直视为天才，一直视为知己的女儿。也许，只是想看看她，看看她离开自己之后的生活。

那一瞬间许多种感情一起涌来，怨艾，恼怒，怀念，怜爱……

张爱玲终究还是来了，我愿意美好地认为，她的到来，不光是因为那笔学费，更多的是她对父亲的怀念。虽然她也是面色冷漠。在客厅里，她见到了张志沂，又一次嗅到了那熟悉的烟雾缭绕的气味。童年时的快乐和少年时在这里所受到的屈辱，随着这股熟悉的味道一起吹入心中，那些她以为她不愿再想起的往事都回来了。

她无法应对那一瞬间涌起的二十年时光，只是简略地把求学的事说了一下，张志沂很温和，叫她先去报名转学，“学费我再叫你弟弟送去。”

那一次，两人相见不过十分钟，那短短的十分钟，她和父亲什么都不用说，但又什么都说过了，那十分钟里，有原谅，有委屈，还有爱，从此以后他们再也没有见过面，但那十分钟，对于张志沂，对于张爱玲，仿佛都是最后的珍重。十分钟里，他们完成了他们作为父女最终的谅解。自此后，张爱玲虽然对这一段往事一字不提，但曾经留在自己心中的怨恨，也在那十分钟里烟消云散。

有一种感情，我们是不可以对它做决定的，是拿它没办法的，我们只能一动不动地待在原处，听凭命运随意调度，命运让我们重逢，我们便重逢；命运让我们永别，即使我们再挣扎，再计较，也挣扎不出个什么来，那一种感情是亲情。

时光如行云流水般，载着生命的喜悦和忧愁，泛一叶轻舟，飘忽而过。所有的爱恨情愁，都被锁在那座叫做过往的城里，她和他的故事就这样慢慢老去。

雨雾迷蒙

雨雾迷蒙（生于这世上，没有哪一样爱不千疮百孔。）

九月，上海的天空，碧海青天一样湛蓝。群雁嗷鸣，从天空中呼啸而过。河边的柳树，历经了一春一夏的柳絮纷飞，此刻，叶子，已然是一半黄，一半葱绿。柳树把生命和希望播撒人间，孕育，消耗了它的青春，它在等待下一个盛放。午后的阳光尚好，无风，它亦无需起舞，只是静静地冥想，那些它飘散天涯、天各一方的孩子们，此刻会在哪一片水岸花荫下，抽出新的嫩条，然后绿满一方，荫蔽人间。想到它们，它满足地笑了。虽然，终其一生，它无法再见它的孩子，但满城柳絮纷飞，于它，又何尝不是安慰，相守，不如相忘于江湖。对一棵柳树而言，你若安好，便是春天，春色满城就是幸福相守。

安好，仿佛这是每一个母亲对子女都会有的牵挂。只是那时，我们年纪太小，只爱谈天和说笑，还看不透这爱的凝重。千山万水，此后人生漫漫，我们只顾向前，寻找另一份爱情，却忘了母亲在千里之外，无声凝望。直到有一天，我们听着故事，唱着歌，不知怎么睡着了，梦里梦到母亲，桃花落满身，朵朵凝重，都是她的期盼，我们才看懂她的目光。

那目光，是属于母亲的专利标签。当我们挑起丝线，绣起生命的双蝶翩跹起舞，那目光照亮回家的每一段路程。当我们沉醉夕阳，一晌贪欢，迷失心灵，那目光是最后的呐喊，带我们找到清亮的出口。

那目光，爱玲好多年没见了。从1957年，母亲在异国他乡，寥寥去世，她就再也没看到那目光。那曾经她比任何人都渴望，却最终被自己绝望地摧毁的目光，此刻，爱玲开始有一些怀念了。

美国，洛杉矶的街头。风起了，卷起一小撮枫叶，在风中卷成同心圆的形状，一路向东，那是故乡的方向。爱玲穿一身大风衣，是曾经她和母亲都爱的蓝绿色，那颜色，在她的身上摇曳着古典的东方美，那美丽，是母亲留给她最后的东西，是亘古不变，随着她生生世世，天上地下，谁也带不走的记忆。这时候，她才明白，世上的每一件东西，都是承载着记忆的，它们是真正的化石，记载了历史的变迁，山河的更改，还有那些感情的更迭。有时候，你看到一件东西，觉得莫名的熟悉，其实那是因为它牵连着你的感情，那是因为，你把故事刻在它的心里。你以为你已经忘记了，可是，当它静静地躺在你的手心，所有的记忆都随着风又一次回来了。然后，我们终于明白，真正的感情是留在血液里的，它躺在我们周身的每一个角落，一次小小的呼吸，就能让它汹涌澎湃。常常，我们借着记忆，便回到了那已经被风化的年代。那些活在记忆里的人，随着血液的流淌，又一次演绎了悲欢离合，像从未离开一样。

历史的黑白，因为感情，绚烂缤纷起来。被卷起的记忆展开，被卷起的人生在春暖花开的季节，复活。

记忆，真是，亘古不变，绵延不绝的风景。它附着在每一个存在于历史的物品里，生生不息，每一个物品背后，都是一个故事；每一幅画的背后，都是一段人生。

她看着母亲留给她的最后那些照片，在黑白色的旧时代的照片里，所有的记忆都回来了。

照片里，上海的梧桐，一瞬间，金灿灿地长满了每一个街道。成群的女学生穿着蓝布裙子，抱着一本书，在梧桐树下，畅想美丽的邂逅。黄包车的车夫，将车子停在大剧院的门口，等待一个花枝招展的身影。一个美丽的少妇，轻轻提起阔口镶着滚边的袖子，将一壶冒着热气的花茶，倒在一个个白色的细瓷茶杯里，四五个年轻男女围坐在一起，笑容肆意飞扬，她浅淡地笑着，秋水一样的眼睛，让一切都看起来那样的静美。午后三点钟的阳光，在她的脸上画出淡淡的光影。所有的时光都静止了，他们就停留在那泛着黄笼罩着淡淡霞光的美好里。（参考：《对照记》）

那是1920年以前的时光吧。张爱玲还没有出生，黄素琼刚刚嫁给张志沂，那时候，她是那样的美丽，他们之间的相处也是那样的和谐。她是首任长江水师提督黄翼升的孙女，他是朝廷名臣张佩纶的小儿子。十八九岁的她，瘦削的身材，小巧精致的面庞，秋水一样深邃的眼睛，美丽多情。十八九岁的他，相貌堂堂，满腹诗书。在外界看来，他们门当户对，男才女貌，是再相配不过的一对儿。闲暇时，他读书下棋，她跟随身边，品茗添茶，那样的时光，安谧，美好，是她生命中夏天里一阵轻轻的荷风，一朵芙蕖，开过尚盈盈的清雅宁静。

初时的他，温文尔雅，待她如手中至宝。他们也常约三五好友，在自己的庭院里，在蝉鸣蛙叫、鸟啼花落、春花秋月、夏风冬雪的每一个美好日子里，聊着他们曾经的故事。

很多年后，她颠簸在世界角落里，虽然怨恨着张志沂，但也怀念那曾经安然的岁月。自从离别后，她的生命里再也没有那样浅淡的情怀。

我不知道，她的一生究竟是欢乐多，还是落寞多。但，人生，从来都是如此，我们永远无法知道明天是花好月圆，还是风雨潇潇。如果，你也和我一样，贪恋这世间的温暖，如果你也和我一样，爱上眼前的风景，那么，就不妨紧紧抓住此刻，让它的美留得再久一些。

青春很短，上天给我们的美好不那么容易获得。如果你拥有，请一定要珍惜，因为也许就在那稍不留神的一瞬间，上天就会收走他的馈赠。

和张爱玲一样，黄素琼的人生也是断了层的。快乐和忧伤分别置于两边，分明得一目了然。巧的是，母女两人的断层却都是因为同一个男人——张志沂，张爱玲的父亲。我曾说过，张志沂是一个天生的遗少，他也是断了层的人，他的断层是因为时代的断层，所以他就成了那一种天生被遗弃的人，偏偏，又生在这样不凡的家族里，四书五经样样都懂，考取功名却眼见没了希望，殷实的家底又用不着自己奋斗，便留下一身的封建主义时候的毛病。

但因为是真心喜欢着黄素琼，在新婚的时候，他便收敛了自己的毛病，想要给自己心爱的妻子留下一些美好的印象。

于是，他的收敛便给了黄素琼那样一段美好的时光。婚后五年，他们有了一双儿女，姐姐是张爱玲，弟弟是张子静，晚张爱玲一年出生，一个是天生的作家，一个同样是旧时代畸形的产物。

本来，这应该是一个美丽幸福的家庭，儿女成双，家产殷实，而又富有名望。这样的生活，连张子静在后来的回忆中都忍不住感怀："那一年，我父母二十六岁。男才女貌，风华正盛，有钱有闲，有儿有女。有汽车，有司机，有好几个烧饭打杂的佣人，姐姐和我

还都有专属的保姆。那时的日子，真是何等风光啊！”（张子静《我的姐姐张爱玲》）

然而，生活总是会给人开一个无法接受的玩笑。按部就班，风平浪静，很多人期待，却很少有人有这样的运气。

刚结婚的那一段时间里，张志沂收敛了自己的遗少作风。但不久，感情稳定了，淡然了，没有那么新鲜了，他身上的那些荒唐毛病开始显山露水。好景不长，在张爱玲姐弟出生后，张志沂开始出去花天酒地，抽大烟，逛妓院，还在外面纳了一个比自己岁数大的妓女做了妾。

也许，这在古代和民国时期对于一个男人来说非常正常。也许，对于一个从小就在家里司空见惯了这些事情的黄素琼而言，她更应该接受这个事实，即使不能接受，也应该有一个所谓的封建女子的“修养”，对这些事情不闻不问，甘于忍受。

然而黄素琼这个女子却并非如此，用她自己的话说，那就是：“我们湖南人都很勇敢。”她，一直为自己的勇敢骄傲，也的确是一名勇气非凡的女性。1895 年，她出生于黄家，当时黄家的老爷——她的父亲已经去世，只留下了还怀着孕的姨太太和当家的大太太，一个家族的延续与否都在一个女人的肚皮上。当时，黄素琼刚出生，大太太一听是个女孩子，当即昏了过去，后来听说里面还有一个，才醒了过来。她在黄家，一直并不算有地位，从小裹脚，只进过私塾，没有进过学堂，年纪轻轻的岁月里，她受够了男女不平等这种待遇。

黑暗的青春，并没有禁锢她渴望光明的心，成年后，她对学校始终有一种期盼的梦幻之感，尽管那期盼也是无望的。

但是，她比任何一个女性，都更渴望摆脱旧社会那些腐朽的习俗。她虽出身传统世家，但却是旧社会的进步女性。她踏着三寸金莲轻倩地横跨两个时代。中年后，姑嫂联袂到瑞士阿尔卑斯山滑雪，小脚嫂子黄素琼比大脚小姑子张茂渊滑得还要好。

英伦的岁月无疑是飞扬的、放恣的。黄素琼还学习了西洋画，担任美术老师，熟识徐悲鸿，并给印度总理的两个姐姐做秘书，她以一个女子身份，孤身一人亦能在国外好好地生活下去，虽然未必都如意，也足以看出这个女子的不一般。

张志沂的"变化"，让黄素琼无法接受。从极度封建的家庭里走出来，她比一般人更向往光明美好的现代生活方式。抽烟片，逛妓院，如童年时那些陈旧的梦魇，让她避之惟恐不及，现在，却让她再一次和这种生活朝夕相伴，她实在是无法忍受。

一件事情，如果自己有了主意，但没有人支持，慢慢地自己就会拿不定主意。但，如果，找到了同路者，那个拿定的主意就会更加坚定。

封建式生活的张氏一族里，除了黄素琼，还有第二个新派女子，那就是张爱玲的姑姑张茂渊。不同于黄素琼，张茂渊的新派不是因为小时候受够了男女不平等，而是因为自小她就被母亲李菊耦当作男孩子来教养，张爱玲说，那也许是她的祖母对女子不能自己做主这一当时无法改变的形势最有力的控诉。

张茂渊生活在这种教育方式下，又进过学堂，对于自己的生活不仅有主意，而且非常有主意。就这样，两个年纪相仿、志趣相投的女子碰在了一起。张志沂的生活当然不好过，她们不仅不忍受这种风气，而且字正腔圆地提出了反对之声。

然而张志沂却不愿放弃这种生活，长年累月的生活方式已经使他习惯了，虽然他被旧时代遗弃了，又没有赶上新时代，但对于那旧的生活，他却是非常有感情的。套用并改编张爱玲的一句话来说就是：他没有吃过旧时代的苦处，只知道它的好处。

眼看着自己的抗争没有成效，黄素琼心想改变不了别人，便只能改变自己。1924 年，张爱玲四岁，张子静三岁，二十八岁的黄素琼，放下了自己在上海的家庭，和张茂渊一起出洋留学。

在那个新的天地里，她如一尾鱼，终于回到大海的怀抱，呼吸到了新鲜的空气。很快，她便接受了西式新的教育。从那时候起，她有了新的名字——黄逸梵。

而留在家中的张爱玲则在童年时光里第一次有了自己的创伤。黄素琼走后，张志沂并没有因为她的离开而有所改善，反而因为缺乏别人的说教，更加堕落了，原来在外面的姨太太也直接搬进家里来，两个三四岁的孩子，一个抽大烟的父亲，一个坏脾气的姨娘，没有妈妈。他们一家四口的幸福时光，从 1924 年开始渐渐结束。

在终日无聊、用人陪伴着玩乐的日子里，渐渐长大的张爱玲开始想念起母亲。她用一种近乎罗曼蒂克的情绪爱着自己的母亲，在小小的张爱玲的心里，母亲的世界是那样的美丽，她寄来的衣服款式新颖，像她的视野一样。张爱玲开始憧憬那样的世界。1928 年，有一天，黄素琼收到了一封信。张志沂的一张小照，一首七绝：才听津门金甲鸣，又闻塞上鼓鼙声。书生自愧拥书城，两字平安报与卿。

惟有古体诗方能抒发如此蕴藉的相思之情。一声“书生”一声“卿”，“画眉深浅入时无”的新婚时光又在眼前了。

心，还是动了。

怀揣着新女性的十八般才艺，她回来了。

母亲回国，和父亲复合，她接受的礼仪，她说的话，她描述的世界，让张爱玲更加好奇。但是一家团聚的快乐时光让她无暇去想其他的事情。

然而，命运总是不能按照自己的心意来完成。他们的破镜重圆梦在复杂的人性面前，支离破碎。

张志沂，这个一直爱着自己的妻子却不知如何去爱的男子，始终没有戒掉鸦片。重新接受了新思想的黄素琼在观念上和他有了更大的矛盾。1930 年，她终于决定放弃这段爱情，再度出洋。这一次，张志沂也感到了绝望，他想尽一切办法，甚至用花光她的钱这种无奈的方式，来留住他真心爱过的女子，却无奈还是竹篮打水一场空。她的心像木头一样，磨光了他的耐心。之后，他也继续了自己新的生活，娶了段祺瑞执掌的国民政府总理孙宝琦的女儿孙用蕃，这个女子是陆小曼的好友，和陆小曼一样，两人都是吞云吐雾的芙蓉仙子。（语见《对照记》）

继母的过门，让张爱玲真正开始了自己受创的童年生活。继母的步步紧逼，让她失去了她曾经真诚温暖的父爱，父女两人开始越走越远。1938 年，张爱玲经历了人生的第一场幻灭，父亲的那一顿打，打走了她童年在这个家里的所有的快乐时光。那一年，她逃离了父亲的家，再没有回头，和母亲生活在一起。

张爱玲出逃前，黄素琼令人捎了一封信给她，大意是希望张爱玲考虑清楚，跟着父亲，有钱花；跟着她过，她是没有多少钱的。跟着母亲，要么买很多漂亮衣服，早早物色一个好人家，嫁人去；要么发奋图强好好读书，那就没有太多衣服穿。黄素琼把这些人生重要的抉择交给张爱玲自己。

十八岁的张爱玲，已经有了自己的判断能力。在思前想后、考虑良久之后，爱玲最终选择了跟着母亲，同时完成自己的求学梦想。

黄素琼从没有上过学校，便想让张爱玲接受最好的教育。她请私人教师为她补习数学，后来张爱玲以远东区第一名的成绩考上伦敦大学，然而，因为战乱，没能入学。后来黄素琼又不惜血本让张爱玲转读香港大学，但大四那一年，港战爆发，张爱玲最终还是因为战乱而未能如愿毕业。在战乱纷扰的年代，人的一切都显得渺小，战争让一个人的梦想无处安放。

张爱玲是失落的，黄素琼是失望的，但这个时候，黄素琼仍然没有放弃这个女儿。她教导张爱玲，给她请礼仪老师、钢琴老师，以非常严厉的方式，希望她能成为一代淑媛。然而天生在人情方面极为笨拙的张爱玲几乎一次又一次打断了她的梦想。她永远学不会母亲口中的笑不露齿，她哭起来，永远不会是林黛玉式的梨花带雨，而是青天落白雨的干脆，别人行动处似弱柳扶风，娇花照水，她却永远都是跌跌撞撞。

这些年来，黄素琼始终以一种冷静的方式审视着张爱玲。她投进了那么多精力，到头来空欢喜一场，她开始渐渐变得不那么耐烦。偏偏张爱玲还三天两头管她要钱，黄素琼的钱也不多，全靠着分家时的那一些古董变卖了在维持着，眼看着自己把大把大把的钱花在张爱玲身上，却毫无成效，她怎么能不烦躁？然而她却没料到，正是这烦躁让本就敏感的张爱玲猝然心惊，也让她对母亲原本的美好幻想幻灭了。张爱玲终于意识到原来母亲并非自己想象中那样完美。

我不知道，有多少少年有过这样困窘的时刻？敏感让我们看懂父母的眉高眼低，单纯又使我们以为，一切都是自己的错，我们是这样缺乏经验，不知道父母也是平凡人，并不像想象中那样完美，当我们受到质疑，当我们看到他们失望的眼神，我们只是惶惑地自省着，连自己都质疑起自己来，这种质疑比岁月这柄锐利的刀更能让人伤心，一下一下地割掉自己对人生的美好向往，一下一下地割掉自己对人和感情的信赖。

对于一个孩子而言，父母就是全世界，她在父母那里受了伤，是无处叫屈、无法疗伤的，而她和父母的关系，也决定着她将来和世界的关系，跟父母之间是轻松，是紧张，是尖锐，还是柔和，她将来和世界也是这样。

后来，战争结束，香港大学重开，张爱玲有机会选择重新入学，黄素琼一心一意希望她重返香港读书，像她的姑姑一样，拿到一个高学历，但爱玲最终选择了放弃。那放弃里，一是因为当时自己在写作上已经大有成就，不想轻易中断，而另外，恐怕也是因为再也不想管任何人拿钱来支付学费。

有人说，张爱玲的童年和少年生活，在她的心中留下毒瘤一样的暗疾，就像一棵树苗上的伤痕，会随着树的长高长大而慢慢扩展，变成一生的隐痛。

我不否认，每一个自闭少年心中的这些伤痕，大多来自父母或者老师，他们虽然没有恶意，但他们随意说出的一些言语，轻易飞出的那些眼神，的确会在很多孩子的心中留下挥之不去的阴影。

对张爱玲而言，她的这些阴影，有父亲的堕落和毒打，有继母的撺掇与刻薄，有母亲的不耐烦与自私，还有姑姑的冷淡与直接。

但，我总觉得，她后来和他们渐渐疏远，这里不光有父母的问题，也有张爱玲本身的问题。

其实，哪一个人在人生中没有经历过挫折呢？父母离婚或者感情不和的比比皆是。被老师恶毒语言伤害过幼小心灵的孩子也不在少数。我从小相对算是生活在一个幸福的家庭里，感受到的虽都是父母亲的爱，但也在父母亲那里受过委屈。我的母亲和我一样都是直肠子的人，发起脾气来，再伤人心的话我们都说过。我曾经和妈妈说，我长这么大，最狠的话都说给了自己最亲的人。

但，雨过天晴后，想起这些话，我们也都只是微微一笑，知道是生气时故意要刺激别人而说出的话，都会和彼此说一声抱歉。每一次争吵，并没有减少我对母亲的爱，反而让我更加坚信，我们最爱的永远都是彼此，因为爱，才会恨铁不成钢；因为爱，我们才会把彼此看得太重，所以在失望时，才会不经意地刺痛那根爱的神经。

以前，我总不懂这些。后来，慢慢长大，开始自己独立和这个世界交涉。慢慢看清自己的交涉方式，才发现只有你在乎的人，才能让你勃然大怒，那些陌生人，那些你完全不在乎的人和事，是根本无法触碰到让你生气的那个燃烧点的。只有走进你心里的人，才会准确无误地击中你的要害。

看清了这一点，于是，我们后来，都开始渐渐学会原谅。知道父母也是凡人，也有自己的生活压力，也有自己的不如意。他们给予了我们生命，但他们并不需要在我们的人生中充当圣人的角色，我们亦无需用仰望的态度来看待父母，在心里为他们构筑无数个要求。说得直白一些，父母并不欠我们什么，反而是我们应该用满满的爱来感激他们。感激他们将我们带到这个世界，给了我们生命最初的喜悦。父母和孩子，其实本就是两个独立的个体，我们没有资格绑架他们的人生，控制他们的表情。

其实，人一辈子的幸福，不在于是否有一个完美的爱人或亲人；而是两颗心在让与不让组成的圆里，能否用自己的爱与温柔，宽容地将对方的棱角环住，永不松手。

可是，张爱玲在自己的前半生里，并没有学会这样与人相处的方式。她所接触到的最亲的人——母亲与姑姑，都是那样遗世而独立的人，她们孑然一身、处变不惊的处事方式，在她的少女时期，已经形成了一种根深蒂固的印象。她是那样的不善于表达感情。

我想，张爱玲对于她的父母，可能不是不爱，恰恰相反，而是太爱。胡兰成在《今生今世——民国女子》中说张爱玲是那一种连开个罐头、走个路都有一脸正经表情的人。她对人生亦不是无所谓，而是太在乎，总觉得什么都来不及，想要紧紧抓住。

个人即使等得及，但时代是仓促的，已经在破坏中，还有更大的破坏要来。所以对于人世间的情意，她看得很重，几乎是有一种眼睛里揉不得沙子的挑剔。她的精神洁癖让她自己对感情有一种纯粹的需求，然而，当她发现，那些她最亲近的人都不能带给她这种纯粹，她所受到的创伤是巨大的，几乎让她对人与人之间的相处，有一种幻灭之感。幻灭让她无法理解父母对她的举动里那种爱恨交杂、百转千回的心结，她躲在角落里，只觉得彻骨的冰凉，舔舐着自己不愿示人的伤口。

张爱玲后来与人相处，总有一种不安之感，总要精心准备了才肯见人。别人都以为那是一种孤高，其实她只是对感情不能不慎重，太珍惜，反而太放不开。

但，作为爱着张爱玲的我们，也许我们应该感谢这些幻灭，她在父母那里没有学会的感情表达，岁月慢慢教会了她。正因为捅破了那自己虚幻构想出来的肥皂泡，她才能触及真相。没有经过幻灭的人生多么虚浮，不敢经历幻灭的灵魂，多么脆弱，从某种意义上说，幻灭未尝不是一种淬火，所谓百炼成钢，总要经历这么几道。从此之后，张爱玲再也不会那么激烈地非黑即白，非此即彼，把人世间劈成天堂和地狱这两半，她学会静默地、艰涩地、审慎地触摸生活，感受它的繁复多变。

但年轻的时候，她还没有读懂这些岁月给她的课程。如果，她是像炎樱一样明朗活泼、善于表达的女孩子，或者她是像张茂渊那样能看淡一切的女子，那么也许，她并不会经历此后种种伤痛，也不会亲手推开那些自己最应该珍惜的亲情。

黄素琼怎么也想不到，烦躁，她那时候自以为正常的一个反应，却让自己最心爱的女儿离她越来越远，直到最后生疏得失去了联系。

每一次读到《小团圆》里最后的章节，都有一种深深的悲凉涌来。黄素琼最后一次回国，国外的流浪，让她的人比心事还要瘦削，她曾经美丽的容貌渐渐老去。那时候，她像每一位老母亲一样，开始变得絮絮叨叨，她担心张爱玲的感情生活，姑姑和爱玲都瞒着黄素琼没有告诉她真相。爱玲陪着母亲一起去看她自己改编的一部电影《太太万岁》。黄素琼看着自己的女儿年近三十，还是孤身一人，不无惆怅地对爱玲说道：“我看你，也不是那么太丑的样子，我不求什么，只求你不要太关闭着自己。”她并不像其他的母亲一样，会给予自己的女儿那么多溢美之词，但她语气里的关切，我相信张爱玲听得懂，看得明白。

那时候，黄素琼已经渐渐老去，感情开始变得柔软起来。她仿佛已经意识到曾经自己在女儿的心里留下了怎样的伤口。

而，爱玲，还在走着母亲过去走过的路。

看到张爱玲坚持着要将曾经黄素琼供她读书的钱还给她，看到黄素琼流着眼泪说："就算我不过是那时候一个对你较好的人，你也不用这样。"看着她，几乎忍着眼泪地给自己的女儿解释说，自己那些年的所作所为不过是形势所迫；看着她在病重时给自己的女儿写信，说此生惟一的愿望，就是再见爱玲一面。然而，爱玲却拒绝了。那一瞬间，我几乎觉得书中的张爱玲是不可原谅的。

但，看到她在自己最后一部著作《对照记》里，尽数拿出自己珍藏的母亲的照片，字里行间全是对母亲的怀念和赞美，又是如此地欣慰。

她始终是爱着母亲的，她不愿意改掉"张爱玲"这个在她看来俗气的名字，只因为这个名字里有一点她和母亲的温馨记忆。她在那些照片里，能那么清晰地回忆起她的一生，始终，还是因为一个爱字。

是的，我无法否认，作为一个母亲，黄素琼太过专注于自我，而忽略了对女儿情绪的照顾。但毕竟，她是爱过张爱玲的，也许她的爱不那么纯粹和完美，甚至有一些自私。

但，我觉得，面对这样一个渐渐老去的母亲，爱玲可以再柔软一些的。无奈，她们都是那样骄傲的女子，爱和恨像一道天河横亘在她们的面前，她们始终无法跨越。也许，有时候，退一步就会海阔天空，而那一步，对如此自闭的爱玲而言，却太难太难。

也许我们可以这样理解，爱和恨从来都是一对孪生，没有爱，就不会有恨。她在小说里，将母亲写得那样自私，将她们的关系写得那样纠缠，只是因为，她始终对母爱有着无以言说的眷恋。眷恋，让她更加不能原谅那些被她放大的伤害。太渴望，就容易太失望。希望往往连着绝望。

她对母亲的爱和恨，被放在天平的两端，却从没有平衡过。童年的时候，是只有爱，恨被抛得无影无踪。长大的时候，恨，后来居上，爱，被她藏在心里，怎么也不愿添作人生的筹码。

人们说，张爱玲是锦心绣口，其实，她亦是豆腐心，刀子嘴。奈何，她清绝的姿态，让人们只看到了她的凌厉，却没有触摸到这个女子情深意重的灵魂。

她将自己隐藏得那样完好，只是不想让人们看到她内心的小伤口，那些伤口里，全是她对这人世间的情意，全是满满的爱。

1957年，当张爱玲得知母亲去世后，她独自面壁而哭，大病一场。直到两个月后，才有勇气整理母亲的遗物。那该是怎样的心伤，才能让她一病就是两个月，饮食无味。黄素琼去世后的很多年，张爱玲终于也学会了柔软，那一刻，她是那样怀念母亲，那一刻，她终于理解母亲作为一个女人的无奈，那一刻，她和她隔着空间与时间的距离，终于和解了。

她在洛杉矶的曼彻斯特公寓里，一个人面朝太平洋的方向，喃喃自语，她说，来日，她一定会去找母亲赔罪，请母亲为自己留一条门缝。她给好朋友去信，信里有着泪痕的湿意，她那样寂寥地说，说她现在惟一想说话的人，就是母亲。

母亲，就像秋日里雨雾迷蒙的天空，她始终觉得美好，靠近了又觉得冷得失望。悲喜交杂，她渐渐地分不清那种感觉。那就索性把这些记忆都锁在心里，把钥匙交给岁月。

黄素琼临终前，怀里藏着张志沂写给她的诗，那首诗曾经喊她回家。张爱玲离世前，收藏了自己母亲从年轻到晚年的照片，那照片，为她解开了心里的那把锁，让她的记忆沿着时光隧道又回到了小时候。

原来，她们不能忘却的，始终是那最初的眷恋。终其一生，她们都未离开过——家。而家，永远为爱玲留着那一条忏悔的门缝。泪，落下，为这个才情旷古、让人疼惜的女子，惟愿，以后的生生世世，她们都只有那时的静好。惟愿，在另一个世界里，她牵着母亲的手，一起面朝大海，看春暖花开。

清风细雨

清风细雨（我要你知道，在这个世界上总有一个人是等着你的，不管在什么时候，不管在什么地方，反正你知道，总有这么个人。）

如果人生是浓墨重彩，那么爱玲是笔，姑姑张茂渊则是一抹别致的色彩。

阴郁昏暗的青瓦房街道上，刚淋了雨的青石板路，走起路来，依然带着萧萧瑟瑟的淅沥。被拢起置放在门边的油纸伞，已看不出完整的花样，只留一朵风荷，滴滴答答，流淌出一股清泉，在狭小的屋子的角落里。

屋檐子上，雨水嗒嗒地滴落。溅起小小的水花，如人生不多的精彩。梅雨季节的上海，处处都流淌着湿意，有一种泪眼朦胧的黏稠感。行色匆匆的路人，在窗边伫立凝望，怅然若失的少女，一路低着头，还有用娟秀小楷写着书信的老人，这形形色色的画面，连起来就是一场人生。

而人生又仿佛恰如此刻的天气，在雨季中期盼下一个艳阳，在晴天中等待一场梅雨。人生，如此，圈圈连连，我们究竟走过了多少晴天雨季，早已算不清楚。惟一清晰的，是在雨季晴天里，所邂逅的那些事，所走过的那些路。

从不是多愁善感的人，而，此刻，她竟然想起一些往事，一些故人。那些岁月，年轻的时候……

她颤巍巍地拿出笔，找了好久，找到一个人的地址，是宋淇（张爱玲中年以后的一个好友），提笔写道："可否请先生把爱玲最近的通信地址见示？并转告她急速来函，以慰老怀，我已经八十五岁，张姓方面的亲人，惟有爱玲一人。"那时候，她已经是八十五岁的高龄，几经辗转，失去了张爱玲的地址，她想念爱玲，想念自己曾经的家，于是，便想找到她。这一封手书的信，正如张爱玲所言，是淑女化的字体，却不再是当初那种平淡的语气，"无聊的情趣，像是春夏的晴天"，她开始在信里和张爱玲唠起家常，让张爱玲也觉出许多温情。也许，衰老会让人变得柔软一点，透过这封信看到的张茂渊，终于让我们熟悉一点了，也让我们更想接近一点了。

知道张茂渊，并逐渐去了解她，的确是因为张爱玲的关系。因为，她就那么鲜明地存在于张爱玲的书中，如艳阳一般高照，字里行间，皆有品性。她像是活在张爱玲的字里行间的，让人不注意也难。

但张爱玲写书，甚少提到自己私人之事。对于姑姑张茂渊，我们也只能是透过她的一些经典妙语，而对她的性格有些许的了解。

但，关于姑姑本身的故事，除了《小团圆》中提到过些许琐事，其他的，我们从未见爱玲提及。而，我，对于她姑姑的了解，也伴随着爱玲的辍笔而无法继续窥探。

直到多年后，再读张爱玲，开始去研究爱玲这一生之时，豁然想起她的姑姑张茂渊——那个对爱玲的一生有着重要影响的女子，才在别人的字里行间重新认识了她。才发现，原来在我们只顾着审视张爱玲的传奇爱情之时，却忽略了她，竟也有那般清风明月一样让人遐想的爱情。

细细翻看《对照记》，在午夜的朦胧月色伴着灯光里，一些和时光相关的字眼涌上心头来，泛了黄的照片，印在纸质的书页里，也仿佛能看到那微微翘起的角儿。指缝摩挲间，那一张张或平静或微笑的脸从眼前划过，带着簌簌的声响。岁月就这样静好地在双手间淙淙而过。她们的故事，一页一页，翻出人生的执着。窗外，浩大的月亮爬上树梢，如千年以前明净。高高的院墙外，但见月光如华，桃之夭夭，乍眼见到的惊心。世间的清朗风月，都是一种静默的昭示。白茶，清欢，花枝春满，天心月圆。这样的景象总容易让人想起一些风花雪月的往事。

关于张茂渊的往事同样从爱情开始。

她显然是张家最不俗的一个人。比起张爱玲，毫不逊色。在战乱的民国时代，在女权主义尚未完全萌芽的时代，她的勇敢和真实，让她当之无愧成为一名新女性的代表。

她的爱情同样让人唏嘘。

1925 年，二十五岁的张茂渊和她的嫂嫂也就是张爱玲的母亲一起出洋留学，在留洋的轮船上她认识了二十六岁的英俊才子李开弟。几乎是在第一眼，她就爱上了他。人生初见的辰光中，她被他的才情和风趣吸引，他为她的真诚勇敢、落落大方而心动。只是人生所赋予的美丽太少太少，他和她并没有“原来你也在这里”的巧合。

婚姻大事，媒妁之言。他早已有婚约在身。不似当下，感情只是人们的消遣品，在当时，婚约这样的事情对一个男子来说就是承诺，而承诺几乎是他品格里最为重要的一笔。

恨不相逢未嫁时，人生，有太多这样的无可奈何啊。张茂渊的心动并没有让她收获一段幸福的婚姻，而是让她陷入了进退两难的境地。

我们常说爱是一场修行。用几世颠沛流离，换此生生死相守。也许，缘分未到，也许月老在他们相遇的那天打了个盹，张茂渊终是没有如愿以偿。他们匆匆相遇，又匆匆分离，在那片汪洋大海。像徐志摩的那首《偶然》一样，他们的相遇同样偶然。他像是天空里的一片云，偶尔投影在她的波心，我们无需差异，更无需惊喜，在这交汇间产生的光芒。但这光芒，显然灼伤了张茂渊。她的受伤，不在于对方的不爱，而在于自己的无奈放手。

李开弟选择了遵守自己的承诺，张茂渊在爱的路上继续一路修行。一切仿佛都逃不掉容若的那一句“人生若只如初见”。

可是，爱是什么呢？爱是当你爱上一个人，会舍弃自己的自由去换取他的自由；爱是当你爱上一个人，会改变自己的人生去成全他的人生；爱是当你爱上一个人，会愿意放开手，留下最好的回忆和祝福。爱情最美的不一定是终点，旅途一起走过，也可以不负一生。

也许，这些话张茂渊未必想过。但在爱情走进了死胡同的时候，这个睿智的女子毅然决然地选择放手，用自己的方式留住了那些易碎的美好。她的美的确是凛冽的，甚至是彪悍的，但也正因为如此，在她的人生里，才似乎从来就只有从容不迫，她的顺其自然，冷静自持，让张爱玲觉得酷，让张子静觉得冷酷。但，她，却始终如破茧的蝶，在翩然起舞的旅程中，倔强前行。

如果，故事，到这里就是结局的话，那，这段爱，最多不过是一件憾事，在渺渺浩瀚的历史烟尘里，连一粒尘埃都不及。

和张爱玲一样，张家的女子在爱情上，都是燃点太高。她们不易燃烧，却一燃就惊天动地。如烟花绚烂绽放一样，一旦燃烧，便零落成泥，不复相见。她们的爱情又仿佛都像她们的高贵身世一样，不是说有就有，说没就没的。

我们还说，爱是一种信仰。为了这份洁净奢侈的信仰，许多人穷其一生去追求。尽管爱恨迷离，冷暖交织，爱的菩提之路，却始终有人勇往直前。

爱仿佛还是一种圆满，要靠两个人用宽容和耐心，圈起同心的圆，对很多人来说，没有了爱，人生便无法圆满。

但对于内心强大的张茂渊而言，她的圆满似乎不用任何人来成全。她的身上有一种不执着的大智慧，爱淡成诗，情淡成雅。她的爱不悲天悯人，不痛心疾首，仿佛更像是自己私藏的一小杯红酒，藏在无人知道的角落里，想起来时，自饮自乐，不与任何人相关。

不能与自己喜欢的人，同看世间繁华苍凉，那就一个人圆满生活，将日子过得恬静淡雅。她和往常一样，像是从没遇到这个人，像是从没有过这段情，在如歌的青春里且行且走。

他结婚，她为他祝福，虽然失落，但不至于伤神。她将所有的生活按部就班，她对待他，也像对待其他人一样，也会书信来往，也会偶尔见面，但不再提过去的事情。后来，张爱玲到香港读书，张茂渊还拜托他照顾爱玲。

在张茂渊的心里，那一场初恋是摸不到的镜花水月。她得不到，但绝不破坏。她一直把那一场相遇放在自己那颗看似冰冷的心中。她应该是从没有奢望过能再度和他牵手的，张茂渊不是那般纠缠的人，但以她刚强磊落的性格，也绝不会轻易嫁一个自己不爱的男子。

世间风景万千，她找不到属于自己的那轮明月，那她就再不看月光。她找不到自己爱的那个人，她也心甘情愿地一直剩下去。张茂渊这样的女子，是真正的强大，不需要依靠任何人来相互取暖，她自己一个人已胜过人间风景无数。

但，每一段故事，每一个人生，仿佛都是被老天安置好的棋子，下一步，我们是静守以待，还是临阵杀敌，都不由我们说了算。也许，有时候，离别，是为了更好的重逢。

吉光片羽，沧海桑田。《对照记》的最后，不管是爱玲还是姑姑，都垂垂老矣。站在时光的对面往回看，爱玲看到的是一时繁盛，一世落寞。张茂渊却怎么也想不到，那个年轻时，她曾魂牵梦萦的男子会再度与她相逢。

一别之后，两地相望，已是五十年光阴。她早已没有当年的青春朝气，连脾气都锋芒渐敛，变得柔和起来。他也不再是当年的意气风发，惟有一双眼睛还有当年的意念坚定。

五十年后，李开弟的妻子因病而亡，临终前，她拉着张茂渊的手，良久。那一刻，在她脑海里回旋的是十年浩劫中，张茂渊对他们夫妻二人的不离不弃，无微不至。她想起的是五十年的交往中，张茂渊始终如一的不越雷池。她比任何人都清楚张茂渊和李开弟的往事。五十年的相互了解，也让她坚信张茂渊的为人处世。她应该是很爱自己的丈夫的，而且和张茂渊一样，是一个心胸足够开阔的女人。

张茂渊无论如何也想不到，李开弟妻子最后的愿望竟和张茂渊最初的愿望一样：希望张茂渊和李开弟缔结良缘，相知相伴。

那一年，张茂渊已经七十八岁，而李开弟已近八十。她竟然还是结婚了，在如此独一无二的时刻。其实，为什么不呢？爱是天时地利的人和，既然她还喜欢他，他也心中有她，尽管这“没有早一步，没有晚一步”的好事来的时间不太对，但，管他呢，张茂渊本就不是寻常女子。

于是，她顺理成章地牵起他的手，陪他走过此后漫漫人生路。虽然彼年，两人都已没有了当年的风华绝代；虽然那时，白发已然苍苍，连微笑里都有岁月沧桑的痕迹，但，执子之手，与子携老，不是所有相爱的人都有这样的福气。双手颤抖地为他端过一碗饭，挽着他的臂膀，脚步蹒跚地走在上海的大街小巷，和他一起听风从海上来，唱着悠扬的歌，甚至只是静静握着他的手，坐在摇椅上慢慢聊，又何尝不是另一种天上人间。

七十多年的时光她用来一个人潇洒，十二年的时光，她用来为他酿幸福的甘醇美酒。她的人生像刀截一般分明，前半生起起落落，孤绝凛冽；后半生甜蜜温暖，相依相偎。但，无论哪一种，她都将它演绎得精彩绝伦，即使是五十年的单身生涯，她依然完美地维系了她天然的高贵，日子优雅如肖邦的小夜曲，不因任何外力而艰涩。她不像张爱玲，自己将生命刻画得过于隆重，也不像爱玲一样，爱得太傻太认真，不合时宜，不知进退，最后伤得千疮百孔，支离破碎。张茂渊的理性，就仿佛是八十度的热水，有点烫，有点伤人，但入口时却刚刚好，耐人回味，让人豁然开朗，原来人生少不了这样的白开水。而，她的人，则像带刺的蔷薇，一不小心，就能扎伤人的，但当你看清了一些生活的本质之后，便能轻而易举地避开她的刺，嗅到她的芬芳。心有猛虎，细嗅蔷薇，人生，其实就在进退之间。张茂渊不是冷酷，而是太早懂得这个道理，可以说，她做得很好。

1938 年，对中国是至关重要的一年，对张爱玲同样是与众不同的一年。这一年，张爱玲逃出了自己父亲的家，和母亲黄素琼以及姑姑张茂渊住在一起。她和姑姑之间的感情，也是从这一年开始越来越深厚。

其实，张茂渊完全不是那种温柔如水、娴静淡雅的女子。张爱玲在她这里，没有得到想象中的温情。张茂渊太真实，这种真实与勇敢相伴，就有点伤人，和姑姑在一起，你永远要准备着承受真实之伤，她自己喜欢直面真实，所以就不习惯照顾别人的情绪。她不喜欢张爱玲的弟弟张子静，见了面到了吃饭的时候也不留他，她评价一个年老的爱唠叨的朋友："和她在一起，使人觉得生命太长了。"就连喜欢她的张爱玲也会说：现在的家（姑姑家）于它本身是细密完全的，而我只是在里面撞来撞去地打碎东西，而真的家应当是合身的，随着我生长的，我想起我从前的家了。

这从前的家，就是父亲的家，她已经将它抛弃了，知道它有这样那样的不好，但起码，它让她不那么紧张。但，她已不可能回头。

所以，张茂渊这样的女子，怎么看，都无法与清风细雨这样柔美的词联系在一起，但，清风细雨除了柔美，还有另一个特质，那就是润物细无声。对张爱玲而言，张茂渊的一言一行几乎无时无刻不在对她进行着潜移默化，越是读张爱玲的书，越是细细研究她笔下的姑姑，难免会发现，在太多方面，张爱玲和张茂渊都是极其相似的。她们都特立独行，她们都对于自己不喜欢的人毫不留情，她们都是清清冷冷，让人无法亲近的人。

张爱玲不善与人打交道，话不多，但在自己的小说里，她和姑姑一样，永远直面真实，一语中的，她小说里的人物也有着姑姑身上的睿智和清醒。张爱玲和姑姑一样清高孤绝，活在自己的内心世界，从姑姑那里学到的悟性使得她在自己的创作中，能够直击要害，去掉无谓的装饰，一眼看透别人的心思，将人生看得不那么华美隆重。作为一个作家，张爱玲从张茂渊那里得到太多，如果说，她读香港大学时，官样文字被历史教授佛朗士先生要着花腔一读，就露出了滑稽的底色，那么张茂渊的冷淡和真实，只言片语里的那种穿透力，则如一张网眼细密的筛子，筛去尘世间的装腔作势，安然地放置自己的内心。

这种安然，在后来，几乎成为张爱玲的救命良药，让她在不那么静好安稳的人生里，亦能，独守内心，坚强勇敢。

所以，在张爱玲的心中，姑姑简直就是“酷”的代名词，在她面前，更显得爱玲在生活和为人处世方面的愚笨。她的聪慧让张爱玲学会一点一点领悟人生，不受风霜侵袭，做最真实的自己。

成年后，张爱玲能板着脸对迟到者说“张爱玲小姐不在”，能飘飘欲仙地穿着稀奇古怪的衣服，能自恋地抱着自己的照片祈祷，甚至能不管流言蜚语，坚持与胡兰成恋爱，或多或少都与这张茂渊有关。她教会了张爱玲按照内心的指示行动。而张茂渊的爱情，以及五十多年孑然一身的守候，也教会了张爱玲如何为自己排忧解难，不致内心荒芜。她和爱玲，虽是姑侄，却更像一朵双生花，花开两朵，各有风采。

甚至，我觉得，这么一个举重若轻的姑姑的存在，还有助于张爱玲打破内心的束缚，极尽真实地表达自我。张子静在《我的姐姐张爱玲》一文中说，在他姐姐的天才梦之路中，父母亲是推动者，但真正的照顾者，则是姑姑张茂渊，一点也不为过。

兵荒马乱的岁月渐渐过去，张爱玲所经历的那些“封锁”的时代已经悄然远去，上海有一点不再像从前的上海，那些她所熟悉的人和事，也在流年里，缓缓落了幕。

1952年，张爱玲离开上海，去了香港，为了避免不必要的麻烦，她和姑姑约定，从此不通音讯。两个同样内心强大的女子，在天各一方的两个世界里，各自安好。

爱玲寂静离去。我仿佛听到一声轰然的响，上海这座城，在她的心里，已经重门深锁，连着不愿想起的那些往事，于千里之外，轰然倒塌。

她在心中与往事告别，与姑姑告别。知道思念从此生根，浮云白日，夕照庄严温柔。她与他们握别，年华从此停顿，上海的繁华就这样散了，悲伤在心里逆流成河。她静静地望着这个承载了她半辈子记忆的地方，是那样万般无奈地凝视，寂静的城市找不到一朵花可以相送，那就把祝福别在胸襟，而明日，明日我们又隔天涯。

在这离别时刻，她的眼里竟有了笑意。原来还是会不舍的，原来当如烟世海磨瘦了我们的青春，当我们和梦想分道扬镳，一个人孤独地行走在红尘陌上，当我们肩上的行囊被人间的诗酒岁月填满，当我们的内心从繁盛渐至荒凉，我们都需要靠一些回忆来喂养寂寥，典当一些过去的日子来滋润情怀。

那就让回忆留在心底吧。将往事暂且尘封，等待有朝一日，小团圆的时刻，再慢慢开启。她想起姑姑那件无用的披霞来，用它来盖住回忆，真是再好不过的。只要不碰，永不见光，而那件披霞，爱玲想，也许就是希望。

离别后，故乡的一切都渐行渐远。爱玲渐渐地有点想不起过去的一些事情，却恍惚还记得那种感觉。那感觉是血缘的力量，静静地流淌在每一个人的血液里，它们不会说话，却会随着我们的生而生，然后，在我们死的时候再死一次。

这力量，也让张茂渊一点点柔和下来。八十五岁的她，身体渐渐不再如从前温暖，血液却越来越热。昨夜雨疏风骤，她对窗夜雨听萧瑟。风儿，转朱阁，低绮户，吹皱眉头，一夜无眠。她随手翻开爱玲旧时的习作，相看恍如昨，一时多少岁月。即使从不伤感的她，也有了一些淡淡的忧愁。她提起笔来，写下了一段四季，折成一片羽翼，随蓝天白云，漂洋过海。

她，遥遥站在美国旧金山的街头，信筒里，随手抽出姑姑的思念来，然后细细珍藏。西海岸的阳光一直照啊照，爱玲的心一直飞啊飞，那块多年前蒙在心头的披霞终于轻轻飘落。记忆里，那一个如清风细雨一样浸泡着她青春的女子再一次归来了。她想起姑姑“冬之夜，视睡如归”这样的话来，只觉月色一样满山，青春一样如酒。记忆，是一场天长地久不散的筵席。

第二章 人生是一炉香

那时岁月

那时岁月（像拜火教的波斯人，我把世界强行分作两半，光明与黑暗，善与恶，神与魔。属于我父亲这一边的必定是不好的，虽然有时候我也喜欢。我喜欢鸦片的云雾，雾一样的阳光。我知道他是寂寞的，在寂寞的时候他喜欢我。）

春山如黛，秋色如画。清晨，阳光细碎地穿过窗花，跳着悦动的舞蹈；午间，搬一把藤木椅子，吹着夏日迟迟的风，听耳边蝉声吱吱；黄昏，夕阳从一道粉墙上爬过，落在天边的晚霞间。悠长的如永生的童年，就这样在春夏秋冬、朝朝暮暮间倏忽而过。

那时候的岁月总是轻快的，即使在脑海里千遍万遍地回放，也总是微笑地看着。那时候的岁月，总是美好的，像春花秋月，像繁星疏落，像一池荷塘，在记忆里吹过缓缓的风。那，经得起回忆的，是童年；是，我们每一个人的光阴的故事。

童年，是那样的花团锦簇，像一条永远不会发霉的棉被，却总想在春日明媚的阳光下把它拿出来晒一晒，这样，算不算是晒幸福，但我们都这样做了。

每一个人，都是那样不厌其烦地沿着记忆的通道回到童年，即使那里也有不快乐的记忆，但明净如湖的那颗心，却是在长大后，再不复相见的。即使，沧桑如张爱玲，也忍不住，在一个“月落如金盆”的夜晚，嘁嘁切切絮絮叨叨地给我们讲那时候的岁月。

不像张家用人何嫂一说起往事，就是一句“那时候，老太太……”起头，再盎然的故事，也都变得有些陈旧索然。

张爱玲的那时岁月，是一个孩子眼里的天真无邪，有一种春日迟迟的空气。那空气，是属于他们天津的家独特的味道。

张爱玲虽然出生在上海，但童年的一段时期却是在天津度过的。张爱玲的祖母李菊耦，是其祖父张佩纶的续弦。在李菊耦嫁过来之前，张佩纶已经有了两个儿子，大儿子早逝，二儿子张志潜比张爱玲的父亲大了十七岁。

张佩纶是个清官，家庭的大部分财产都是李菊耦陪嫁的嫁妆。张佩纶去世后，虽说一切事务交由李菊耦来处理，但实际上却是张志潜一手在打理。长兄如父，婚后，张爱玲的父母一直和张志潜同住，一来觉得拘束，二来也矛盾丛生。张志沂和黄素琼一直想要搬出去住，过自己的二人生活，但一直苦于没有适当的理由。后来，张志沂通过堂兄张志潭的引荐，在津浦铁路局谋到一个英语秘书的职位，就这样，1923 年，张爱玲一家人连同姑姑张茂渊一起搬到了天津的张佩纶结婚时购买的老宅子里，过着富足安稳的生活。那生活是张爱玲一辈子都在渴望的岁月静好。

静好的时光里，是那一架早已斑驳了的秋千。那时候她喜欢坐在那架秋千上，她喜欢那种被高高荡起，再猛地飞落的快感，像是母亲带她出去，穿过马路时，偶尔拉住她的手的感觉，有一种生疏的刺激感。而弟弟张子静因为胆小，怎么都不敢坐，只能在一旁羡慕地看着她。他们一定都是很怀念这样的时光的吧，所以才会在不一样的书中，写下了同样的场景。她也一定是把这些岁月放在心里珍而重之的吧，所以多年后还能记得，那时候一个叫做“疤丫丫”（因为脸上有疤，张爱玲便给她起了这个名字）的高大的丫头，在秋千荡到最高的时候，忽地翻了下去。我猜想，也许那时候爱玲也笑了，一如当年她祖母笑那个躲在黑布下的摄影师一样，是那种偷偷忍着的笑。没有任何坏意的、单纯的笑容。

那种笑，是年少的印章，是风霜还未曾侵袭、秋雨还未曾低落的明朗。不夹杂一点时光的杂质。

张爱玲在《私语》里，写起这些事来，说她并不把这些事情当作太郑重的秘密，所写的都是不必去想它，永远在那里的，可以说是下意识的一部分背景。的确不是什么秘密，也的确不用回想，因为那些时光几乎是随着她的生命一起成长的。

随着她一起成长的，还有天井一角的那个青石砧。水墨丹青一样的颜色，在记忆里永远是纯净澄明的。那时候，一个通文墨、胸怀大志的男用人时常用毛笔蘸了水在那上面练习写大字。这人瘦小清秀，常讲《三国志演义》给张爱玲听，爱玲喜欢他，便给他取了一个莫名其妙的名字叫“毛物”。“毛物”的弟弟，后来娶了“疤丫丫”做妻子，在年幼的张爱玲眼里，她还看不懂每一个家族的矛盾，只知道他们是可爱的一家，有一种明丽丰足的感觉。后来，“毛物”一家，离开了张家宅子，开了个杂货铺子，张爱玲还和弟弟一起在那里买了几只劣质的彩花热水瓶，在店堂楼上吃了茶和玻璃罐里的糖果，并不是多好吃的糖，但还是有一种丰足的感觉。

那，似乎也是童年的一种味道。甜而丰足，永远没有后来战乱的飘零之感。童年，像小时候自己收藏的那一张张七彩的糖纸，绚烂缤纷的，有着糖果的清香。我们可以用它来叠小的装饰品，我们可以把它夹在书里。但，惟一不能的，就是被别人夺走那一张自己才会珍藏的绚烂。

那绚烂里，还有和别人斗嘴的俏皮。好像小孩子之间都会计较这些，谁的玩具好，谁的衣服多，谁更受父母的宠爱。张爱玲说，小孩是从生命的源泉里分出来的一点新的力量，所以可敬，可怖。小孩不像我们想象的那般糊涂，只是父母大都不懂子女。

张爱玲从小就表现出了与众不同的好强。小时候领着弟弟的女佣叫做“张干”，裹着小脚，伶俐要强，处处占先。领张爱玲的“何干”，总因为自己带的是个女孩子，凡事都让着“张干”。但张爱玲却不能忍耐“张干”的重男轻女，常常和她争起来，“张干”一生气就说：“你这个脾气只好住独家村！希望你将来嫁得远远的——弟弟也不要你回来！”“张干”说能够从抓筷子的手指的位置上预卜张爱玲将来的命运，张爱玲抓得近，她说：“筷子抓得近，嫁得远。”张爱玲连忙把手指移到筷子的上端去，倔强地说：“抓得远呢？”她道：“抓得远当然嫁得远。”气得张爱玲圆鼓鼓的脸说不出话来。

每一次，读到《私语》里张爱玲描写的这一段，总是忍俊不禁。那模样和神情就像一个小大人一样，带着一本正经的神气。一点都不讨人厌，只让人觉得她的活泼和可爱来。长大后，她还是像从前般这样要强，只是那时候的要强却加了岁月、距离、理性太多成分，再没有小时候那份天真模样。

岁月，给了她太多光环，却也掩盖了太多美好。

张爱玲说，她最讨厌男子讨姨娘，那种恹恹的旧社会的习气，让她无法艰涩地呼吸。而不知为何，在回忆里，那些她曾经讨厌的事情都带着一种奇异的柔美光环。讲述着童年的张爱玲，像是涉水采芙蓉，每一朵花都有着细细密密的心意。

姨奶奶的小公馆里，有着很多红木家具，像她的人一样明艳。云母石心子的雕花圆桌上放着高脚银碟子，既优雅又风情的感觉。她哄着张爱玲玩，敷衍得爱玲非常开心。

母亲走后，姨奶奶住到家里，那一段，家里难得的喧闹。她不喜欢张子静，总是带张爱玲到起士林去看跳舞。她去舞池里跳舞，爱玲就坐在桌子边吃蛋糕，面前的蛋糕上白奶油高齐眉毛，爱玲却把那一块全吃了，然后在那微红的黄昏里渐渐打着盹儿，在用人的背上一晃一晃地回家。

晃晃悠悠的，有一种梦里不知身是客，一晌贪欢的沉醉之感。也许，真是一晌贪欢，那样的时光，永远只停留在多年以前。过了，就再也没有了。而，在这一晌贪欢的梦里，母亲，是那个最绮丽的梦，也是张爱玲夜半私语时，最怀念的那个人。

我不知道每个人对记忆有着怎样的概念，但，两三岁的时光，对大多数人而言，始终是模糊的。但，对于母亲，张爱玲记得那样清晰。

她还记得，母亲没出国留洋之前，每天早上女佣都会把她抱到母亲的床上去，铜床，方格子青锦被，爱玲就那样趴在床上，跟着母亲不知所云地背唐诗。那应该是她们母女最亲近的时刻了吧，也惟有那时候，她才依偎过母亲的怀抱，那样温暖、那样铭心的依恋。母亲总是忧伤的，惟有和爱玲玩了许久才能高兴起来。

那时候的母亲是那样柔和，那样让爱玲难以忘怀。然而，母亲还是走了，上船的那天她伏在竹床上痛哭，绿衣绿裙上面钉有抽搐发光的小片子。那是她的心在抽搐着。小小的爱玲被人抱上前，母亲也不理，只是哭。

母亲睡在那里就像船舱的玻璃上反映的大海，绿色的小薄片却有着整个海洋的无穷尽的颠簸悲恸。那是一个母亲告别儿女的悲痛。

就这样，母亲在童年里，缺失了，一缺失就是四年。

爱玲永远记得，母亲回来的那一天她吵着要穿上她认为最俏皮的小红袄，她像所有渴望着母亲的女儿一样，希望自己在母亲心中永远都是最美丽的。母亲回来，父亲痛悔前非，他们又搬到上海一所花园洋房里，有狗，有花，有童话书，家里陡然添了许多蕴藉华美的亲戚朋友。有一回，张爱玲的母亲和一个胖伯母并坐在钢琴凳上模仿一出电影里的恋爱表演，她坐在地上看着，大笑起来，在狼皮褥子上滚来滚去。肚子都疼了，依然停不下。为什么要停？人生苦短，我们本就该及时行乐。

那样恣意的时光，连自己都不忍心再回忆。其实，那时候，根本不懂电影里的故事，惟一快乐的也许只是妈妈回来了。她可以骄傲地告诉全世界，她有着这样一个美丽的妈妈，这样一个幸福的家。

张爱玲是那样的兴奋难捺，写信给天津的一个玩伴，描写自己的新屋，整整写了三张信纸，还专门给人家画了图样。当然没得到回信，张爱玲说，那样的粗俗的夸耀，任是谁也会讨厌。然而那时候，就是那样的得意。因为曾经失去太多，所以在得到时，才渴望全世界都看得到。

在小小的张爱玲心里，家里的一切都是美的巅峰。蓝椅套配着旧的玫瑰红地毯，其实是不美的，然而她喜欢它，因为那是自己的家，日日阴雨大雾的伦敦，很少见到蓝天，但因为母亲，她觉得英国就是晴朗的，一直到最后她都改变不了这个最初的印象。其实，她的爱是那样的固执。冷漠，不过是人生这场舞会里，她随身携带的一张面具。只有走近她，才能看清她。

那时候，老舍还在写着《二马》，每月杂志寄到的时候，母亲坐在抽水马桶上看，一面笑，一面读，她一个小小的人儿，就靠在门框上看着母亲，一面看，一面笑，怎么样都是一个好字。后来，老舍写了那么多书，每一个都要比《二马》好看，爱玲最喜欢的竟还是当初那一部《二马》，因为那里有着母亲的笑容，有着童年的安稳记忆。

还不到八岁的她，跟着母亲学习西洋的图画，学钢琴，学英文，像一个乖乖女一样走路。她七十五年的人生里，也惟有那一个时期是那样的具备洋式淑女的风度。她是那样喜欢母亲的夸奖，任何时候，母亲的夸奖都能让她止住眼泪，不再忧伤。只是上天太残忍，给张爱玲的太少太少，如果，在那兵荒马乱的岁月里，在那心花凋零的时光里，母亲能陪在她的身边，像小时候一样，说一句夸奖她的话，也许，她便不再是那个孤寂的张爱玲。

后来，张爱玲非常喜欢别人夸她的好话，不管对不对，她都开心。其实，那种心情并不是自恋，而是因为她在寻找，后来在亲人身上得不到的亲情，如果能从陌生人身上找到一些慰藉，对她，同样是美好的。

其实，她的一生都在寻找。寻找那一段太早就遗失的岁月，寻找在红尘中她渐渐丢掉的爱。

那时岁月，梧桐静静，燕子呢喃，月光如洗，桃花明艳，蝴蝶跳着舞蹈，舞出生命的蜕变，知了低吟，在心中婉转出一首歌谣。她和母亲，还有他们，手持一把花剪，剪出一泓秋月，照亮回家的路。

那时岁月，年华正好。

出逃私语

出逃私语（古代的夜里有更鼓，现在有卖馄饨的梆子，千年来无数人的梦的拍板："托，托，托，托"——可爱又可哀的年月啊！现在我寄住在旧梦里，在旧梦里做着新的梦。）

不知道是不是每一个人在少年期，都有着不同程度的叛逆。不知道又有多少女孩在曾经受尽委屈的时候，有过那一种离家出走的念头。

我想，我是有的，是那一种少不经事的想法，未必见得受了多大委屈，但就是一点都容不得家里人的批评和质疑，一旦发生，便想逃离。但，之于我，也仅限于想想，真正的出走，却是没有勇气的。

家里的饭菜太可口，妈妈缝制的衣服太贴身，爸爸讲的故事太动听，一切都是那么美满，即使受点小委屈又如何。离开了家，这些就都没有了。

于是，那些念头，终究也只是念头而已。但如果，家里，再也没有那样的温暖，而只是一个冰冷的寒窖；没有父母的关怀，没有欢声笑语的热闹，也许，我们也只能破釜沉舟。

出逃，对一个渴望温暖的女孩子而言，是一种绝处逢生，是天山上那惟一一朵可以救命的雪莲。

至少，对于当时的张爱玲而言，是这样的。

她和弟弟一起成长，一起听到父母的争吵，面对他们的恩怨分合。他们的童年与青春时代，是由父母的迁居、分居、复合、离婚这条主线贯穿起来的。其间的波折和伤害，张爱玲的感受比张子静更为深刻。

逃出这个家，开始自己全新的生活。而不是如此地颓靡枯萎下去，这是张爱玲当时最迫切的渴望，这种渴望在母亲回国后，表现得更为明显。母亲带来的世界是那样的明亮刺激、新鲜优雅，让爱玲简单地把这个世界一分为二，一个是母亲的明亮，一个是父亲的黑暗。

虽然有时候，她也喜欢那鸦片的云雾，雾一样的阳光，屋里乱摊着小报，那种景象虽然乱，但却仍然给她一种回家的感觉，看着小报，和父亲谈谈亲戚间的笑话——那时候，知道他是寂寞的，那时候寂寞的他和爱玲在一起，才有那一种天伦之乐。在爱玲的记忆中，父亲的房间里永远是下午，在那里坐久了便让人觉得沉下去，沉下去。

可是，倔强勇敢的张爱玲并不想永远在那里沉下去，她和她的父亲不一样，不是被时代遗忘的人，而是走在时代前端的人。

因此，在前进的一方面她也有着海阔天空的计划，爱玲说她要在中学毕业后到英国去读大学，后来她果然很争气，在考试中考出远东区第一名的好成绩，只是因为战乱到底还是没有去成，有一个时期她想学画卡通影片，尽量把中国画的作风介绍到美国去，那时候动漫这个行业还根本无人涉及，她却早早地就看到了前景，她的远见，在小的时候就已经高人一筹。后来，在她离开中国很多年后，动漫产业才渐渐崭露锋芒，但始终还是没有将中国画的作风普及全世界。她说她要比林语堂还出风头，要穿最别致的衣服，周游整个世界，在上海有自己的房子，过一种干脆利落的生活。

干脆利落，这好像是张爱玲一直以来的追求，也是她最欣赏的人生态度，这种态度，她的母亲有，她的姑姑也当仁不让，到了她这一代毫无意外地，她也做到了。不得不说，张家的女性向来要强过男子。

然而，人生的又一次幻灭迫近了。她的第一次幻灭是父母的离婚。第二次，是父亲的再婚。这两次幻灭，她都没有能力阻止，父亲的再婚是一件结结实实的真的事情，那种惘惘的危机感又来了。

小时候，大年初一那天，爱玲预先嘱咐阿妈们明天一早就叫她起来看迎新年，谁知她们怕爱玲熬夜辛苦了，让她多睡了一会儿，醒来时，鞭炮已经放过了。那时候她就觉得一切的繁华热闹都已经成了过去，她再也没有份儿了，躺在床上哭了又哭，不肯起来，最后被拉了起来，坐在小藤椅上，人家替她穿上新鞋的时候，还是哭——即使穿上新鞋也赶不上了。

是那样焦灼愤恨的语气，那种小小年纪不该有的苍凉之感，她竟然早早地有了，不知道是天性如此，还是这个大宅子和贵族身份容易让人有这种身世之感。那场景就好像《红楼梦》里正月灯节，一大家子人在一起猜灯谜，贾政一个个看过去，竟全是不祥之语，那样风华正茂的年纪，这样苍凉悲伤的预感，连贾政都不忍心再看下去。

张爱玲和他们是一样的。也许，那正是一个时代的印记。乱世中，家族的没落，让他们过早地体验到了幻灭。也许，上天带给你怎样的繁华，就会给你同样的落魄。我们经得起多大的赞美，就要受得起多大的诋毁。

喧闹与落寞，爱玲一样甘之如饴，她是一个既热情又孤独的人。

得知父亲再婚的消息，是姑姑告诉张爱玲的。那是一个夏夜，夏蝉叫得人心慌，她伏在阳台上，哭了。她曾经看过那么多的关于后母的凄惨的故事，然而，张爱玲怎么也想不到，有一天，她也会遇到那些小说里的事情。那时候，对于爱玲来说，只有一个迫切的愿望：无论如何不能让这件事发生。如果那女人就在眼前，伏在铁栏杆上，她必定把她从阳台上推下去，一了百了。

当然，这事情没有发生。张爱玲这样说也不过是用一种激烈的语气，控诉自己的不满。

张志沂和孙用蕃结婚不久，就搬到一座民初式样的老洋房里去，张爱玲就是在那里出生的。房屋里有她曾经太多的回忆，那回忆都是一家人还在一起的时候，那回忆像重重叠叠复印的照片，整个的空气有点模糊。有太阳的地方使人瞌睡，阴暗的地方有古墓的清凉。房屋的青黑的心子里是清醒的，有它自己的一个楼异的世界。而在阴暗交界的边缘，看得见阳光，听得见电车的铃声与大减价的布店里一遍又一遍吹打着“苏三不要哭”，在那阳光里只有昏睡。

然而，这些记忆，现在要被毁掉了。一个外来的女人，强行地用她的年华占据了这里的美好。从此，这个洋房里，不仅仅只有快乐了。爱玲一生最好的时光、最坏的记忆竟然都是在这同一个地方。

那些曾经母亲到过的地方，现在都是继母孙用蕃的影子。说到这里，就简略地提一下孙用蕃。孙用蕃嫁给张志沂的时候已经三十五岁，即使放在今天也是一个超级剩女，更别说在当时那个早婚的年代。孙用蕃出生于一个大家族，她的父亲是原北洋政府总理孙宝琦，鼎盛时期，妻妾成群，共计娶了五房太太，生下八个儿子，十六个女儿，孙宝琦的女儿，专供权贵之家，其亲家，囊括了冯国璋、袁世凯一干人等。

这样一个家族，成群的兄弟姐妹，孙用蕃的剩女之路想来也不怎么好过。虽然，她自己一直声称他们家那么多亲戚，也不像张家那样兄弟姐妹如此不和睦，最终分崩离析，但，成百人的大家族，怎么想，也和睦不到哪里去。

一个女人，三十五岁还没有把自己给嫁掉，心里本就积了不少怨，又在这样一个复杂的家庭，她的城府，我想，不说自明。

这样的一个继母，张爱玲那样一个极其排外的人，这母女俩的相处可想而知。张子静在《我的姐姐张爱玲》一书中说起过两件小事，一个是，张爱玲心爱的小花猫吵醒了孙用蕃和张志沂，他们便一定要将那只猫赶走，后来张爱玲姐弟俩和用人苦苦求情，张志沂才作罢。又有一次，张爱玲弹着钢琴教一个叫小胖的丫头唱《渔光曲》，小胖较为笨拙，学了好久也没学会，却把孙用蕃和张志沂吵醒了，自此后，张志沂再不让张爱玲在早上弹钢琴。

父亲的家，从这时候开始，再也没有从前柔和的气氛了。这个家，不再是爱玲的家了，从继母嫁过来的那一天，这个家就像一双鞋子，强行穿在了她的脚上，张爱玲怎么穿都不会合脚。

但因为张爱玲住在学校里，很少回家，在家里虽然看到弟弟与年老的“何干”受折磨，非常不平，但是因为实在难得回来，也只能客客气气敷衍过去了。

敷衍，是她能给这个继母惟一的态度。那敷衍里，全是不满，没有一丝的喜欢。

其实，我们每一个人都活在敷衍中。有时候我们在敷衍着别人，有时候，别人，也在敷衍着我们。敷衍，这种东西，如果没有另一种真心实意的好来作比较，也显不出它的不好来。

然而，让张爱玲真心实意爱着，一点都不想敷衍的人回来了。

黄素琼是为了张爱玲留学的事情而回来的。

母亲的回来，是让张爱玲非常欣喜的。她自己并不觉得她的态度有什么变化。但是我想，她的那种变化应该是非常明显的，她在小的时候，因为母亲回来高兴，忍不住给小伙伴写了一封洋洋洒洒满是炫耀之词的长达三页的信，这一次，她虽不至于那么夸张，但她的改变，足以让张志沂发现。

张志沂的心里非常不是滋味，其实也是吃醋，父母之间经常会计较儿女究竟更在乎谁。张志沂一直以为，这些年来，他养育张爱玲，教她读书识字，送她进学校读书，对她比对张子静还好，一定会换来女儿的感恩戴德。他以为张爱玲应该和自己父女情深，以为这个出色的女儿，将成为自己感情上的一种慰藉。然而，黄素琼一回来，一切都变了，张爱玲那么多年没见她，还是和她那么亲。她奔向黄素琼，奔向那个崭新的世界，她们母女又一次无情地将他抛弃，像多年前张茂渊和黄素琼一样，她们的同仇敌忾，让张志沂承受不了。他始终搞不清楚，其实抛弃他的不是他的至亲，而是那个大时代，是他自己的脚步。

但，自始至终，张志沂对黄素琼都有一种特殊的感情，这个美丽高贵，让他没有办法的女子，像罂粟花一样，在他的心里种下了毒素。

偏偏这个时候，张爱玲又向他提出了出国留学的要求。张志沂自然不同意，张爱玲和张子静都认为他是舍不得出钱，但从后来，即使条件大不如从前，他也愿意资助张爱玲读圣约翰大学这一事情来看，他舍不得的不是钱，他舍不得的是这个女儿。在他的心里，出国留学仿佛代表的就是那一个他始终没有接受的新时代，他害怕那新时代的召唤，不仅召唤走自己的妻子，还召唤走自己的女儿。张爱玲选择了一种最糟糕的方式——演说，来向张志沂提出留学的要求，而且是期期艾艾、非常坏的演说。结果可想而知，张志沂大发脾气，说张爱玲受了人家的挑唆。继母孙用蕃又在一旁挑唆。张爱玲的游说当然毫无结果。

沪战爆发，父亲也不同意，张爱玲出国留学的事情只能暂时被搁置。因为张家邻近苏州河，夜间听见炮声不能入睡，所以张爱玲便到母亲处住了两个礼拜。临走前，爱玲是和张志沂说好的，他躺在烟榻上，心情平和，柔声应下。张爱玲心想，他始终还是对母亲有一种未了的情，黄素琼在他心里依然模糊是从前那个执壶倒茶、伉俪情深的女子。

然而，孙用蕃却没有这一种情怀。女人总是会忍不住在心里暗暗和从前的那个人较劲儿，再聪明也不例外。尤其，黄素琼还是一个和张志沂共度过很多美好年华的人。

孙用蕃的较劲儿表面是和张爱玲，实则是和黄素琼。在张爱玲用一种高傲的态度对父亲进行着留学演说时，孙用蕃就曾当场骂出来："你母亲离了婚还要干涉你们家的事。既然放不下这里，为什么不回来？可惜迟了一步，回来只好做姨太太！"言外之意，她再怎么好也是旧人了，从来都是只见新人笑，哪闻旧人哭。这个女人，真厉害，总能用最准确的方式刺中张志沂父女，将他们激怒。

张爱玲对孙用蕃这番骂语作何感想，她并没有写在《私语》里，但张子静认为这句话是这次事件中，最让张爱玲受伤的。

这一次，张爱玲去黄素琼那里，一住就是两周。走之前并没有和孙用蕃打过招呼。在张爱玲看来完全没有那个必要。但孙用蕃显然受不了，这种受不了也在情理之中，本来她一个刚嫁过来的人，就做了两个孩子的继母，已经够为难了，何况现在这个家里，还处处充斥着前妻的影子。虽然，她并不会对孙用蕃造成任何威胁，但仅仅是影子也够折磨了。

张爱玲从黄素琼那里回来的那一天。孙用蕃忍无可忍地发了飙：她问张爱玲："怎么你走了也不在我跟前说一声？"爱玲淡淡地答："我向父亲说过了。"只这一句话，便惹怒了孙用蕃："噢，对父亲说了！你眼睛里哪儿还有我呢？"她唰地打了张爱玲一个嘴巴，张爱玲本能地要还手，其实只是下意识的保护，却被两个老妈子赶过来拉住了。

孙用蕃看到张爱玲竟敢对她还手，一路锐叫着奔上楼去："她打我！她打我！"张志沂一听孙用蕃这样说，更为恼怒，蹬着拖鞋，啪嗒啪嗒冲下楼来，一把揪住张爱玲，拳足交加，吼道："你还打人！你打人我就打你！今天非打死你不可！"那一瞬间，张爱玲只觉得天旋地转，耳朵也震聋了。她坐在地上，躺在地上，他还是像疯了一样打着她。张志沂终于被人拉开，渐渐恢复平静。张爱玲心里一直很清楚，记得她母亲对她说的话："万一他打你，不要还手，不然，说出去总是你的错。"所以张爱玲也没有想抵抗。

但这个骄傲的女孩，在众人面前受到这样的屈辱，她强烈的自尊心让她无法平静，她预备立刻报巡捕房去。然而，她这个举动不仅没有成功，反而更加激怒了张志沂。就这样，张爱玲被关了起来，张志沂在气头上，本来早就不和张志沂往来的张茂渊，为了张爱玲，这一次，也前来相劝，结果张志沂迁怒旁人，连张茂渊也给打了，那一次，张茂渊发誓再也不会踏进这个门。

营救不成，张爱玲只能自救，惟一的方式就是出逃。她在《私语》里详细地描写了这一次出逃的经过：

等到我可以扶墙摸壁行走，我就预备逃。先向何干套口气打听了两个巡警换班的时候，隆冬的晚上，伏在窗子上用望远镜看清楚了黑路上没有人，挨着墙一步一步摸到铁门边，拔出门闩，开了门，把望远镜放在牛奶箱上，闪身出去。——当真立在人行道上了！没有风，只是阴历年将近的寂寂的冷，街灯下只看见一片寒灰，但是多么可亲的世界啊！我在街沿急急走着，每一脚踏在地上都是一个响亮的吻。而且我在距家不远的地方和一个黄包车夫讲起价钱来了——我真高兴我还没忘了怎样还价。

这一段文章后来被张爱玲发表在《大美晚报》上，张志沂是每天都会订阅这个报纸的，张爱玲的这一举动，也许并不仅仅是巧合。在她那样的年纪，她无法用其他能力来和他抗衡，这样的一个举动，无疑是对他最好的反抗，后来，张志沂在家里看到这篇文章，非常生气，却也没有办法，那时候，他终于意识到，他最心爱的女儿也离他而去了。他这一辈子最后真正陪了他一生的，惟有孙用蕃。即使最后落魄地住在十四平米的房间里，她也没有离弃他，在张子静的回忆里，他们夫妻二人感情一直不错，1953 年，张志沂因心脏病离开人世，并没有受太多的苦，对他而言，这应该是最好的结局。

当月光莹然，周围一切都静下来的时候，张志沂应该也是后悔过的。或者说，他并没有想真的置张爱玲于不顾，张爱玲在囚禁的过程中，患了严重的痢疾，张志沂躲过孙用蕃的注意（其实，哪能躲过呢，不过是孙用蕃在意张志沂，睁一只眼闭一只眼罢了），选择消炎的抗生素针剂，亲自为张爱玲注射，这样医治了几次之后，张爱玲的病情终于好转。

那一刻，我想，无论张爱玲还是张志沂都是百感交集的吧。他明明知道，等爱玲身体康复之后，她还是会义无反顾地离开这个家，但他还是给了她作为一个父亲应该有的关怀。

这一段往事，张爱玲从未提及，若不是张子静，也许我们永远看不到那个温情的张志沂。

其实，忧伤的还有张爱玲。那样美好的年华里，她看蓝色的月光，亦是静静的杀机。花园里开的那样芬芳肃静的白玉兰落在她眼里也无心欣赏，她形容那花像污秽的白手帕，又像废纸，抛在那里，被遗忘了，大白花一年开到头，从来没有那样妖冶丧气的花。其实丧气的是自己，只是她从来不会表现出她心底的柔弱，太要强，其实刺伤的往往是自己。在乱世里，能如鱼得水的全都是懂得示弱的小女子。

那一场出逃往事就这样在1937年落了幕。她逃出那个爱恨纠缠、记忆横亘的家，再也没有回头。

父亲给过她的那些爱，她后来再也没有提及，也许，那不提，并不是因为没有原谅。而是，不知如何开口。

不是每个人，都知道如何让自己柔软下来，张家人的强硬骄傲，也是一个传统。

他们都在固执倔强里，守着自己的小伤口，在夜半无人的时候，用悠长的岁月疗一个伤。

乱世的人，得过且过，没有真的家。张家的人后来辗转于香港、伦敦和洛杉矶。家对于他们渐渐地只是一个概念。那一场青春里的出逃就像一个小孩子在青春时期脸上的一个痘痘，时间久了，只留下一个印记，那姑且，可以看作是对家的念想吧。

后来，漂泊在洛杉矶的张爱玲，有很多次机会可以回家，但，最终，她都放弃了。她对夏志清说：哦，上海，恍如隔世。既然，往事已然如梦，过去的就让它过去吧，何必去破坏那不多的记忆。

岁月如歌，总有一天，所有离别都会重逢。

香港旧事

香港旧事（死生契阔——与子相约，执子之手，与子偕老。我看那是最悲哀的一首诗，生与死与离别，都是大事，不由我们支配的。比起外界的力量，我们人是多么小，多么小！可是我们偏要说：我永远和你在一起，我们一生一世都别离开。——好像我们自己做得了主似的！）

每一个人，一生都是在行走之中，我们在走走停停中，浏览了世界风景万千。这些风景，渐渐形成一幅画，挂在我们的心底，时时提醒我们，那些我们走过的路。一个城市往往有一个故事，我们路过那个城市，便取走了那个城市的一片色彩。我们的人生就像七色板，走过不同的城市，然后由各种各样的颜色组成。

天津是母亲爱着的蓝绿色，明艳清雅，是童年的颜色。上海是灰色的，有着少年最初的创伤和成年后的哀婉。对张爱玲来说，香港则是鲜艳的，浓浓的绿，火一样的红。

有人说，爱上一座城，是因为爱上了住在那里的人。其实，爱上了一座城，往往是因为我们爱上了那座城里的自己。我爱你，不是因为你是谁，而是因为在你面前我可以是谁。我喜欢电影《剪刀手爱德华》里的这句话。因为，在爱情里，我们往往都是爱上了那个在爱情中的自己，有一种爱，叫爱上爱情。

我想，张爱玲是喜欢香港的。香港，这座城里没有后来的胡兰成，没有以后在美国的漂泊流离，只有读书的快乐和炎樱的友谊。香港，在张爱玲的眼中，是从一些鲜艳的颜色开始的。在香港的那三年，她从少年变为了成年。她的人生不再是灰色的了。港大的三年，可能是张爱玲一生中最为明艳的时光。

在张爱玲的笔下，香港始终是一个色彩热闹的城市。在《倾城之恋》中，她这样描述白流苏对香港的印象："那是个火辣辣的下午，望过去最触目的便是码头上围列着的巨型广告牌，红的、橘红的、粉红的，倒映在绿油油的海水里，一条条、一抹抹刺激性的犯冲的色素，蹿上落下，在水底下厮杀得异常热闹。流苏想着，在这夸张的城市里，就是栽个跟斗，只怕也比别处痛些，心里不由得七上八下起来。"

七上八下的应该也有爱玲吧。在这样一个繁华陌生的城市，那样不善于交际的她，也许多多少少会有一些彷徨。她不再想要任何一种痛了。

除了最后在香港度过了一段战乱的时期，其他的时光，在香港，应该还是快乐居多的。那是张爱玲人生中生命力最饱满的一段时期。

一切，都是那样的轰轰烈烈。像《第一炉香》里葛微龙第一眼见到姑母的家：草坪的一角，栽了一棵小小的杜鹃花，正在开着，花朵儿粉红里略带些黄，是鲜亮的虾子红。墙里的春天，不过是虚应个景儿，谁知星星之火，可以燎原，墙里的春延烧到墙外去，满山轰轰烈烈开着野杜鹃，那灼灼的红色，一路摧枯拉朽烧下山坡子去了。杜鹃花外面，就是那浓蓝的海，海里泊着白色的大船。

也像在《倾城之恋》里，那绚烂地开着的凤凰花。红得不能再红了，红得不可收拾，一蓬蓬一蓬蓬的小花，窝在参天大树上，壁栗剥落燃烧着，一路烧过去，把那紫蓝的天也熏红了。

她在香港的岁月也是这样一路烧过去的。

1939 年，张爱玲提着母亲出洋时用过的旧皮箱，简简单单，清清爽爽地只身南下。母亲和姑姑担心张爱玲在这语言不通的殖民地城市里，会受到委屈，便安排了旧识李开弟代为接应。这李开弟不是别人，正是姑姑的初恋情人，张爱玲后来的姑父。黄素琼指定李开弟为张爱玲在香港时期的法定保护人。

那一年李开弟三十八岁，留洋归来，学业有成，在香港做工程师，接到旧时好友的嘱咐，自然不会掉以轻心。

他到码头接张爱玲，发现爱玲寡言少语，于是自己也不多说什么，只是接过行李，亲自开车把爱玲送到了香港大学。

她在香港大学的读书时光就这样开启了。

她应该是比较留恋这一时光的，后来在《小团圆》中，开篇写到的便是这一段岁月。

这所香港大学，极具殖民地色彩，坐落在半山腰的一座法国修道院内。管理学生宿舍的，都是天主教的修士和修女。

黄素琼是个学校迷，她们那个时代是有中年妇女上小学的。把此地的章程研究了个透，知道宿舍只有台灯自备，特地给张爱玲在先施公司三块钱买了一只，宁可冒打碎的危险，装在箱子里带了来。是那种乙字式的小台灯，放在窗台上，乳黄色球形玻璃罩还亮着，映在清晨淡灰蓝色的海面上，不知怎么有一种妖异的感觉。那感觉像是给针扎了一下，让她禁不住立刻去揿灭了灯。

学校里，学生都是一人一个小房间的。中间用木板隔着，像是西部片酒排式的半截百叶门。那时候，张爱玲和炎樱是隔壁。她总是推开那道门，和炎樱有一搭没一搭地聊着。“昨天晚上，你什么时候睡的。”“就要大考了，你准备好了没有。”诸如此类。

大考临近的时候，张爱玲总是紧张的。总觉得自己连笔记都记不全，来不及和炎樱多聊，拿着钢笔、墨水瓶、笔记簿下楼。在这橡胶大王子女进出的学校里，只有张爱玲没有自来水笔，总是一瓶墨水带来带去，非常瞩目。

显然，在这里，爱玲算是一个“穷学生”。港大的学生，多来自东南亚，是华侨富商们的子女。即便是内地和上海来的学生，家境也都相当优越。他们出手阔绰，社交频繁，很多人上学是有汽车接送的。港大毕业的女孩子有很多都是要嫁给外交官或者大富商的，再独立一些的，或许会成为名扬香港的交际花，比如张爱玲小说中《沉香屑·第一炉香》的葛薇龙，就是一个例子。因此，港大的学生，学习是一方面，交际是另一方面。

张爱玲向来是不爱说话的。在这个热闹的校园里，多少是个异类，好在大家慢慢习惯了她的沉默。港大期间，为了省钱，她不敢参加社交活动，同宿舍有一个香港女孩，叫周妙儿。其家里阔得不得了，自家竟然买下了一整座离岛——青衣岛，在上面盖了豪宅。她邀请同宿舍女生去她家玩一天，去的时候要租小轮船，说好大家分摊船钱，每人十多块钱。

张爱玲不愿意去。因为十多块钱，对她来说也是不小的支出。虽然也是出身贵族，但她向来省俭，连母亲三块钱给她买了盏台灯，她也觉得这钱花得不值得。她在《小团圆》中说自己像是镂空纱，全是缺点组成，惟有省俭这一项，倒算是个优点。

因此，张爱玲最怕这类额外支出，本来就已经花母亲的钱够多的了，如何再好意思挥霍，没办法只好向负责管理的修女解释说，因为父母离异，自己被迫出走，母亲送她进大学已经非常吃力，因此不想去。那修女做不了主，又去请示上司，最终全院上下都知道有张爱玲这么一位贫困生。

后来，张爱玲的母亲，偶然来宿舍看她，碰到了修道院的嬷嬷，后者知道了张爱玲的母亲住在浅水湾饭店（香港非常昂贵的一家酒店），张爱玲非常不好意思，因为此前，她以“穷”为借口，白住了一个夏天。

仿佛是永久不变的道理。穷了，就不能挥霍，只能奋发向上。张爱玲一向对交际无感，所有的时间就都用在了学习上。为了拿到全额的奖学金，她甚至牺牲了自己这么多年来写小说的爱好，全心全意攻读大学课程。

她学习起英语来，尤其努力。港大的三年，她甚少用中文写东西，和姑姑母亲通信，也往往是英语。那时候，张茂渊也省俭，常用漂亮的粉红色拷贝纸给爱玲写英文信，上面是淑女样的蓝色字迹。

经过一番苦学，她的英文逐渐炉火纯青，就是用来谋生，也绰绰有余。张子静后来回忆：“我姑姑有一回跟我说：你姐姐真本事，随便什么英文书，她能拿起来就看，即使是一本物理或化学。”张爱玲是看里面的英文写法。至于内容，她不去注意，这也是她英文进步神速的一大原因。她的英文写得流利，自然，生动，活泼，张子静认为即使他再学十年，也未必能赶得上姐姐一半。姑姑张茂渊和弟弟张子静都是英语不错的人，尚能给出如此高的评价，可见张爱玲的英语绝非一般。

晚年，她隐居洛杉矶，用英文写自传小说《易经》以及《秧歌》

等，还曾有教授夸她：英文写作比美国人还地道，富有文采。

当然，她的努力也没有白费，第一年申请奖学金没有拿上，但她的老师给了她八百块港币，并嘱咐她明年继续保持好成绩，一定能拿到奖学金。她非常高兴，急不可耐地把钱给黄素琼看，却被母亲输在了麻将桌上，伤透了爱玲的心。

到第二年，港大文科二年级的两项奖学金，被她一人拿下，如此一来，不仅学费、膳宿费全免，毕业后还可免费保送去牛津大学深造。

有一位以严厉出名的英国籍教授惊叹：教书十几年，从未有人考过这么高的分数！

港大不像是上海的圣玛利亚女校，中学女孩都是单纯幼稚的。在这里，是来自热带地区的华侨子女，他们的人生态度，像他们居住的地方一样，是热情奔放的，是恣意放任的，就像那些一路燃烧下去的红艳艳的杜鹃花——这种对生活所抱有的热情，大大地影响了张爱玲的性格。在港大的生活中，能见到各种很刺激的颜色。那些女同学们，也好像个个都异乎寻常。

这种现象在学医科的女学生中，表现得尤为突出。她们一点都不死板，平时在饭桌上总是大说大笑的，说一些专业内的笑话，还夹杂着许多术语。她们一天到晚除了谈上课与医院实习的事故，就是议论教授。

这里的女生们早就懂得了爱情，有的在同班同学中有了男朋友，订了婚，还有一个内地西北的女学生与有妇之夫有暧昧关系，那是惟一一个和爱玲一样学文科的女孩子。

男生们也浪漫奔放，夏夜，成群结队上山散步，在距女生宿舍不远便停住了，互挽着手臂排成长排，在马路上来回走，合唱流行歌。有时候也叫宿舍里女生的名字，叫一声，一阵杂乱的笑声。叫几个英文书院出身的本港女孩子比较多，也有时候叫炎樱。

炎樱，是张爱玲给她取的名字。两个组合起来很美的字，炎是热烈，樱是安宁，动与静的完美组合，像是她们自己。

张爱玲这一生，真正亲近的人，很少，炎樱是其中一个，而且是张爱玲笔下少数性格健康的人。

炎樱打破了张爱玲的孤独，让她狭小的天地一下子广阔起来。在相当长的一段时期内，炎樱是张爱玲快乐的源泉。

友情亦是讲究缘分的，她们两个，居然是坐同一条船从上海来香港的。

炎樱是个混血的锡兰（今斯里兰卡）姑娘。父亲是阿拉伯裔的锡兰人，伊斯兰教徒，在上海开珠宝店；母亲是天津人，早年为了跨国婚姻的事，跟家里断绝了关系。

和炎樱在一起的日子总是快乐的，这姑娘笑起来很响亮，说话又快，又不讲道理。她天性饱满的热情，多少改变了张爱玲一贯的阴郁。

有人说：“我本来打算周游世界，尤其是想看看撒哈拉沙漠，偏偏现在打仗了。”

炎樱却答：“不要紧，等他们仗打完了再去。撒哈拉沙漠大约不会给炸光了的。我很乐观。”

她说起话来，总是这样俏皮，可爱活泼得任是谁见了都会喜欢。

中国人有这句话：“三个臭皮匠，凑成一个诸葛亮。”西方有一句相仿的谚语：“两个头总比一个好。”炎樱后来改编了这句话，说："两个头总比一个好——在枕上。"她这句话是写在作文里面的，看卷子的教授是教堂的神父，吓得瞠目结舌。张爱玲说她这种大胆，任何以大胆著名的作家恐怕也望尘莫及。

她们也有着很多共同爱好，画画就是其中之一。在后来香港沦陷时，为了打发光阴，两人就常在一起作画，一个勾图，另一个就上色。爱玲曾给炎樱画过一幅肖像，炎樱后来给张爱玲的小说集《传奇》设计了封面，还给张爱玲的一张照片重新上了色。

炎樱活泼明朗，却是那种心细的女孩子，看出张爱玲的孤僻来，也察觉到她的敏感，所以总是去哪儿都要带着她，有一次放暑假，炎樱起先答应留下来陪张爱玲，但不知何故，未打招呼就回上海了。张爱玲就有一种被遗弃的感觉，倒在床上哭得不可开交。

两个女孩子的友情，认真起来，比爱情更为让人感动。那样的友谊，不会随着岁月的流逝而改变，不会随着彼此的分离而淡忘，是永远留在心里的一片明月光。也许，用范玮琪的那首《一个像夏天，一个像秋天》来形容她和炎樱最合适不过。

我们一个像夏天一个像秋天
却总能把冬天变成了春天
你拖我离开一场爱的风雪
我背你逃出一次梦的断裂
遇见一个人然后生命全改变
原来不是恋爱才有的情节
如果不是你 我不会相信
朋友比情人还死心塌地

我的弦外之音

我的有口无心

我离不开 Darling 更离不开你

然而，战争爆发了，连香港也不能幸免。一炮一炮之间，冬晨的银雾渐渐散开，山巅、山洼子里。屋顶上架着高射炮，流弹不停地飞过来，尖溜溜一声长叫："吱呦呃呃呃呃……"然后"砰"，落下地去。那一声声的"吱呦呃呃呃呃……"撕裂了空气，撕毁了神经。淡蓝的天幕被扯成一条一条，在寒风中簌簌飘动。风里同时飘着无数剪断了的神经尖端。她色彩绚烂的大学生活，也在这战争的炮声轰鸣中，訇然落幕。那些和炎樱一起逛街，一起看电影，一起画画的岁月，那些听着医科女学生讲着大胆的笑话的岁月，那些大考前紧张得难以入眠的岁月，都被这战争整个地毁掉了，什么都完了，烧完了、炸完了、坍完了，也许只剩下点记忆。

港战爆发，香港大学也停办了。医科的女学生都被分配去做了战地支援，不去也没有办法，因为领不到毕业证。炎樱也去了，两个女学生，一个男学生，三个人一组。

炎樱在上海的英国女校当过学生长，自然是战时工作者的理想人选，时间到了，把随身带的东西打了个小包，说走就走了，不过说话嗓子倒小了，单薄悲哀，像大考那天早上背书的时候一样。

原来，再快乐的人也一样，在战争面前，国破家亡，快乐是不多的一点奢侈。

整个世界，仿佛又只剩下了张爱玲一个人。所幸，还有一个西北来的女孩子和她一样学文科，两个人不用去战地。

张爱玲想着宿舍不会为了她们一直开下去。听别人说去跑马地报名做防空员，有口粮可领，便问那个同学："去不去，一块去？"

早上起了床，出发去，准备约上那个同学。然而，那同学却被别人接走了。终于，在这战争里，只剩下了张爱玲。

浩浩荡荡几百个学生步行去报名，她一个也不认识，就在跑马地墓园对过，她遇到了轰炸。冬天草坪仍旧碧绿，一片斜坡上去，碧绿的山上嵌满了一粒粒白牙似的墓碑，一直伸展到晴空里。

一个炸弹忽然落到对过。她差一点被炸死。那一刻，张爱玲在脑子里听见自己的声音在告诉别人。

却连自己都不知道是告诉谁。难道还是奶妈？她所有的温暖始终停留在童年，那个自己背弃了的家。姑姑向来淡淡的，爱玲认为她也不会当桩事。母亲，她是根本没想起的，总觉得想了也无用。炎樱她倒是想了起来，但张爱玲是那样的忧伤，炎樱却永远是快乐的，也许即使自己死了，炎樱也还是一样快乐。

差点炸死了，都没人可告诉，她若有所失。

若有所失的，还有在电脑前敲着方块字的我。原来张爱玲是那样的不自信，那样的脆弱。她永远看起来那么冷冷清清，却在心里渴望着最平凡的爱，然而受过的伤太多，她终于无法相信这人世间的情意。

偶尔，她也会遇到一些温暖。却不知道如何去珍惜。她对这尘世的情意太珍重，她试图用距离延长这情意的保鲜期，不幸的是，就这样一直"距离"下去，量变到质变，与生活本身都有了距离。

在香港的这一次战争中，张爱玲经历了太多的事情。学校关门，修女们都要回修道院，她只能到另一个教会的宿舍里去。

是简陋的老洋房，空房间倒很多，大概有亲友可投奔的都走了，她一人住一间，光线很暗。在这里，她又一次与死神擦肩而过。

炮弹一声声轰着，她从这个宿舍躲到那个宿舍，晚上再返回去。所幸，还有李开弟，那时候，他是一个防空站的站长，因为姑姑和母亲托他代为照应爱玲，所以他点了名让张爱玲做他的秘书。

在防空站里的日子还算比较好过。防空站建在一个图书馆里，爱玲就常常在那里看小说，有时候炎樱也来看她，给她送一些吃的东西，爱玲那时候经常断了口粮。晚上两个人躺在一张床上，连条毯子都没有，又有什么办法呢，战争不就是这样吗。

然而战争还带来了死亡。

那一天，张爱玲在洗袜子，同学告诉她说大学时候那个给她奖学金的老师被打死了。她最初的反应是木木的，继续洗袜子，然后突然抽噎起来，她从不爱哭，眼泪就像眼前的自来水龙头，震撼抽搐了半天才迸出几点痛泪。这时候，她才知道死亡是多么可怕，会怎样了结一切。本来她还以为有一天可以亲自上门对她道谢和解释。但是现在一阵凉风起，一扇沉重的石门便缓缓关上了。

张爱玲是最不信宗教和上帝诸如此类的，但是连日的轰炸下，让她想起那句西方俗语："壕洞里没有无神论者。"这时候她突然抬起头来，在心里大声对楼上说："上帝，你对我太好了。其实停止考试就行了，不用把老师也杀掉。"

继而，香港沦陷了。越来越多的人走了。大学时候那一批同学，都悄悄地回到了家乡。他们在大学的成绩、学生记录全都被烧了，像是一世功名终付诸流水一样。她在大学所有的荣耀在那一瞬间似乎都化为灰烬了。

炎樱来喊她，两人约好一起回上海。终于等到了船，她们买好了票，回到了上海，那一天姑姑做了一桌子菜，为她接风洗尘，洗去的还有她在香港的那些斑斓的色彩。

她的生活又回到了上海时期里的灰色，蒙蒙的，永远都是下着雨的天气，怎么都拨不开那一片乌云似的。这应该算是张爱玲人生中的第三次幻灭。

后来，她和弟弟张子静说起这次遭遇，仍然愤愤不已："只差半年就毕业了啊！"可那又怎么样？战争是没商量的，或者说，命运是没商量的，但我以为这对于一个热爱创作的小说家来说，未必是一件坏事，一次次的幻灭，一次次烈火焚身的遭遇，使得张爱玲能和真相狭路相逢，无可躲避地，杀出自己的一条血路，成为一个真正的勇者。

虽然，没有拿到一直梦想的大学毕业证书，但张爱玲在香港大学也有着惊人的收获，作为一个潜在的作家，她在这所生源来自"五湖四海"的大学里，最大的收获便是看到了不同的人，接触到了不同的人性，开始了对人世的独立观察。

这对她后来的创作，几乎是不可磨灭的影响。生活，给她的小说点缀了无数灵感，她在小说里，写出了自己对生活的渴望。

笙歌归院落，灯火下楼台。港大的岁月就是一场散去的戏，曾经锣鼓喧天的香港旧事，如今早已淹没在落落风尘中，不知所往。然而那个被温暖抛掷的女子，却并没有被文学抛掷。掩上过往的重门，她走在上海流光依依的巷陌，开始了那个多年前关于天才的梦想。

梦里花开

梦里花开（香港的陷落成全了她。但是在这不可理喻的世界里，谁知道什么是因，什么是果？谁知道呢？也许就因为要成全她，一个大都市倾覆了。成千上万的人死去，成千上万的人痛苦着，跟着是惊天动地的大改革……流苏并不觉得她在历史上的地位有什么微妙之点。她只是笑吟吟地站起身来，将蚊香盘踢到桌子底下去。传奇里的倾国倾城的人大抵如此。）

梦想是什么呢？也许，我们每一个人，从出生的时候，都带着一种使命来，这种使命就是梦想，我们毕生都在执行着追寻这个梦想的使命。在梦想里，一切都是有色彩的，一切都是有气味的。在梦里，我们追寻着梦想，就像是误入镜花缘，见到了一个奇异缤纷的世界，醒来后，便再也不能忘却。那个像镜中花一样的世界，真的太奇妙，于是，我们一次一次使自己沉醉下来，在沉醉中我们才能回到那个镜花缘的世界，才能找到那个叫做梦想的东西。然后带着半醉半醒微醺的状态，在新的一天里，朝着梦想开始漫长的旅程。哪怕穷尽一生，也要走到终点，那时候，天地明朗，水滴石穿。那时候，山穷水尽，柳暗花明。

张爱玲说，她天生就是写小说的。

她在《天才梦》中骄傲地宣扬：我是一个古怪的女孩，从小被目为天才，除了发展我的天才外别无生存的目标。

她喜欢那不可解的喧嚣中偶然也有清澄的、使人心酸眼亮的一刹那，那一刹那，听得出音乐的调子，但立刻又被重重黑暗拥上来，淹没了那点了解。

她喜欢那光明的一刹那，她要写。

她喜欢那黑暗又拥上来的无语之痛，她也要写。

她的天才就是写作。除了发展这个目标她别无生存的目标。

她也渴望成名，她说出名要趁早呀，来得太晚的话，快乐也不那么痛快。

然而梦想这个事情，不仅关乎努力，同样关乎机遇。

1942 年，因香港战乱而终止学业的张爱玲重新回到了上海。回顾张爱玲的一生，上海这个城市对她而言真的不知是福是祸，她最多的幸福在这里，她最大的痛苦在这里，她最大的成就在这里，她最悲伤的回忆在这里。

回国之后，张爱玲开始给一些英文报纸写稿。炎樱那时候已经考入了上海圣约翰大学，张爱玲一心还在学业上，也想到圣约翰大学就读。她把这件事情说给弟弟张子静，刚巧弟弟张子静因为考上上海复旦大学无法入读，也想转入圣约翰大学。

但是钱从何出，张爱玲却没有主意，后来姑姑出了个主意，就是管父亲要钱，弟弟张子静也很赞同，就自己去和父亲谈了。就这样，张爱玲转入圣约翰大学文学系四年级，弟弟张子静也考入该校经济系，两人成了校友。

这期间有一件事情倒是挺好玩的。鼎鼎大名、文学奇才张爱玲在圣约翰大学的入学考试中，国文考试竟然不及格。也不知道她是有意而为之，还是因为在港大期间，常年使用英语，对国语有些生疏。

张爱玲以前读的中学圣玛利亚女校和后来读的香港大学，都是比较重视英文，而轻视中文的。圣玛利亚女校期间，有的学生对国文非常不熟悉，以至于在请假的时候竟然写出“某某同学因病故而请假一天”这样令人啼笑皆非的句子来。

但张爱玲毕竟是张爱玲。很快，她就从国文低级班升到了国文高级班。一切好像又都回到了港大时期，圣约翰青葱的校园里，又多了张爱玲和炎樱的身影。两个年轻的，带着香港风情的女子，手挽手肆意地穿越在校园的每一条宽阔大路，每一条青石小巷。图书馆里，她们看同样的书，叽叽喳喳地议论书中的悲欢离合，橱窗里，她们抬头以四十五度的角度仰望那些她们喜欢的服饰。

重新回到上海的张爱玲是恣意的，有了香港那一段热辣辣的经历，张爱玲比寻常更多了一些自信。她的特立独行，在这一段时期里表现得尤为明显。她会穿着一袭没有领子的旗袍悠扬地走过校园，任别人将眼光落在她的身上；她会穿着前清时期的绣花袄裤，参加一个同学的喜宴，哪怕惊倒一片。在这里，没有那么多的橡胶王国的女子，她可以扬眉吐气地做回那个骄傲的张爱玲。

这期间，张爱玲依然没有忘记自己的梦想。回到上海不久，她就开始给英文的《泰晤士报》(The Times)写一些影评和剧评。其实，这个时候，张爱玲就已经开始向她的梦想发起冲击了。张爱玲并不是那种深谋远虑的人，但她天生的那种惘惘的危机感，总是能让她做出一些更有远见性的选择，比如之前从父亲那里逃走，再比如，这一回，她主动放弃圣约翰大学的读书时光。

她给弟弟的回复是，她缺钱，想自己赚钱了。不排除有这个原因，但另外，我想这个时候她已经在试探能否以写作为职业了，选择这个突破口，是厚积薄发，是她多年来对生活对文学理解的喷薄欲出。

在《泰晤士报》上发表了一些文章之后，就有英文杂志纷纷来向她约稿了。

她用英文小试锋芒——却开启了自己在中国文学史上的一段传奇。

应该说，她的选择非常正确。那时候由于战争的原因，中国文坛已经沉寂了很多年，到 1942 年，上海沦陷已近五年，文艺刊物上早已不见巴金、茅盾、老舍的大名，就连张爱玲自己喜欢的张恨水的小说，也销声匿迹。他们或是撤离，或是搁笔，或是被封杀，留出了一大片空白。

这个时候，张爱玲选择写作，从时间上来看真是再好不过的时机。一如后来柯灵评价她说："我扳着指头算来算去，偌大的文坛，哪个阶段都安放不下一个张爱玲，上海沦陷，才给了她机会。日本侵略者和汪精卫政权把新文学传统一刀切断了，只要不反对他们，有点文学艺术粉饰太平，求之不得，给他们什么，当然是毫不计较的。天高皇帝远，这就给张爱玲提供了大显身手的舞台……"（柯灵《遥寄张爱玲》）

此言，可谓针砭时弊。

不光如此，于张爱玲个人而言，这也是最适合她的一条路。像她自己所说的那样，她是文字的天才，除了发展她的天才梦，她别无选择。在待人接物的常识方面，她显露出惊人的愚笨，而生活的艺术，有一部分她不是不能领略。她懂得怎么看《七月巧云》，听苏格兰兵吹风笛，享受微风中的藤椅，吃盐水花生，欣赏雨夜的霓虹灯，从双层公共汽车上伸出手摘树巅的绿叶。在没有人与人交接的场合，她充满了生命的欢悦。

而，能让她一直享受着这种欢悦的，能让她在没有人与人交接的场合，依然绽放美丽的，也惟有文字，文字可以让她不用过多地接触人，却能让她直通人的灵魂。她的一生都无法适应稍微复杂的环境，写作刚好给了她一个清静的空间。

上海的陷落成全了她。但是在这不可理喻的世界里，谁知道什么是因，什么是果？谁知道呢？也许就因为要成全她，一个大都市倾覆了。

第一个向她约稿的，是英文月刊《二十世纪》，这个刊物于1941年创刊。那时战火遍及欧洲，欧洲书刊已很难再运到上海，创刊者的意思是要给战时滞留在上海的欧美人一个“精神家园”。

就这样机会从天而降了，降在早有准备的张爱玲身上。

1943年1月，她在《二十世纪》首发一篇长文，多达八页，还附有她手绘的十二幅女子发式、服饰插图，文章题为“Chinese Life and Fashions”，直译为《中国的生活与服饰》。当年底，她又将此文改写成中文，发表在《古今》半月刊，就是那篇著名的散文《更衣记》。

她对服饰以及服饰下人们心理的了解，力透纸背，自然天成，她流畅的语言又禁不住让人们对她所描绘的服装世界遐想联翩。她说对于不会说话的人，衣服就是随身携带着的袖珍戏剧。而回忆这东西若是有气味的话，也应该就是放在衣服柜子里，那樟脑的香，甜而稳妥，像记得分明的快乐，甜而怅惘，像我们不大能够想象的过去的世界，这么迂缓，安静，齐整——在满清三百年的统治下，女人竟没有什么时装可言！

她的这篇文章一出手就惊为天人，令梅涅特大为赞赏，特在“编者例言”中隆重推荐，说她是一个可以向外国人展示中国美的人。他不吝赞美之词，夸奖张爱玲是“极有前途的青年天才”。

张爱玲这个人其实内心一直很不安，非常渴望别人的赞美。因此梅涅特的赞美，令她深受鼓舞。此后，她更加废寝忘食，奋笔疾书，接连在《二十世纪》上发表了九篇文章，包括了后来同样盛名赫赫的《洋人看京戏及其他》和《中国人的宗教》这两篇。这三篇文章，因为发表在英文月刊上，所以主要针对一些外国人，但都找到了一个非常好的视点，就是用洋人的眼光来看待中国的一切，并找出这些文化表象背后的凄凉。从那时候起，张爱玲的文章就已基本定型，虽然此后她创作了各种类型的文章，但都没有逃脱掉“苍凉”这个字眼。惟一有着世俗温暖和昭示着大团圆结局的是那部《十八春》。

在《二十世纪》上一炮打响的时候，张爱玲还在圣约翰大学读书，但已经在学校和文化圈大有名气。

从此，张爱玲完完全全走上了文字这条路，虽然有些清苦，她却非常喜欢。文字是一个寂寞的行业，无需与人周旋，更无需活在钩心斗角里，但那种清寂，也许正是张爱玲所渴望的。无需用心做母亲渴望的洋式淑女，无需在觥筹交错间，饮尽辛酸。她只要安安静静地活在她的世界里，和天空说话，以白云为友，自然和生命所带来的通透，足以让她领略世间美好。

这样就很好。

第三章 传奇

双生花

双生花——顾曼桢与顾曼璐（有许多婚姻都是相爱的人不能结合，能结合的又不一定是自己的意中人。也许爱不是热情，也不是怀念，是年深月久成了生活的一部分。）

回首半生如梦，何处停留。住在心里的那个人，曾在内疚。回首半生匆匆，晃如一梦。你像风来了又走，我心满了又空。迷蒙中化做一只风筝，随风飘过，相逢在天涯尽头。

凌晨的一两点钟，如果此刻，你和我一样，在清醒的夜晚中，毫无睡意，那么不妨起身为自己冲泡一杯茉莉花茶，在那氤氲的气氛中，听我缓缓讲述这一段古老的故事。人们说只有童话才有着完美的结局。所以我要讲的这一段往事，终究也只能是故事。

几乎是十年前，第一次看《十八春》（又名《半生缘》，但我个人更喜欢“十八春”），在课堂上，语文老师在前面讲着一篇篇优美的古文，我在后面小声地啜泣，好像自己受了多大的委屈。其实不过是替别人难过而已，孩子的世界里，感情都是鲜明单一的。开心就是开心，难过就是难过，爱是爱，恨是恨，不懂得什么叫原谅，也不知道什么叫无奈。

是为顾曼桢而难过，那个简单纯洁的女孩子，她身上有很多人十八岁的影子。那时候，自己的抑郁和难过，现在想想都觉得可笑，也觉得匪夷所思。许是十五六岁的年纪，天然的多愁善感期，我因为张爱玲的一部《十八春》压抑了整整一个月，一个月里几乎和别人是零交流。

所以后来一直没有勇气再翻开这本书，书页里总感觉有他们的味道，这种味道让人感到窒息，默然涌上的是痛心疾首的悲凉。

直到多年后，因为要写张爱玲，才重新翻开这本书，开始这一段回忆的旅程。

“我想每个人的一生总有些故事可以去回忆，就像我跟曼桢……”——这是电影《半生缘》开头男主人公沈世钧的一段独白。

“他和曼桢认识，已经是多年前的事了。算起来倒已经有十八年了……”——这是张爱玲的小说《十八春》开头的一段文字。

《十八春》里那些霏霏的春雨，那些晕黄的路灯，那些阴暗的巷弄，那些蜚短流长的太太，那些纸醉金迷的笙歌……张爱玲太传奇，虽然只是文字，却让人仿佛看到了那个场景。恍恍惚惚之间有一只手在拉扯着你，拉着你穿过时间与空间模糊的迷雾，一直将你拉进书里去。左手边是顾曼桢泪眼迷离地说：“世钧，我们回不去了。”右手边是顾曼璐妖娆地舞着，红的鲜红，黑的墨黑。中间是世钧站在弄堂的门口，在孤寂的夜风中凝视着曼桢屋内的灯火。鼻子一吸，就是氤氲在空气中那淡淡的哀伤与叹息，扑面而来，满是散落在半个世纪以前的沧桑和无奈。

无奈，不仅仅只有爱情，还有那满目疮痍的亲情。张爱玲的

《十八春》留下了近半个世纪的故事，写顾曼桢和沈世钧的太多，我反而愿意独辟蹊径，写一写这一对姐妹。

因为她们才是那相依相偎、唇亡齿寒的命运写照。不知道该怎样来评价曼璐对曼桢所做过的事情，亦无法得知顾曼桢对姐姐究竟是怎样的情感，这样的双生花，有流光相皎洁的爱，只怕也有各自一枝独秀的恨。

想起张爱玲在写给邝文美的信中曾经说过，她笔下最完美的人物莫过于顾曼桢，而她自己的人生中，也惟有邝文美是接近曼桢的。我想，张爱玲是喜欢顾曼桢的，与其说喜欢，倒不如说渴望，渴望自己身边的朋友，渴望自己也可以有顾曼桢的心性。

她诚然是美好的，美好如三月的桃花，清丽明艳，兀自芬芳。她是那样不喜不愠的人，她也是那样勇于反抗的人。从不惧怕命运强行给她的枷锁，永远坚强善良如自己的本性。温婉得恰似人间的四月天，遇见她就是会微笑的，爱上她便是幸福在流转。

这样的女子本该是幸福的。我愿意感谢张爱玲，给了曼桢那样一段唯美的爱情，她和世钧之间，纵然最后一无所有，颠沛流离，但那恬淡如清晨还沾着露水花苞的爱情，不是每一个人都能拥有的。他们曾有一段那样的十八春，十八年前，相逢在桃花深处。她是回眸一笑的倾城颜，他是执手相看的儒雅貌。

这往事，美得不敢往回看。一看，便是碎了一地的梦。张爱玲是造梦者，也是毁梦者。尽管，尽管，我曾那么奢望曼桢和世钧能够相安无事走过悠悠岁月；尽管，尽管，我曾无数次祈祷，曼璐也可以渐渐有一点温暖的回忆。但，梦，终究支离破粹，割破曾经捡拾美好的手，终于，人生，让我们望而却步。

不知道，应不应该去恨曼璐，因为没有恨的资本。尽管她并没有那样美好，但哪怕只是那一点点的善良，也足以让我们记住她很多的沧桑悲凉，但因着现实与梦想的冲突，她又显得泼辣乖戾。

故事的一开始，曼璐出现的情节就是强悍的，霸道的。为了维护房子，不顾形象地在街上破口大骂，砸张鲁生的汽车。这样的人是需要勇气的。

她其实是一个有爱的人，张爱玲笔下有形形色色的女子，不讨厌的很少，曼璐是其中之一，甚至有一些感动。《十八春》里人人都在赞扬干净纯洁的顾曼桢，不知道有几个人能看到曼璐的眼泪。

写曼桢，情节在爱情。写曼璐，情节在悲哀的人生。然而绕过张爱玲的文字屏障，一直向里看，曼璐可能是惟一一个为了亲情而甘愿牺牲的人。那样的年代，没有人甘心放下自尊，甚至是以前女人很看重的贞洁，来赚取那么一点养家糊口的钱的。但生活是无奈的，曼璐选择了承担，为了一个完整的家，她心甘情愿地拿出自己的人生作了交换。曹七巧被命运欺负，变着法儿地欺负自己人；白流苏被家人欺负，便要远走高飞，用尽手段为自己争一口气；惟有曼璐，即使生活给她万般贫苦，她也在守望着那一点亲情。

诚然，顾曼璐毁了顾曼桢的一生。但，顾曼桢也毁了顾曼璐的一生。尽管，那毁灭并不是她有意的。

人们只看到了顾曼桢的爱情，为她的失去而伤神，而怨恨。没有人能记起曼璐的爱情，她的爱情是那样缥缈梦幻。因为缥缈，所以无望。和豫瑾的那一段过去，大概是她生命中最快乐的时光，日后要捧在水晶盒里看的。然而她最爱的人还有她的丈夫，却爱上了妹妹的贞洁。那一刻，也许曼璐也为自己感到不值，她牺牲了一切，却没有换来任何感恩。本是同根生，她和曼桢的命运却截然不同，她用自己的不洁，换来妹妹的干净和家人的平安喜乐，到头来，却遭万人唾弃，连那最后的不多的一点回忆，也被毁灭殆尽，她怎能不恨，她怎能不无望——但明知无望却又还希望，于是只能用近乎变态的手段去维护这点希冀。

她最后的一点希望也被自己的亲人亲手扼杀了，一点点烛光般的梦想也被现实猛烈强劲的风吹熄。她绝望、疯狂、义无反顾地走上了那条不归路，将自己的妹妹推进命运的深渊。

顾曼桢是悲剧的，因为自己的姐姐。顾曼璐也是悲剧的，因为自己的家人和那个万恶的黑暗社会。如果在曼璐沦为舞女时，家人能给予的是安慰是理解，而不是抱怨，不是嫌弃，那么也许曼璐可以更美好一些。

张爱玲真的太残忍。纤手破美好。

亲情如果是一枚精美而易碎的瓷器，张爱玲就冷酷地打破它叫人看那一地的碎片。曼璐曼桢这对姐妹花，在旧上海看不见明天的泥泽里，在遍地的瓦砾碎石中，苦苦挣扎。她们相反相成，相依相存，如梦一般悲辛一生。只是梦醒了天光明澈，却再也回不到过去。

花开并蒂，能一起凋落也好。

而，凋落之前，我更愿隔着玻璃窗子遥看她们曾经的美好。

那时候，顾曼璐和豫瑾手牵着手，上海的郊区桃花一朵朵开得浓艳，芳草碧连天的样子。那时候曼璐换上了自己美丽的淡紫的碎花旗袍，温暖如初，细细地在眉上染一片黛色，等待爱的那个人挽起自己的手，共看春暖花开。

那时候，顾曼桢伏在昏黄的灯光下。月色寂寂，在窗上照出一丝希望。亮晶晶、甜蜜蜜的样子。她认真地写着信，寄给心中相思的人。

世钧：

现在是夜里，家里的人都睡了，静极了，只听见弟弟他们买来的蟋蟀的鸣声。这两天天气已经冷起来了，你这次走得那样匆忙，冬天的衣服一定没带去吧？我想你对这些事情向来马马虎虎，冷了也不会想到加衣裳的。我也不知怎么，一天到晚就惦记着这些，自己也觉得讨厌。

真是讨厌的事，随便看见什么，或者听见别人说一句什么话，完全不相干的，我脑子里会马上转几个弯，立刻就想到你。

眼泪在眼眶里打了个转。乱世里，没有什么世界可以安放我们恣意的青春。两个人闹哄一场，一个人地老天荒，聚少离多的纠缠，结束是惟一的答案。

倾了城，失了恋

倾了城，失了恋——白流苏（这堵墙，不知为什么让我想起地老天荒那一类的话。有一天，我们的文明整个地毁掉了，什么都完了……烧完了，炸完了，坍完了，也许还剩下这堵墙。流苏，如果我们那时候在这墙根底下遇见了……流苏，也许你会对我有一点真心，也许我会对你有一点真心。）

不过是一个自私的男人，不过是一个自私的女人。阳台搭着紫藤花架，半壁斜阳爬。谁又拉起胡琴咿咿呀呀，红胭脂映着白月牙岁月起风沙，油纸伞外雨还在下，只是一场爱的算计，可他们偏要说，这是一个爱的传奇。

白流苏是怎样的女子呢？第一眼看《倾城之恋》的时候，还小，高中那样的年纪，看不懂人情世故，人间冷暖，更不懂成年人之间的爱情。对白流苏只有好奇。而且那好奇还仅仅只停留在表面。

第一眼看她，像是从白色的幕布前走出来的女子，她安静。眼里流淌着让人不舍触及的柔情，甚至有一些不易察觉的魅惑。可身上自有一种笔挺的气质，这样的女子注定一生写满故事。男人不知该拿这样的女子怎么办，她总是和整个世界无关，懂得事理，晓得道理，却总搁浅在爱的边缘，都是爱，都是用了心，却像三分熟的牛排，第一口觉得不错，越是吃到心里，才察觉出那几分生。

白流苏就是这样的人。看书的时候一直在想，白流苏的长相应该是什么样的。像张爱玲一样清冷萧索，不，应该要比她温暖柔媚一些；像陆小曼一样妖娆多情，好像也不是。白流苏这样的女子应该外表还是内敛的，太疯狂的女人吸引不了范柳原这样本身已足够疯狂的人。后来陈数出现了，倒觉得白流苏应该就是这个样子的。温婉，但是却不是像董洁那样的温婉法，白流苏是一眼望不到头的女子，没有那样的纯粹，她的温婉里有一种岁月的沧桑感；风情，但不是陆小曼式的妖娆和艳，白流苏是将风情藏在内里的人，素色旗袍，真丝绣花的鞋里都裹着一个城市的风情，满满的全是故事，坐在那里不言不语，就等着另一个这样的人一眼将她看穿。白流苏遇见范柳原，不光是宿命，也有吸引。

还记得范柳原是怎样评价流苏的吗？他说流苏的特长是低头，是的，最美是那一低头，像一朵水莲花不胜凉风的娇羞，那娇脆的轮廓，眉与眼，美得不近情理，美得渺茫。

她的一低头里，万千娇羞。而，我相信她绝不仅仅是表面这样简单，还是她自己对自己的评价入木三分：男人最高明的理想是找一个冰清玉洁而又富于挑逗性的女人。冰清玉洁，是对于他人；挑逗，是对于你自己。如果我是一个彻底的好女人，你根本就不会注意到我！

她从来不是一个彻底的好女人。张爱玲的书中彻底的好女人太少太少，惟一的也只有顾曼桢。

白流苏的爱情，从一开始就注定了无法纯粹。一段毫无目的为爱而生的爱，在岁月的荏苒中，在沧桑变化人心起伏中，也有可能变得不再美好。更何况她对范柳原的爱，从决定开始，就不过是一场赌注。范柳原是白流苏拿来作为她背水一战的筹码，这段爱情一开始就没有被放在爱的天平上。

在白流苏情感荒芜的世界里，别说爱情，就连亲情都只剩下了算计。有人说她庸俗，有人说她自私，但较之于曹七巧，也许她还有一点点可以被原谅的理由。如果你认识从前的我，你会原谅现在的我。她的算计的确是不得已而为之。

她是一个成熟的女人，她经历过一段婚姻，大家族各方面的压力和压抑促使她渴望被爱，但是终归还有放不开的地方，所以她要在爱情中步步为营。流苏对人生所能拥有的太少太少了，她不像我们，爱情走了，还有家可回。她什么都没有，所以她只能赢。

只能说，范柳原来得太巧，做了她赌盘上那颗棋子。但也还是公平的，流苏也不过只是范柳原爱情道路上的一颗棋子。用腻了，同样毫不留情地丢弃。他们谁都比谁明白，谁都比谁清醒。他们都知道，谁先动了真情谁就输掉了。只不过白流苏看重的是范柳原愿不愿意娶她，而范柳原看重的是这个女子是否义无反顾地真心地爱他。男人要的好像都是这样，哪怕自己不能一心一意，也要让女人对他死心塌地。

范柳原是情场的高手，若碰上了一般的女子，那颗棋子早就落入了手中，却恰恰碰到了白流苏。

其实，他们都是渴望爱的，如果他们早几年能遇见，流苏没有离过婚，范柳原没有受过伤，那么也许他们之间真的会有一段美丽的爱情。

可是，爱情，就是这样经不起的脆弱。错过了那个最恰当的季节，就再也不会盛放如初。

人生从来没有所谓的如果。

可我还是偏偏要问：爱玲，如何你才可以不这么苍凉？可是我知道你不会，因为这就是人生，你只会最真实地记录它，不会改变的往往都是一些真实。而，最不能让人接受的，最无法让人直视的也是真实。

也许，白流苏应该感谢那一场战争。一场战争，让她和范柳原在生死关头看到了生命的重量；一场战争，让他们在那一刻明白他们只有彼此；一场战争，让白流苏和范柳原都放下了最后的戒备，那一刻，他对她有一点真心，她对他有一点真心。

他们瞬间明白，在这动荡的世界里，钱财、地产、天长地久的一切，全不可靠了。靠得住的只有自己腔子里的这口气，还有睡在身边的那个人。流苏突然爬到柳原身边，隔着他的棉被，拥抱着他。他从被窝里伸出手来握住她的手。他们把彼此看得透明透亮。仅仅是一刹那的彻底的谅解，然而这一刹那够他们在一起和谐地活个十年八年。他不过是一个自私的男子，她不过是一个自私的女人。在这兵荒马乱的时代，个人主义者是无处容身的，可是总有地方容得下一对平凡的夫妻。

范柳原终于娶了白流苏。他们之间倒真的成了“倾城”之恋，也许这样的结合有些无奈，但是如果心中没有爱，他们也不会选择婚姻。张爱玲真是厉害，用一个传奇得令人想不到的“大战争”成全了一段“小爱情”，也许正如张爱玲所说，身边的事比世界大事要紧。因为画图的远近大小比例，窗台上的瓶花比窗外的群众场面大。

不好定义白流苏的人生是不是悲剧，因为如果“人生若只如初见”那一切都是美好的，可惜现实的因素不允许这样。

白流苏摇摇晃晃走到隔壁屋里去。空房，一间又一间——清空的世界。这“清空的世界”跟“长生殿”式的爱情比起来，是多么的凄凉！事实上，流苏所得到的，只是经济上的保障，倾城之恋，将恋情倒出后，城是空城。那又有什么关系呢，就像张爱玲说的，他们之间是一场征服的战争，什么是真？什么是假？

他们之间，到底是有些久远的故事了，微微有一点点发霉的味道，像经了潮的衣物。我起身，拉开深棕色厚重的窗帘，阳光刚得到一个缝隙，就照耀了整个房间。阳光，音乐，还有收拾好的心情，起身将那些陈年的衣服挂在阳台上，一件一件，诉说的好像都是岁月的故事。仿佛又听到了那咿咿呀呀的胡琴声，别再计算爱的代价，都已经沦落在天涯。是谁在说，那时候我们只顾忙着谈恋爱，哪有时间来恋爱。倾了一座城，只为你我片刻温暖。

爱在百转千回间

爱在百转千回间——葛薇龙与乔琪乔（我爱你，是我自己的事，千怪万怪，也怪不到你的头上去。）

春天，太阳正好的季节。樱花开了，桃花开了，漫山的野蔷薇也渐次地妖娆着。四月的风刚刚吹入心扉，渲染了最初的微笑，那些回忆，一笑倾城便成了诗卷。花开的季节，去一个安静的地方赏花，是一场浪漫的微旅行。

他开着车，我抱着憧憬懒懒地倒在车里。窗外，是成片成片晓天明霞一样的桃花，倒车镜里，那片霞渐行渐远，一阵清风吹来，一缕花瓣悠悠然飘散，露水的眼泪滴在了心间，回忆似水年华一样流尽。伴着飘落的桃花，飘飘荡荡，落花流水，天上人间的样子。

桃之夭夭，灼灼其华。那飘荡的桃花里，有葛薇龙年少纯净，花一样清丽的青春。

那时候，葛薇龙初次站在半山里姑妈家里宽绰的走廊上，草坪的一角，栽了一棵小小的杜鹃花，正在开着，花朵儿粉红里略带些黄，是鲜亮的虾子红。墙里的春天，不过是虚应个景儿，谁知星星之火，可以燎原，墙里的春延烧到墙外去，满山轰轰烈烈开着野杜鹃，那灼灼的红色，一路摧枯拉朽烧下山坡子去了。杜鹃花外面，就是那浓蓝的海，海里泊着白色的大船。这里不单是色彩的强烈对照给予观者一种眩晕的不真实的感觉——处处都是对照；各种不调和的地方背景，时代气氛，全是硬生生地给掺揉在一起，造成一种奇幻的境界。

那奇幻的境界，是那样震撼人心的绮丽，堪堪点燃了普通贫寒女子心里的艳羡。虽然那巍峨的白色洋房里，处处有着不和谐的地方，然而那华贵隆重的气息，掩盖了所有的不调和，蒙蔽了年轻少女的心。

绿色的琉璃瓦，掩映在树林之间，烟树迷离，月亮发白的光，照在她的身上。那个潮湿的春天傍晚，为了完成她梦寐以求的学业，她终究还是提着小皮箱走进了那幢白色的大洋房。白房子黏黏地融化在白雾里，绿玻璃窗里晃动着灯光，绿幽幽的。走进这个大洋房之前，她已经知道姑妈家的情况，知道这个大洋房的世界和十里洋场也相差无几，那里的世界，其实离她很远很远，然而葛薇龙心里想："既是自己睁着眼走进了这鬼气森森的世界，若是中了邪，又能怪谁去？"

其实，也许，已经中了邪。那一刻，薇龙看着送她来的自家的仆人，仆人身穿一件簇新蓝竹布罩褂，浆得挺硬。人一窘，便在蓝布褂里打旋磨，擦得那竹布淅沥沙啦响。仆人和梁太太家的睇睇和睨儿一般地打着辫子，她那根辫子却扎得杀气腾腾。葛薇龙竟然有一种从未有过的感觉："原来，自家的仆人这样上不得台面。"那一刻，在这个纸醉金迷、灯红酒绿的梁太太的世界里，薇龙已然沉醉了，尽管那沉醉在不知不觉间。

也许她，从未想过，从踏进这个门，留在这里生活的那一刻，她已经不由自主地跌向那罪恶的深渊，那深渊有着华丽热闹的表象，让她渐渐迷失了自己。

无线电里乐声悠扬，那盏半旧的红纱壁灯似乎摇摇晃晃，外面窄窄的阳台，浩浩荡荡都是雾气，她推开衣橱，一橱子的华丽服饰，家常的织锦袍子，纱的，绸的，软缎的，短外套，长外套，海滩上用的披风，睡衣，浴衣，夜礼服，喝鸡尾酒的下午服，在家见客穿的半正式的晚餐服，色色俱全。葛薇龙恍然意识到："这跟长三堂子里买进一个人，有什么分别。"原来自己不过是别人的手中棋。

然而，却也抵挡不了诱惑，哪一个爱美的女子能抵挡住华衣的诱惑。忍不住偷偷锁上了门，一件一件试着那些新衣。外面，姑妈的世界正在疯狂着，她在自己的小星球里彷徨着、兴奋着、满足着。试了一件又一件，毛织品，毛茸茸的像富于挑拨性的爵士乐；厚沉沉的丝绒，像忧郁的古典化的歌剧主题歌；柔滑的软缎，像《蓝色多瑙河》。

屋子外，大厅里的音乐，隐隐约约，清清醒醒，扰着她的心。她对自己说：这样的世界，看看也好。她已经被这繁华渐渐融化，这样的世界自己从未拥有，即使以后未必想拥有，即使自己曾经瞧不起过这样的世界，但是，太美，繁华之后还现繁华，看看也好。过去的生活和现在的生活是一场力量悬殊的对峙，她又哪里是对手？

薇龙开始迷恋此刻的生活。姑母给了她一个从未有过的梦境，尽管她知道那梦境之后是赤裸裸的残忍的世界，她还是身不由己地沉沦到底。在那梦境里，薇龙邂逅了另一个梦境，恍惚间她以为自己听到了爱情的声音。她遇见了乔琪乔，遇见爱情的时候，薇龙觉得自己傻。

我一直觉得葛薇龙身上有张爱玲的影子，同样是苦于学费的人，同样身边有一个像梁太太那样的人，那是自己的母亲，同样爱上了一个人，奋不顾身，飞蛾扑火。可是看了看时间，1942 年，那时候，她并不认识胡兰成，也没有开始自己一生凄惶的爱情。也许，所谓占卜的预言也不过如此，也许，在张爱玲的心里，住着一个乔琪乔那样的人，而自己对待爱情，恰恰和葛薇龙一样。也许葛薇龙不过是张爱玲的前一世，早就替她经历了爱恨情愁。

那一年，葛薇龙爱上了乔琪乔，她觉得自己就像那茶托上镶嵌的罗钿的花，细微得不能再细微。然而她又是那样的满足，他爱她不过是方才那一刹那，但对于她，这一点愉快的回忆，谁也不能够抢掉它，这就足够了。这一丁点的回忆，已然可以给她新的力量，新的安全。

但是，这一点愉快的回忆也要没有了。那一晚，月光下紧紧地偎在一起走路的乔琪乔和睨儿，让她的回忆轻巧地被一片乌云遮挡。天空一下子暗了下来。原来，他连那一刹那的爱也没有，他的爱只有花言巧语，对谁都可以，而不独独是对她葛薇龙。姑妈曾说："一个女人，顶要紧的是名誉。惟有一桩事是最该忌讳的。那就是，你爱人家而人家不爱你，或是爱了你而把你扔了。一个女人的骨架子，哪儿禁得起这一扔？"

乔琪乔的这一扔让薇龙绝了望。她说，从前的自己，就不大喜欢；现在的自己，她更不喜欢。她回上海去，愿意做一个新的人。

其实葛薇龙是张爱玲小说里少有的单纯的女孩，虽然后来，她跌进了那复杂的社会，但她的心，始终是单纯且清醒的，知道自己是什么样一个状况，不至于怨恨别人，也不会怨恨自己。她的沉沦是清醒的沉沦，用她自己的话来说就是心甘情愿的沉沦。她明明知道乔琪乔不过是一个极普通的浪子，没有什么可怕，可怕的是他引起的她不可理喻的蛮暴的热情。所以，即使在拒绝了司徒协给自己套上那副玉镯子之后，即使在她已经有了想走的心之后，她还是陷入了这个可怕的局里。她觉得自己还是爱着乔琪乔，所以为着能够嫁给他留下来，“我没有钱，”她终于对着梁太太她的姑姑小声说道，“但是……我可以赚钱。”这一场堕落，比想象要迅疾得多。

从此以后，薇龙这个人就等于卖给了梁太太与乔琪乔，整天忙着，不是替梁太太弄钱，就是替梁太太弄人。

我一直不敢说出“卖”这个字眼，张爱玲也从没有说出。葛薇龙这样的女子，让人不忍心。因为她的爱是那样简单，她只想要那一点点的快乐，也因为那一点点的快乐，她输掉了太多太多。

不过是两个人一起去看一场庙会，她看中一盆玉石梅花，他挤上前去和那伙计还价。不过是，他难得的温柔，蹲下来给她踩身上的火星，不过是他难得的真实，和她说了几句真心的话。她就这样傻傻地为他牺牲一切。

她看着那热闹的灯会。密密层层的人，万家灯火，绚烂璀璨，然而在那灯与人与货之外，还有那凄清的天与海——无边的荒凉，无边的恐怖。薇龙想，她的未来，也是如此——不能想，想起来只有无边的恐怖。她没有天长地久的计划。只有在这眼前的琐碎的小东西里，她的畏缩不安的心，能够得到暂时的休息。这里脏虽脏，的确有几分狂欢的劲儿。也许，她为的也不过是那一夕的狂欢吧。

人群熙攘，皓月清风，灯市如昼，月上柳梢，执子之手，却不是要与子偕老。乔琪乔说薇龙是一个他不用编谎话的人，因为她自己会哄自己。多可悲，他吃定她死死的，连谎话都懒得说，因为无论如何，她是不会离他而去的。而薇龙却只是笑道：“我爱你，关你什么事？千怪万怪，也怪不到你身上去。”明明是这样悲哀的故事，明明是该忧伤的语气，她却一笑而过。

而张爱玲，明明是极寂寥落寞的字眼，却生生写下这样热切绝望的爱情。道是韶光好，容不得轻弃。她和胡兰成亦未尝不是如此。都是为爱而生，为爱而枯萎的女子，却偏偏都爱上了一个落花有意、流水无情的男子。也许女人，都容易爱上那个不爱自己的人，也许，女人，都只是爱上那个在爱情中的寂寞深沉的样子，也许，女人，都习惯爱上爱情，却不易爱上生活。

不知道夜半微凉半梦半醒之际，薇龙会不会在沉沉的夜色里无助地抱着自己，想起那天在街头看到的那个女孩，和她一样的一双水盈盈的吊梢眼，眼角直插到鬓发里去，在花街柳巷中被两个英国水兵一拥而走。不知道她会不会想起，那一天，她也被那些英国水兵当作那种人。

也许，她会记得，会记得，那和自己一样命运凄艾的女孩子。会记得，那一天，乔琪乔掩上了她的嘴，不让她说出那句话来。那一刻，她心里应该有一丝浅浅的暖意，他，到底，还是有心的，也会对她有那瞬间的不忍。

她想，也许，那已经足够。汽车穿过街头的霓虹灯，驶入沉沉的街衢，薇龙在寂寂的夜里，流下几滴泪来。这一夜的好时光，就要流尽了，更漏里的故事，说也说不尽，都是苍凉。好不容易，红了樱桃，绿了芭蕉，流光却把人抛。

是命吧。茫茫众生，谁躲得过，认了吧。

在这疯狂的世界里，咫尺天涯的，身不由己的，谁说过的，比比皆是，谁比谁可怜，谁比谁忧伤，我们永远不知道。

人生，像一杯绿茶里袅袅升起的轻雾，昏沉而迷人。是真是假，是醒是醉，都抵不过上帝一个苍凉的手势。上帝在云端，只眨了一眨眼，那一抹轻雾，就轻飘飘地飞走了。笼罩在半空中，淡看千家万户，唉，这说不尽的故事，叹不完的愁。

披一身黄金的枷锁

披一身黄金的枷锁——曹七巧（迟早要出乱子，迟早要决裂。这是她的生命里顶完美的一段，与其让别人给它加上一个不堪的尾巴，不如她自己早早结束了它。一个美丽而苍凉的手势……）

春天不知不觉，在几场冬雪之后，在小草青青的嫩芽中冒了出来。樱花、桃花渐次地开了，春光荡漾着，飞向那高高的天空。傍晚，搬一张藤椅，摇晃在微薰的春风里，十六岁的那个春天就这样回来了。鸟儿自由自在地飞，鱼儿抖擞着满身的鱼鳞，穿过一片又一片的水草。蝴蝶扑闪着一双晶莹的翅膀在花丛间跳着优雅的舞蹈。新发芽的柳叶，在二月春风的轻拂下，偷偷打了个盹，伸了个懒腰。伏在桌前，喝妈妈新泡的菊花茶，淡青色的瓷质小茶杯，在清凌凌水中跳着舞的菊花小精灵，一抬头，已是春满花枝，天心月圆。

月光照下来，写着她们十六岁的故事。盛开在纸上的，化身而出的，是一段凄怆迷离的故事。

月光，是张爱玲的宿命，更是曹七巧的宿命。

她的一出场，不是自己出来的。而是在别人的口中，形象一点点显现，像是她这一生一样，自己从来做不了主，摆脱不了命运的摆布，堵不了悠悠之口。

天就快亮了。那扁扁的下弦月，低一点，低一点，大一点，像赤金的脸盆，沉了下去，照在七巧的身上。她缓缓起身，水红袄子的艳丽，遮掩不住眼神的灰白惨淡。她睁着眼直勾勾朝前望着，耳朵上的实心小金坠子像两只铜钉把她钉在门上——玻璃匣子里蝴蝶的标本，鲜艳而凄怆。

难为张爱玲，这样的比喻，恰似枯木逢春，一个鲜明的哀怨的女人形象就这样跃然纸上了。曹七巧的一生的确是鲜艳而凄怆的。鲜艳是容貌，凄怆是命运。

也看过很多人评价曹七巧，同情者居多，怨愤者少。然而，对于她，我想我是恨的。尽管恨的同时也有同情，但对于她，并不像对曼璐或者白流苏一样，在某些时候还有欣赏，还有心疼。

也许可怜之人，必有可恨之处。曾经她也是明媚鲜妍，光彩照人。穿着蓝夏布衫裤，镜面乌绫镶滚，和所有十六七岁的姑娘一样，挽一只竹篮子上街买菜，偶尔遇到熟人，脸上笑容花一样绽放。奈何“好知运败金无彩，堪叹时乖玉不光”，她的好时光在十六七岁那一年戛然而止了。

她从没有想过自己的一生会落入这样的境地。她是那样好强刚烈的女子，如果嫁给了一个平常人家，说不准自己也会有一些惊人的成就。然而，她却成为了豪门的少奶奶，外表看起来是那样光鲜，只有她才知道自己受着怎样的煎熬。也许她的命运必定是不同常人的，因为她的丈夫是软骨病患者，生下来就注定是一个废人了，老太太给她这个正房的名分，不过是想让她好好伺候这个生病的儿子。

钱是不缺的，可是尊严却像绝了缘，更别提幸福了。那在姜公馆，在那样的一个社会，别说对曹七巧，哪怕是对芸芸众生而言，简直就是天方夜谭。她出身不好，举止粗俗，又嫁了那样一个丈夫，她的一生都在蜚短流长和白眼中度过，在姜公馆里，所有的人都歧视着她。于是恶性循环，越歧视越粗俗，越歧视心理越扭曲，以至于后来一点得人心的地方也没有。

风从窗子里进来，对面挂着的回文雕漆长镜被吹得摇摇晃晃，磕托磕托敲着墙。镜子里反映着的翠竹帘子和一副金绿山水屏条依旧在风中来回荡漾着，望久了，便有一种晕船的感觉。再定睛看时，翠竹帘子已经褪了色，金绿山水换为一张她丈夫的遗像，镜子里的人也老了十年。

十年之后。姜家老太太和七巧的丈夫都已经去世。曾经家世煊赫的姜家也要分家了。这么些年了，她戴着黄金的枷锁，可是连金子的边都啃不到，这些年了，她被金钱束缚着，不管何时都想抓住金钱，她的人性被金钱一点一点地磨蚀着，分家的时候，她哭闹着，别人给女儿长安说媒，她疑心人家贪她的钱。金锁给人的感觉，是深沉的叹息和悲凉。而《金锁记》里，曹七巧则“三十年来，戴着黄金的枷，用那沉重的枷角劈杀了几个人，没死的也送了半条命”。

三十年前的月亮早已沉下去，三十年前的人也死了，然而三十年前的故事还没完——完不了。

我想，也许这是我始终无法原谅七巧的理由。人生就算有再多的无奈，她也不应该将这悲剧延续下去。对于她自己的亲生儿女，我觉得她应该有多一些的慈悲，如果慈悲也不能有，那至少不要这样残忍。

而她几乎选择了最残忍的方式——毁灭。她得不到的幸福，她得不到的快乐，她也不能让别人得到，哪怕那个人是她的至亲。其实，曹七巧是真的作茧自缚，这世界，不幸福的女人太多，但不见得所有的人都像她一样，眼看着自己的人生越来越畸形。

离了婚的白流苏所受的流言蜚语不比她少，为了家人而沦落风尘的顾曼璐，承受的黑暗和委屈比她有过之而无不及。只是七巧一直活得太现实、太清醒，太轻易挑破人与人之间的那些暧昧。其实感情这东西真的很微妙，没有任何感情是完美的，但如果你能对那些瑕疵睁一只眼闭一只眼，那么也许，人和人之间靠着那些稀薄的温暖，总能坚持个十年八年，而如果，我们总是揪着那些人性和感情的弱点不放，那么再好的感情，也只能支离破碎。

如果那一年，姜季泽来向七巧表明心迹的时候，七巧能不那样清醒，哪怕只是一点点的糊涂，也许，她也可以拥有一段并不真实的快乐，哪怕那快乐是作秀，她的人生也能有那么一些温暖的回忆，自欺欺人，有时候，是对别人的施舍，但更是对自己的慈悲和宽恕。

但，宽恕两字，曹七巧始终没有学会。

于是，她终于走上了那条万劫不复的路。

儿子长白渐渐长大，和姜季泽混在一起，不读书，捧戏子。她不及时规劝，反而让他抽食鸦片，企图用更深的罪恶和深渊，来击败他身体里的另一个魔鬼。后来长白结婚了，她并没有为儿子觉得高兴，相反一味地挖苦着儿媳，是因为嫉妒吧，是因为自己那极度不圆满的婚姻吧。

书中关于七巧和长白最精彩的描写莫过于长白为母亲点烟的那两个晚上。儿媳妇芝寿直挺挺躺在床上，搁在肋骨上的两只手蜷曲着像死去的鸡的脚爪。

外面晚上的月亮比哪一天都好，高高的一轮满月，万里无云，像是黑漆的天上一个白太阳。然而芝寿的世界却是个疯狂的世界，丈夫不像个丈夫，婆婆也不像个婆婆。不是他们疯了，就是她疯了。遍地的蓝影子，帐顶上也是蓝影子。

张爱玲并没有直面描写七巧如何如何。但却通过芝寿的心理描写，将七巧刻薄刁钻的形象描摹得淋漓尽致。芝寿想死。她害怕那明亮的月亮光，却又不敢开灯。因为明天她婆婆七巧会说：“白哥儿给我多烧了两口鸦片烟，害得我们少奶奶一宿没睡觉，半夜三更点着灯等着他回来——少不了他吗！”一想到这里，芝寿的眼泪就止不住，然而她只会默默地流眼泪，不用手帕去擦眼睛，擦肿了，七巧又该说了：“白哥儿一晚上没回房去睡，少奶奶就把眼睛哭得桃儿似的！”她觉得是左右为难，做什么错什么。饶是这样，七巧还是会当着一群亲戚的面，把长白告诉她的芝寿的如何如何不好一一给说出来。

芝寿觉得自己已经死了，从嫁给姜长白，沾上曹七巧那一天，她的生命已经停止了。这里哪是个家啊，简直就是阴曹地府。七巧就是那个最狠毒的刽子手。

而，同样悲哀的，还有姜长安的一生。她的一生曾经本应该是充满希望的，也是曾经最接近希望的。她曾经有过那样一段美好的校园岁月，蓝爱国布的校服，红润的笑脸，然而才不过半年，这种生活也因为母亲生生地被扼杀了。七巧要到学校大闹，长安觉得自己丢不起那人，那一夜，她哭了很久，她想，她要自己先放弃，这样她的朋友们，她所喜欢的音乐教员，不久就会忘记了有这么一个女孩子，在他们的生命里存在过。她觉得她这牺牲是一个美丽的、苍凉的手势。墨灰的天，几点星光，模糊的状月，像石印的图画，长安坐在石阶上，忧伤地吹着口琴，“告诉我那故事，往日我最心爱的那故事，许久以前，许久以前……”

终于，长安也变了，在不知不觉中成为了另一个七巧，那是人世间最悲哀的事情，祖辈的哀怨如咒一样种在了她的身上。她生了痢疾，七巧不给她请医生，也劝她吸食鸦片，一个花样年华的女子，骤然间，不复青春。

三十岁，长安终于等到了她生命中另一个艳阳天。那是童世舫，长安生命中也许惟一一段真实快乐的恋爱。那时候，长安穿一身苹果绿的旗袍和斗篷，去见她喜欢的人；那时候，长安和他并肩走在公园里，晒着秋天的太阳；那时候，世舫为长安擎着伞，隔着半透明的蓝绸伞，千万粒雨珠闪着光，像一天的星。那时候，那样淡然美好的时光。

长安的人生，曾经有过那样绮丽的希望。然而，谁说过的，希望过后，就是绝望。她的第二段快乐又一次因为母亲七巧夭折了。她那么努力地戒毒，那么努力地想要离幸福近一些。可七巧就是见不得她女儿过得好，她拆散这段好姻缘，她不择手段地诋毁自己的女儿，糟蹋自己的女儿，她说姜家一代不如一代，少爷们什么都不懂，女儿们猪狗不如。

可是，我觉得，曹七巧才是真正的猪狗不如。那是她的亲生女儿啊，她的心里就没有过一丝丝的怜惜。是的，曹七巧是在姜家受了委屈，可是她没有资格糟践任何一个生命，哪怕那个生命是她赐予的。同情是给善良人的，我不觉得曹七巧有任何让人怜惜的资格。别以时代的黑暗为借口，那时代，黑暗一直在，但光明的人永远光明，黑暗的人永远黑暗。

蓦然，想起姜季泽临走前那一句话：“长白，找个医生给你母亲看看病。”没错，曹七巧这样的女子，早就应该看看病。但私以为，给她看病的不应该是医生，而是她在时光尘埃里，丢掉的那一颗心，良心。

也许她找得回来，也许她找不回来。但月光却永远都在。这世界很疯狂，但愿我们都认得回家的路。

也许岁月将忧伤画在眼角，也许苦难将流浪抹在额头，也许疲惫为我们添几缕白发，也许不幸雕刻我们憔悴的手，然后，直到有一天，在镜子前，我们看到自己，蓦然心惊，漠然地不再相识，也许，我们早该明白，请别错怪那韶光改人容颜，其实我们自己才是那个化妆师，别说生活太苦，别说人生太难，其实，我们只是不够坚强。

胸口的一颗朱砂痣

胸口的一颗朱砂痣——炎樱（也许每一个男子全都有过这样的两个女人，至少两个。娶了红玫瑰，久而久之，红的变了墙上的一抹蚊子血，白的还是“床前明月光”；娶了白玫瑰，白的便是衣服上沾的一粒饭黏子，红的却是心口上一颗朱砂痣。）

她是爱玲胸口的一颗朱砂痣，红得热烈，随着生命的律动而律动，随着血液的流动，而日新月异。那是刻在生命里的一种感情，她不是爱玲的爱人，却带给了她比爱情更真实感动的情谊。她为爱玲作画，爱玲为她写下《同学少年都不贱》，她为爱玲的书制作封面，爱玲在自己的书中遍留她的足迹。爱玲为她，难得地哭泣，她成为爱玲婚姻的惟一证人。

她是貘梦，也是炎樱。名字也是爱玲取的，一半活泼，如炎炎夏日，一半安静，如轻灵的樱花。那几乎是她和爱玲性格的合二为一。

炎樱就是那一片热闹的夏天，给爱玲的生命带来了少见的狂热与欣喜。也许我们都应该感谢这样一个女子，如果没有她，张爱玲的生命里又少了一些快乐。

仿佛我们都是这样，最轻快恣意的日子都是校园时光。青葱的岁月里，她遇见了炎樱，从此遇见了另一世界。炎樱是永远快乐的，没有忧愁，即使有，也在她三言两语间带了过去。她们在大学里，一起读书，一起游玩，一起看电影，又有共同的爱好——画画。炎樱在香港的朋友很多，爱玲从不善于与人交流，炎樱就常常带着爱玲去见她的朋友和家人。

在爱玲心中，印象比较深刻的是有一次炎樱的朋友请炎樱看电影。结果，那个请看电影的人，只有两张票，因为没钱，也买不起第三张票，就自己走了，留下她们两人看电影。末了，还把身上惟一的一点吃的东西留给了她们两个。那一次，爱玲和炎樱都觉得很不好意思，很对不起那个人，电影看了一半就看不下去回家了。

爱玲从不怎样和别人说话，却惟一愿意和炎樱吐露心事。她和炎樱说起自己与母亲的关系，炎樱不住地安慰她，说也许黄素琼只是老了。

香港战争，战火不断的夕阳下，炎樱冒着危险，来给张爱玲送吃的东西，两人睡一张床，没有被子，就盖报纸，说了一宿的悄悄话。她借钱给爱玲，两人约好一起乘船回上海。

即使回了上海，她们的友情也没有中断。两人时常手拉手一起逛街，设计一款相同的衣服，炎樱的衣服上印着上联，爱玲的衣服上印着下联，偶尔在街头遇见，便是大团圆。

霞飞路上那家小小的甜点店，两个人永远吃不腻，就像两个人在一起说话，怎么说都说不完，吃完了甜点，两个人你送我，我送你，怎么送都送不完，这情谊，让胡兰成都自觉难以比肩。

爱玲结婚，所有的人都不知道。炎樱却做了她的证婚人，两人一起去拍照，炎樱骑着一辆自行车，穿过长长的街，悠悠的风，将爱玲的美照带回家。不满足那摄影师留下的美丽，便在爱玲的照片上留下自己浓墨重彩的一笔。

这份友谊几乎贯穿了张爱玲所有年轻的时光，从胡兰成到桑弧，可以说炎樱一直守护在爱玲的身边，爱玲真正的一起玩乐的朋友，也惟有炎樱一个。

直到后来，炎樱嫁给了一个富商，到美国做房地产生意。她们见面才越来越少，然而时间，会让深刻的东西越来越深刻，浅淡的东西越来越浅淡。机缘使然，后来张爱玲竟也去了炎樱生活的地方，刚到美国的第一天，她便见到了久违的炎樱，那份深刻的友谊，从没有因为时间而变得浅淡。

炎樱陪着张爱玲去看她们共同敬仰的胡适先生，从不知道炎樱的胡适，仅仅是聊了几句，也喜欢上炎樱的爽朗，她从来就是这样，谁见了都会喜欢，别人喜欢她，爱玲也欢喜。

她们之间可以这样好，好到丝毫没有女孩子之间会有的嫉妒和羡慕。仿佛张爱玲的确不是一个善妒的人，她只是极端，喜欢得极致，讨厌得也是极致。

张爱玲喜欢炎樱好像就是极致的，所以才会连篇不累地写她，一遍又一遍地向别人炫耀着炎樱。

然而回首，再看她们这一段友谊，也终于明白，也终于承认，张爱玲把炎樱看得太重，而在炎樱心里，张爱玲未必有相同的分量。不是炎樱不够情深意重，而只是她们本就不是一样的人，张爱玲这样的女子，看似云淡风轻，却是一生太轻，感情太重；而炎樱，恰恰相反，看似热情似火，内里却是云淡风轻。她不像张爱玲，人为地将所有感情描摹得隆重、华丽。炎樱很机智，所有的事情到她这里都会维持一个平衡。她不是闭塞的女子，所以她能接收到很多美好，那么，在这许许多多的美好里，张爱玲就不是那个惟一了。

不是不重要，但不是那个惟一的重要。

所以，炎樱是爱玲心口的一颗朱砂痣，一生抹却不去的记忆。而爱玲，也许，只是炎樱皇冠上那一颗最亮的钻石，失去了有些黯然失色，但，毕竟，还有其他的光芒。那些光芒，也足以照亮她的一生，温暖她的内心。

窗前一片明月光

窗前一片明月光——胡适（酸梅汤沿着桌子一滴一滴朝下滴，像迟迟的夜漏——一滴，一滴……一更，二更……一年，一百年。真长，这寂寂的一刹那。）

他是她窗前的一片明月光，遥遥地照着她的梦，她的醒。时而近一些，时而远一些，却始终有着淡淡的距离，她永远无法伸手触碰到那一抹清辉，然而那一抹清辉，却照耀了她浅浅淡淡的人生，在窗前结出一朵明亮的花来，在她的生命里，一开就是半生。

那个人，是胡适之，这一段情，无关爱情，只有欣赏与相知。

胡适之、张爱玲，说起来，读起来怎样都不搭调的两个人，却有着一段文人间深厚的情谊。有着甚至长达上百年的张氏家族与胡氏家族的交往。张爱玲一支妙笔倾倒众生，胡适之在上海滩万人迷恋，这一男一女，一老一少，都是民国红极一时的人物。他们同为安徽老乡，又同在上海滩功成名就，最后都漂洋过海流落美国。这样的两个人，当然应该有一段忘年情谊。

其实，张爱玲对胡适先生并不陌生，她从小就读父亲买的那本《胡适文存》，胡适先生考证的那本《醒世姻缘传》以及《海上花列传》几乎整个张家人都抢着阅读。张爱玲对这两本书更是爱不释手，在香港上大学遇到太平洋战争爆发，日本人攻打香港，她做了一名防空员，驻扎在冯平山图书馆，发现有一部《醒世姻缘传》，马上得其所哉，一连几天看得抬不起头来。房顶上装着高射炮，成为轰炸目标，一颗颗炸弹轰然落下来，越落越近。张爱玲却只想着：至少等我看完了吧。

可见对这本书的热爱，即使后来，张爱玲对这两本书也念念不忘，在给胡适的信中提及这两本书对她创作生涯的影响。

更为有意思的一件事，张爱玲的母亲和姑姑竟然曾和胡适在一个桌上打过牌，后来战后报上登着胡适回国的照片，不记得是下飞机还是下船，笑容满面，笑得像个猫脸的小孩，打着个大圆点的蝴蝶式领结，张茂渊看着笑了起来说，"胡适之这样年轻！"

然而，这样的两个人，竟然从没有见过面。

直到1952年。那一年，张爱玲离开内地来到香港，出版长篇小说《秧歌》，引起很大的轰动。张爱玲认为这部作品应该会得到胡适的认可，便寄了一本给远在美国的胡适先生——这是张爱玲与胡适先生的第一次正面交往。

不久，胡适给张爱玲回了一封信，这样写道：

爱玲女士：

谢谢你10月25日的信和你的小说《秧歌》，请你恕我这许久没给你写信。你这本《秧歌》，我仔细看了两遍，我很高兴能看见这本很有文学价值的作品。你自己说的"有一点接近平淡而近自然的境界"，我认为你在这个方面已做到了很成功的地步。这本小说，从头到尾，写的是"饥饿"——也许你曾想到用《饿》做书名。写得真好，真有"平淡而近自然"的细致功夫……

胡适的信很长，同样非常细致，将张爱玲书中哪些不足，哪些是神来之笔，一一写出。

张爱玲很感激，也很惊喜，马上回了一封信给胡适先生。这一来二去的书信，拉近了她与胡适的距离，也在文学创作上给了她极大的信心。

1955 年秋天，张爱玲辗转来到美国，第一件事情就是和炎樱一起去拜访胡适先生。纽约东八十一街 104 号五楼 H 号，胡适先生的旧居，被他的妻子江冬秀笑称为“简陋的小公寓”，港式公寓房子，沐浴着下午的阳光，张爱玲有点恍惚起来，仿佛还在香港。

江冬秀给她和炎樱泡了两杯茶，白色透明的玻璃杯子，里面翻滚着浓浓的绿色茶叶，张爱玲有一种时光交错的感觉，从前读书时候的事情回来了，就在那一瞬间。她望着胡适与江冬秀，觉得他们是旧式婚姻罕有的幸福例子。

这就是张爱玲与胡适的第一次见面，带着旧时光的感动，新时光的希冀。

一个月后，张爱玲又单独去拜访了一次胡适。她想和这个老人聊一聊，她觉得他能懂她现在的状况，也能让她近些时日浮躁的心略微平静。

那天胡适将张爱玲引进书房，江冬秀泡上一杯茶就退了出去，将时间让给这两位同样喜欢读书写字的人。她知道他们需要一些安静的时光。

没有活泼的炎樱在身边，一向萧索的张爱玲觉得自己面对胡适如对神明，一紧张更不会说话，还好，胡适也并不在意，慢慢地，他们也谈得热烈，谈上海，谈香港，谈起以前张家和胡家的老故事，张爱玲惊诧，自己竟然一无所知。那一次的见面非常开心，也让她觉得胡适更加亲切。

1955年的感恩节，胡适考虑到张爱玲因为孤身一人在美国，难免寂寞，专门邀请了张爱玲，去一家中国小菜馆吃饭，然而那一天，张爱玲因为和炎樱吃烤鸭，着了凉，生了场病，就没有赴约，但胡适的热心她一直记在心里，多年后写起回忆胡适的文章，也念念不忘。

也许，张爱玲从没有想过，胡适竟然会专门来看自己。他来得太突然，令张爱玲手足无措，只好请他到“救世军”的客厅里去。里面黑洞洞的，有学校礼堂那么大，还有个讲台，台上有钢琴，台下稀稀拉拉放着些旧沙发，没什么人。但胡适却直赞这个地方好。她想，也许这地方让胡适想起了他在美国时的学生时光。

那一天，爱玲送胡适到大门外，他们在台阶上站着说话。天冷，风大，隔着一条街从赫贞江上吹来。胡适先生望着街口露出的一角空茫的灰色河面，河上有雾，不知道怎么笑眯眯地老是望着，看怔住了。他围巾裹得严严的，脖子缩在半旧的黑大衣里，厚实的肩背，头脸相当大，整个凝成一座古铜半身像。爱玲也跟着向河上望过去微笑着，可是仿佛有一阵悲风，隔着十万八千里从时代的深处吹出来，吹得眼睛都睁不开。

那是张爱玲最后一次见胡适先生。

后来，爱玲在自己的人生里兜兜转转；胡适先生在自己的生活中一如往昔的平静。不知道隔了多少时日，1962年，张爱玲听到胡适先生去世的噩耗。一开始只是惘惘的，并不觉得他是真的走了，直到几年后，再看《海上花列传》，想起胡适先生已经不在人世，眼睛背后一阵热，眼泪也流不出来，那样的仓惶与恐怖。

也不奇怪，张爱玲向来是反应奇慢的人。

那一片明月光离开了她很久，她一直想不起来。她只是觉得心里有一块地方暗暗的，朦朦胧胧间又多了一重阴影。一些久违的温暖好像倏的一声飞远了，直到那高高的天边以外。天边以外，月光依旧静静地照着，只是她的那一片不见了。

但她依然觉得开心，因为那一份胡适先生在异国他乡曾经带给她的温暖，让她在某一个时刻，觉得人生不那么寂寥。

天涯共此时

天涯共此时（一个知己就好像一面镜子，反映出我们天性中最优美的一面。每次想起在茫茫人海中，我们很可能错过认识的机会——太危险了。命运的安排多好。）

三月，午后的阳光下，湖面波光粼粼，那湖水经过一个冬季的冻结，积攒了一湖的力量，此刻，在阳光的照耀下，绿莹莹的如镶嵌在大地上的一块晶莹剔透的玻璃。湖畔，湖光水色下，那整整齐齐排列了两行的玉兰树秀出大朵大朵白色的花来，像是用白色丝帕绾出的一只只蝴蝶，或振翅欲飞，开得恣意，或心灰意懒，懒洋洋挂在枝头。

远远望去，绿水，绿树，白花，浑然一体，如穿在大自然身上的一件织锦缎旗袍，苹果绿的缎面上，错落有致地用织锦样金丝线绣出一朵朵大的花来。一座石墩旁，两棵高瘦相仿的玉兰比肩而站，在微风中轻轻摇曳。既没有高昂的姿态，也不委身于尘，相互依偎，迎风成长。一样的芳华自现，像是两个最亲近的知己，有着不语也通的心有灵犀。

我愿意相信，世间有这样的感情。不是爱情，不是亲情，没有同情，没有嫉妒，而，纯粹是出自内心的接受和欣赏，发自肺腑的相知相惜，彼此牺牲，又彼此成就，哪怕天各一方，不见面，也两情相牵。

这样的情意不多，但我们如此庆幸，张爱玲遇到了，邝文美遇到了，宋淇遇到了。天涯共此时的三人行的情比金坚的友谊，让他们的生命都有了一段徐徐绽放的过程。

邝文美是一个什么样的人呢？张爱玲说她是古今中外只此一个，心性最接近顾曼桢的女子。凭此想来，应该是温婉静娴、善良细致的女子。

自然没有见过邝文美，但从照片里看，她和宋淇的确是一对璧人。一个儒雅，一眼望去就是典型的知识分子，一个端庄，眼神里有岁月不侵的风华。他们和张爱玲相识于 1952 年，既为同事，也是同乡，又都有着共同的文学爱好，所以一见如故。

1952 年，张爱玲赴香港，在香港美新署做短工新闻翻译，自此结识宋淇夫妇，即宋淇和邝文美，开始了他们长达一生的友谊。

一开始对他们三人的友谊并不了解。对于“张爱玲好朋友”这个概念，几乎多数人都停留在“炎樱”两个字。我，自然也不例外，直到张爱玲去世将此生所有遗产交予宋淇夫妇，直到 2009 年宋以朗出版《张爱玲私语录》，这段延续了半个世纪的传奇跨洋友谊也终于浮出水面。

看《张爱玲私语录》，半夜里，也会被他们的友情感动到落泪。一切，的确如宋以朗（宋淇夫妇的儿子，张爱玲遗产继承人及研究者）所说，不了解张爱玲和宋淇、邝文美夫妇间的友谊，也就很难理解她将遗产留给这对夫妇的举动。

《张爱玲私语录》中，他们三人真挚的友谊几乎比比皆是，无处不在。娓娓呈现出他们三人至死方休的情谊，但又不那么确切。因为至死方休的，不过是他们在现实世界中的联系。友谊，弥漫在他们存在的那个时空，在那儿，永远在那儿。不会随着他们的离去而消失，那是一种永恒，这世界永恒的东西不多，但真挚的感情显然算是一种。

可以说友谊于他们已经成为习惯，是彼此生命的一部分，也成为灵魂的一部分，随着他们精神的永存，在人们的记忆里，在活色书香里，一直地存活下去。

感情是需要合拍的，不管是爱情还是友情。甚至，我认为，友情也需要一种互补。太相似的两个人容易成为好朋友，但也容易分崩离析。

张爱玲这样的女子，敏感、骄傲、自备、羞涩。炎樱如火一般的性格和她刚好互补，所以成为了好朋友。然而，像我前面提到过的那样，炎樱的心太大，不太容易处处留意到张爱玲的小忧伤。张爱玲需要的是一个可以无限包容她，给她关爱，又时时刻刻可以提醒她的人。能容忍她的孤僻，不计较她时不时的刻薄，试想，茫茫人海，能找到这样的一个人该是怎样的困难。而，张爱玲，却恰恰遇到了宋淇夫妇，两个人都是难得的有耐心，有责任心，大度善良，也简单快乐。正如张爱玲自己所说，“每次想起在茫茫人海之中我们很可能错过认识的机会——太危险了。命运安排得多好！”（《张爱玲私语录·友谊》）

尤其是对于邝文美。张爱玲简直拿她作为女性温良贤淑的典范。邝文美长相大气温婉，自己谋得高职，帮助丈夫著书立说，家中事务打理得井井有条，永远端庄贤淑，不愠不恼。张爱玲将她比作“中国兰花”，靠近时只觉“清香逼人”。张爱玲那样一个惜字如金，不善于赞美别人的人，对邝文美却是极尽溢美之词，想来也是真心欣赏。“越是跟人接触，越是想起Mae的好处，实在是中外只有她这一个人。”（1967年11月1日致宋淇）“我对女人有偏见，事实是如果没遇见你，在书上看到一定以为是理想化的画像。”（1976年1月25日致邝文美）“我向来见到有才德的女（子），总拿Mae比一比，没一个有点及得上她的。”（1983年2月19日致邝文美、宋淇）

虽然张爱玲这个人比较极端，对于喜欢的东西和人，往往喜欢到极致，多少有失偏颇，但，对于邝文美的夸奖却丝毫不夸张。

这个温婉的女子，不仅善良，为人处事，也非常大方得体，面面俱到。就连宋美龄这样的人物，也欣赏邝文美的为人和能力，曾经一度邀请她来做自己的私人秘书。然而邝文美却委婉地拒绝了。她的婉拒更让人尊重，因为足以看出她以家庭和自己的独立事业为重，不挟要人以自重的传统品性。

宋淇身体非常不好，几乎病了几十年。但邝文美却一直不离不弃，最艰难的时候，自己一人要照顾年迈的母亲和病重的宋淇，非常的疲惫，但她却毫无怨言。邝文美和宋淇二人相知相扶近六十载，其间经历过无数次疾病的困扰。但两人的情意始终坚如磐石，风雨同舟，一起走过人生的风风雨雨。在他们身上，始知什么是“我心匪席，不可卷也；我心匪石，不可转也”。

对此，张爱玲永远是赞叹与理解，不见丝毫的妒忌和羡慕。“我相信你嫁给任何人都会是个好妻子，可是总没有嫁给他那么合适。”（1958年4月27日张爱玲致邝文美）“你们已经有二十年的历史，真是难于想象。因为你们永远表里如一，丝毫不变。真像是时间停住了不走，使人有恍惚之感。”

当然，我认为他们也完全有资格享受这无与伦比的赞美，至少对张爱玲，他们真是鞠躬尽瘁。宋淇和邝文美时时想着成就张爱玲。宋淇作《私语张爱玲》，以成就张爱玲，在台湾《联合报》、《世界日报》及香港《明报月刊》同时登出，引起轰动。邝文美写《我所认识的张爱玲》，还原给万千读者一个真实的张爱玲。每每为了张爱玲的书籍出版，宋淇都要在自己身体状况本就糟糕的情况下，耗费大量精力，以致没有时间自己著书立说。

他在给好朋友平鑫涛的信中曾说，“朋友劝我，一直为人打算而忽略了自己出书，不免太不为自己着想了。”“有时想想这样做所求何来？自己的正经事都不做，老是为他人做嫁衣裳。可是如果我不做，不会有另一个人做。只有义不容辞，当仁不让地做了。”

这样的语重心长，真心实意。那种源自对爱玲的真诚关怀，让这份责任感，非常感人。像宋淇对张爱玲说过的“你可以完全信任我”那样，男女之间亦可以无关风月，只为真心。

不知道现在还有多少人保持着写信的习惯。那种用细细的墨水写下来的字体，有着真正的渗入人心的力量，那里面一笔一画所饱含的深情与祝福，不是现在铅印的字和电子邮件所能传达的。

张爱玲与宋淇、邝文美夫妇书信往来四十年不绝。第一封信是张爱玲 1955 年 10 月 25 日写的，最后一封信是邝文美 1995 年 8 月 9 日写的，距张爱玲去世不足一个月。保存下来的就有六百多封，四十多万字。琐碎的生活、纤细的感触、绵密的心情、牵挂和思念、信赖与理解……铺开信纸，一笔一画地书写。想一想，都觉得要流泪。写下的每一句话，想说的每一件事，对方都懂，只怕是心里的每一个褶子，都可以摊开放平了吧。张爱玲说如果能够天天和邝文美谈一个钟头，可以胜过心理治疗。张爱玲说几十年来，她已经养成了事无巨细都想要和文美说一说的习惯。爱玲对他们的依赖几乎已经成为一种需要，他们之间没有血浓于水，却有着比亲情更深刻的感情。

就像那两株依偎而生的白玉兰。
根，紧握在地下；
叶，相触在云里。
每一阵风过，她们都互相致意。
她有她的柔韧枝干，
像伞，像保护衣；
她有她洁白的花朵，
像沉重的叹息，
又像英勇的火炬。
她们分担寒潮、风雷、霹雳；
她们共享雾霭、流岚、虹霓。
仿佛永远分离，
却又终身相依。
这才是伟大的友谊。

抬眼看世界，因为这一段传奇的友谊，竟觉得世界干净了一些，澄明了一些，美好了一些。

第四章 情不知所起

民国女子

民国女子（爱情本来并不复杂，来来去去不过三个字，不是『我爱你，我恨你』，便是『算了吧，你好吗？对不起。』）

多年前，在牡丹亭种下心花的汤显祖说："情不知所起，一往而深。生者可以死，死可以生。生而不可与死，死而不可复生者，皆非情之至也。"多年后，他不曾料到，他的一句感慨之言，竟然无意间拨动了爱的心弦，让无数人在爱这条路上前赴后继，罔顾生死。良辰美景奈何天，赏心乐事谁家院，有爱的地方都是良辰，有爱的地方都是美景。

1943年的上海，该是夏末吧，几场梅雨，几卷荷风，几声蝉鸣，上海已是水雾迷蒙。白桦在窗外的风中沙沙作乐，小小的茉莉在茶杯中打着卷，用残留的香气，呐喊整个夏季的疯狂。胡琴声起，指尖微凉，那一场四十年代风花雪月的往事，在琴声里，愈发显得秋月无边。吊脚钟楼里，时光之钟晃啊晃，高脚杯里，红酒摇啊摇，八角香炉里，茉莉香片燃啊燃，氤氲了，恍惚了，飞远了，他的爱，他的海誓山盟。这座熟悉的城，在许过的诺言里，越发的单薄瘦弱，时光渐远，依稀中惟有那一盏浅浅的茉莉花茶，还有当年的味道。

当年，她该也是风华绝代的女子。

穿一身素色旗袍，特立独行在上海的弄堂与渡桥，米黄缎面上，大朵的绣花，跃跃欲试，想要开出地久天长的样子。她和炎樱，手挽手指点橱窗里的江山。“及踝的旗袍配上短流苏披肩，未免太传统了些，像是装在筒子里的人。”

那时，她才不过二十二三岁的年纪，正是一个女子最好的年华。风霜还不曾来侵蚀，秋雨尚未滴落，夏日悠悠的风吹起白色纱裙翻飞如蝶，青涩的季节刚刚挥手向她告别。二十三岁，现在，正是最美丽的时刻，她如一朵盛开的夏莲，亭亭，不忧，亦不惧。沉静自持，临水照花。

那时候的女子大抵都是相似的吧。修身旗袍，装扮出了各种各样的美丽；松松蓬蓬的绾发，用铁钳子刚烫出时髦的味道。不夜的上海城里，张织云、周璇、阮玲玉、胡蝶轮番轰炸人们的视线，将美丽演绎得风情万种。醉眼蒙眬里看她们，怎么看都是看不够的，就怕这美丽稍纵即逝。那时候的女子总是那么讲究，连立领旗袍上，盘扣的样式是攒花的还是祥云的，都要细细比对了，才肯上身。她们又似乎都是多才多艺的，琴棋书画无不知晓，男人们在官场颠覆着政治风云，她们在闺阁里，颠覆着上海的风云。她们又都活得清醒自知，矛盾重重，甚至有着现实的小自私，你看那屋顶上放飞的鸽子，其实放的都是她们的心，飞得高高的，看那花窗帘的窗，别时容易见时难的样子，也是高处不胜寒的样子。她们是八面来风的，愁是喧喧嚣嚣的愁，喜亦是轰轰烈烈的喜。她们又似乎都是胆小的，上下学要家里的汽车来接送，逛街也要成群结队地逛。她们又好像代表着上海的天真，一夜之间，从嫩到熟，却是生生灭灭，永远不息，一代换一代的。她们有着太多的相似点，几乎见证了一个时期的历史痕迹，于是，后来人们用一个统一的名词来形容她们，那就是“民国女子”。

这些女子，几乎都曾经占尽了天华，比男人还要声名赫赫的。清雅淡成的林徽因如众星捧月，让徐志摩为她神魂颠倒，让梁思成爱了她一生，让金岳霖终身不娶。风情万种的陆小曼美貌天成，让胡适禁不住赞赏，说她是北京城一道不得不看的风景。而孤标傲世携谁隐的张爱玲不仅在文学上鼎盛一时，亦让多情才子胡兰成在《今生今世——民国女子》中说她是民国时期的临水照花人。

而她和他的一段情缘，亦从这一句“临水照花”开始。临水照花，却终是开到了荼蘼，他的一句随口之言，她却拼尽了一生休。爱，散了，此后经年，应是良辰好景虚设。

他走得潇洒，她却在爱中渐渐枯萎零落。而，我们，凭栏观望，也许终不过是叹一声：从此无心爱良夜，任它明月下西楼。

灯火阑珊处

灯火阑珊处（世上最凄绝的距离是两个人本来距离很远，互不相识，忽然有一天，他们相识，相爱，距离变得很近。然后有一天，不再相爱了，本来很近的两个人，变得很远，甚至比以前更远。）

东风夜放花千树，更吹落，星如雨。宝马雕车香满路，凤箫声动，玉壶光转，一夜鱼龙舞。蛾儿雪柳黄金缕，笑语盈盈暗香去。众里寻他千百度，蓦然回首，那人却在，灯火阑珊处。

在古老的中国，一切仿佛都是梦幻的。也许是因为它离我们有些遥远，所以总是带着那么一些神秘感。如一位蒙上了黛色面纱的古典美人，眼睛里带着戚戚然的伤与笑。也许正是因为那一丝若有还无的缥缈，所以，我总能把古代和诗意和浪漫和闲适联想在一起。

至于刚刚萌生的爱意，那就更美了。我总是喜欢古代男女约会和初遇的场面，是那样的传奇和唯美。那时候，女子是轻易不能出门的，尤其是待字闺中的少女，她们的天地几乎就是家里几尺见方的地方。可是年轻的少女的心，却那么渴望飞翔。她们安安静静地坐在家里，手里明明绣着牡丹，却绣出一对鸳鸯来；扫弦、勾抹，明明要奏的是《春江花月夜》，却奏出《凤求凰》的调子来，自觉不妥，慌慌住了手，可是想念他的心却无法说停就停。

那就不如相见吧。

于是，她穿了翠色的青衫，梳了个流云髻，既淡雅，又精巧，细细着了妃色的胭脂，画出个远山眉。平日里，是难得出门的。但七夕和元夕却可以大大方方地出去，那几乎可以被称作女孩子的节日。

她施施然走在街上，花市灯如昼，各式各样的花灯，折射出七彩的光来，照耀出她的美丽。流云髻的发线，此刻更显得行云流水。花月的春风刚刚在裙角吹起一点涟漪，荡漾开来，如绽放的花芯。她抬头，寻望那流光溢彩。一双眼眸如秋水横波般沉静，就在那蓦然回首间，于灯火阑珊处，他望着她浅浅地笑，剑眉星目的模样。

时光，停止。就在那相望的一、二、三刻。

虽然时光隔了上千年，但张爱玲和胡兰成的相遇同样是奇妙而诗意的。只是别人的故事在花月春风里，而他们的故事在字里行间。

1943 年的秋天，午后，正是上海阳光最好的时候。太阳暖烘烘地照着大草地，庭院的铁栅栏门前，一只白色的京巴狗懒洋洋地卧在那里，眼睛半闭半合。门前的邮政筒子里，零零落落塞着几份报纸。还有一本新到的杂志。院子的男主人便走过去将报纸和杂志取了出来，他一向是不大看这些的，却看到那本《天地》月刊是个叫冯和仪的人寄来的，因为觉得和仪的名字好，他就在院子里草地上搬过一把藤椅，躺着晒太阳看书。

他先看了发刊辞，原来冯和仪又叫苏青，他想，女子笔下竟有这样的大方利落，倒是让他有点吃惊。待翻到一篇《封锁》，看了看名字张爱玲，他又往下看下去，才看得一二节，他便不觉身体坐直起来，细细地把它读完一遍又读一遍。简直要被这个女子的才思惊艳到。

这个人就是胡兰成。而正是这字里行间的灯火阑珊，让他蓦然回首就遇到了张爱玲。而他们的传奇爱情也从《封锁》开始，又以封锁结束。

他被她的才思惊艳到，辗转反侧，夜不成寐，想要认识这个让他惊奇的人。九月的阳光照在他的眼睫毛上，竟然有一种爱情的耀眼光芒。他下定了决心要认识一下这个奇女子，仿佛自己在三十七岁的那一年，应该不得不做的事情就是认识张爱玲。

而，多年后，我看他们的爱情，亦觉得好笑。仿佛人与人之间，缘分早已是注定的，该相逢的人，即使人海茫茫，也可以分明看清对方，而该错过的人，即使是擦肩而过，亦不会有回眸的冲动。

也许，他们本就该相逢。也许，注定了张爱玲逃不过这一场爱情的劫难。九月的风，卷起梧桐叶满天飞，如蝴蝶翩翩起舞，然后又华丽地跌落，爱恨情仇都在那一刻化作香气守护来年的美好。

胡兰成不仅心动了，同时也为自己的爱情勇敢行动了。他从杂志上找到苏青的联系方式，去信问苏青，这张爱玲果是何人？也许苏青已然察觉到胡兰成的意思，她只是回信淡淡答道：女子。仅是两个字，但胡兰成显然很开心，甚至有点欣喜若狂。在他看来，世上但凡有一句话，一件事，是关于张爱玲的，便皆成为好。

但，“女子”二字并没有让胡兰成真正认识张爱玲。他对她依然是模糊的，而那时候张爱玲恐怕连这世上还有一个他也未必知道，只是单纯地享受着自己的读书和写作时光。

我常想，如果，胡兰成此后没有再看到《天地》杂志，或者张爱玲的文章从此不在这个杂志上刊登了。那么渐渐地，也许，胡兰成便会忘了这一刹那间的心动，张爱玲也不会成为日后那朵变成了蚊子血的红玫瑰，而是那永远的床前明月光，那回想起来都忍不住微笑的美好记忆。

然而，命运使然，上天仿佛在指引着胡兰成一步一步走近张爱玲。这让我想起爱玲自己的一句话来："不管你身在哪里，不管有没有人爱着你，你要相信这个世界总有一个人在等着你。也许，你还看不到他，但，总有那么一个人。"

对张爱玲而言，胡兰成就是那样一个人。

《天地》杂志第二期如约而至了。又有张爱玲新的文章了，且，不止如此，这一期，张爱玲的小照也被刊登在报纸上。

就仿佛心想事成般似的，他想见的人，就真的出现在他的面前了，没有约定，没有预谋，就从天而降，这是一个太大的惊喜，以至于让胡兰成觉得是做了梦一般。然而梦，又是这样的甜。

这就真是天定的缘分了，逃也逃不掉的，张爱玲还是和往常一样和炎樱一起逛街，一起吃甜食，却不知道自己已成为别人的梦境，是别人看都看不完的风景。

我总觉得这一场相遇太不可思议，世间哪有那么多巧事，但偏偏就让他们给碰上了。佛说，前世的五百次回眸才换来今生的擦肩而过，也许上一世，他们早已把对方凝望了千千万万遍。爱要来，任是沧海变幻，风云际会，任是人来人往，流言蜚语亦无法阻挡。而爱，若要走，亦同样如此。

爱来了，在那座风雨飘摇的城市——上海。掌心忽然长出纠缠的曲线，在生命轮回涤荡里绵延不绝，他们遇见一场风花雪月，只用了一朵烟花的时间。爱走了，他们和彼此说珍重再见，一朵花都未曾开放。双子星从天空划过，来不及认真告别，就让爱来了又散了，人生终抵不过似水流年，留不住，亦算不出。

他到了那个和张爱玲的生命连在一起的城市。下了火车，第一件事情就是去找苏青。一来，自然想拜访苏青；二来，当然也是因为深知苏青与张爱玲交情不浅。苏青是很喜欢热闹的，她不同于张爱玲，非常喜欢交际，女人要想有点能力，这一点也是免不了的。她很高兴，可以认识胡兰成这样的政界人物，虽然眼前局势并不明朗，日后也未必乐观，但一个有政治作为的人，对于办报这种事情自是有帮助的，况且胡兰成本身，也是一个文人，文采斐然，风流倜傥。

所以，苏青很高兴，和胡兰成一起上街吃了蛋炒饭，并邀请他去了自己的寓所。胡兰成坦率直言，表明了自己想认识张爱玲的心情，又开口管苏青要了张爱玲的地址。知道张爱玲素来喜欢独处，不惯见人，苏青犹豫了好久，不知道自己应不应该在张爱玲尚不知情的情况下给胡兰成她的地址，考虑了良久，写下了一行字给胡兰成。

“静安寺路赫德路口 192 号公寓六楼 65 室”。就是这么简简单单的几个字，就是这么不经意的一个犹豫，便改变了张爱玲一生的命运。

那几个字，让胡兰成在灯火阑珊处邂逅了自己的一段爱情。却让张爱玲的灯火阑珊心一点点地黯淡下去。回廊一寸，曾经的相思心，都成了后来的落寞孤单。多年后，回首，想起那一段往事，明晰，亲切，然而没有能力干涉。那不多的一点回忆，将生平飞落如雪的悲苦，尽数吹散开来。

原来，灯火阑珊处，蓦然回首，等待张爱玲的只是那一丝断井颓垣的记忆。其实，谁又不是呢。

当往事如风，吹来蝴蝶掠过心海。惊起却回头，发现生是过客，跋涉虚无之境。在红尘里翻滚的人们，又有谁不是心带惆怅的过客？

情不知所起

情不知所起（听到一些事，明明不相干的，也会在心中拐好几个弯想到你。）

情不知所起，一往而深。常常想：人与人之间的爱情，真是莫名其妙，不可言说。有些人明明觉得他们是无法在一起的，却偏偏狭路相逢，爱情胜。有些人，明明是郎才女貌，天作之合，却恰恰她不是朱丽叶，他不是罗密欧。你也不知道你会在哪一天，哪一分，哪一秒，就有了心跳的感觉；你也不会知道你走在哪一条梧桐叶落满的小路上，会邂逅那段期冀已久的感情。然后，他就在梧桐树下静静地观望着你，笑而不语，只等待你从他面前走过，和甜蜜照个面。就是那样的不期而遇，在时间无涯的荒野里，没有早一步，也没有晚一步。

就是刚刚好，在那样的一个时间里，胡兰成敲响了张爱玲的房门。他满心期待又惴惴不安地站在门外边，等待她说那一句“请进”，却，果如苏青所言，爱玲是不见人的，她婉言拒绝了他的希望。

他一下子愣在了那里，却是无论如何也不能死心的。想了想，便留了张字条从门洞里塞了进去。因张爱玲和胡兰成的这一段往事，后来两人皆没有说得太明白。张爱玲讳莫如深，绝口不提，胡兰成在《今生今世——民国女子》里亦写得模棱两可。所以，寻遍踪迹，亦无法得知胡兰成在那张字条里留下了什么话，竟然打动了孤标傲世的张爱玲。但我想，打动爱玲的应该是胡兰成所表现出来的才情。张爱玲这样的女子实则是为爱而生的，不爱则已，一爱深深。她在书中塑造了那么多独立、自私、现实、清醒、理智的女子，而自己却远没有自己的文字清醒。民国那些绝代风华的女子里，张爱玲和陆小曼实则都是感性真实的女子，为爱情甘愿远走天涯，奋不顾身。真正清醒现实的却恰恰是那温柔如水的林徽因。

但，我想，相较而言，我更喜欢亮烈如爱玲这样的女子。人生，总要有那么一次轰轰烈烈，才算真的爱过。哪怕，此后，静水深流，年华淡淡，但总有一段回忆是要让自己午夜梦回时，可以流泪可以笑的。谁说过，爱过，才算真的活过。人生，如果可以，又有谁希望步步为营，一辈子清醒自持，如果不快乐，人生要来又有什么用。放肆也好，任性也罢，能完全听任自己的心，亦何尝不是一种幸福。

张爱玲看到胡兰成留下的字条。看到落款处，蓝色钢笔如雕刻出来一样的“胡兰成”三个字，看到那苍劲而又清雅的字体，鬼使神差地竟然心念一动。她想，“胡兰成”，好美的名字，有一种玉兰芳华自然天成的美，让她蓦然想起北周才子庾信来，他的小字亦唤作兰成。她想，他该也是温润如玉的翩翩佳公子。

隔了一夜又一天，她想还是见见这个叫胡兰成的男子吧，只是见见而已。吃罢午饭，爱玲给胡兰成去了个电话，说她自己要去拜访他。

上海大西路美丽园，不远的距离，张爱玲随即就到了。胡兰成很高兴，待见到张爱玲的人却又觉得意外，与自己想的完全不一致。

我一直很喜欢胡兰成在《今生今世——民国女子》中描述初见张爱玲时候的情景。他说张爱玲的顶天立地，世界都要起六种震动。

他说震动，我很喜欢这个词，既不是倾国倾城，亦不是花容月貌，就是能在那个见到你的人的心中掀起一番震动，如千帆过尽后，突然从海上刮起的一阵凉风，让看海的人心里不禁一颤。

我想张爱玲的确是这样的女子，并不算漂亮的面孔，并不迷人的笑容。但就是让人觉得很特别，一眼便能记住的。胡兰成说爱玲的神情是有一种小女孩的光芒。是那种放学独自走在路上的，心里想着一些事情，别的小朋友打招呼她亦不理的那种正经样子。

一下子就让张爱玲的形象生动起来。此情此景，单看张爱玲的小说你是无论如何也想象不出来的。非如此亲密的人才能有此感触不可。这也让我相信，胡兰成一定是曾深爱过张爱玲的。如此，回忆起来，才有这样的细腻和清晰。而，两个真正相爱的人，看彼此都会有一种孩子的感觉。是因为想真心呵护，也是因为她在他的眼里都是好。

他也用惊艳来形容爱玲。在他眼里，她的美不是生命力，更不是魅惑力，但就是让人无法移开眼睛。他以为自己阅人无数，早已懂得什么是惊艳，但直到遇到张爱玲，却知道艳亦不是那艳法，惊亦不是那惊法。

仿佛，在那一瞬间，他真的爱上了她。

以前，我一直不相信一见钟情这样的事情，太艳，太奇，便失去了生活质朴的真谛。在爱情里，日久生情才是靠谱的事情，但，“蓦然回首”、“灯火阑珊”，一句句唯美的词；但张爱玲、三毛、林徽因一个个绝代女子，都让我越来越愿意相信，人世间，也许真的有一见钟情。人与人之间的荷尔蒙也许就是可以相互吸引。当清风缓缓吹起爱的面纱，也许我与你之间的距离，就是这样咫尺之间。

再靠近一点点，我就跟你走。

张爱玲怕也是在看见胡兰成的第一眼，便已心醉。忘了多情自古伤离别；忘了爱得太深往往伤得愈深。

她在第一次到他的家里时，竟然一坐就五个小时。这五个小时，两人相谈甚欢。他和她讲当下的流行作品，讲张爱玲作品如何之好。他甚至不知好歹地一股脑地把自己在南京的往事告诉张爱玲，也不问问人家是不是愿意听。也是因为兴奋，对于自己喜欢的人，希望她能一瞬之间就了解自己，明白自己的心。

张爱玲只管孜孜地听着他说，听胡兰成问自己每月的稿酬，竟然也不假思索地老老实实告诉了他。两人像是许久未见的老朋友，家长里短地聊着，竟然不觉得有何生疏之感。

她亦是喜欢他的吧，以张爱玲的品性而言，能和一个人畅谈几个小时，且能听他絮絮叨叨地讲这么长时间，从心里必定是欢喜的。他对她惊艳是在懂得她之前，她对他喜欢，是在晓得自己的感情之前。两个人，两颗心，竟然在彼此初见之时，就这样贴近。不晓得不懂得亦可以这样知音，也许这就是心有灵犀，也许他们早已相识。

傍晚，晚霞静静爬上角楼处那一片天空。倔强的爬山虎抓着墙壁一直往上爬，不多久，就是绿色荫凉满墙壁。晚风轻轻吹，夕阳折射出行色匆忙，来去匆匆，将两人的身影拉长，染成了橘红色，圈起一道幸福的光线。

胡兰成把爱玲送到弄堂口，恋恋不舍。弄堂口，几户人家的阳台上落满了夕阳，在落地的长窗上折出了反光，映在人脸上星星点点的。鸽群已经飞了起来，高高远远的，像是夕阳的剪影。两人站在弄堂口，不言不语，一尺左右的距离，让爱玲觉得刚刚好，她竟然生出一种感动来，这感动源自于此刻那最为日常的情景。这感动并不是云水激荡的，而是一点点累积起来的一种烟火人气的感动。

她双手背在后面，显得旗袍更长更窄，她自己更修长。蓦然，听到胡兰成说："你的身材这样高，这怎么可以。"爱玲突然就魔怔在那里，再明白不过的意思了。他的潜台词是说："你这样高，而我这样矮，这样，做情侣怎么可以呢？"一句话，胡兰成就把张爱玲和他的距离拉得这样近，他是早已看透了她的心思的。一步一步，都是在套索她的心。让她慢慢地以为，他们本来就是一对。

不得不说，胡兰成真的是情场高手，在感情上他几乎是无挫败的，靠着自己的手段，赢到自己想要的人；他也似乎是比较懂女人的，懂哪一句话，哪一种方式最能俘获女人的心。所以，从一开始张爱玲就沦陷了。他那么主动，那么积极地进取，让张爱玲觉得被爱是如此幸福。

若，你常读张爱玲的小说，也读她的自传《小团圆》，你会发现，其实爱玲是渴望被爱的。在书中她不止一次提到过，从没有人说过爱她，所以她也一直以为自己并不那么容易让人喜欢。直到胡兰成出现，她所有的爱被释放了。而，她一直被冰封的心，似乎也融化了，这感情来得比她自己想象中的还要凶猛。

两人常常腻在一起，像刚刚涉入爱河的初恋男女，一分钟都不想分开。她刚从他那里走，他就去她的屋里，张爱玲的公寓外，电车当当地来去，阳台笼罩在上海的天际云影日色里。那天，她穿宝蓝绸袄裤，戴了嫩黄边框的眼镜，越发显得脸儿像月亮。

胡兰成又开始滔滔不绝地讲话，像是要与爱玲斗起来。两个人之间的男欢女悦，一种似舞，一种似斗，像爱玲屋子里雕刻的男女偶舞，那蛮横泼辣，亦有如薛仁贵与代战公主在两军阵前相遇，舞亦似斗。

胡兰成说他的百般兵器亦抵挡不了爱玲的芊芊素手。实则是她的真心实意亦换不来他的一心一意。他们聊起爱玲祖父祖母的故事，竟然有一种恍如隔世之感。祖母在祖父张佩纶落难之时，亦心甘情愿下嫁于他，两人亦时常品茗对诗，像此时此刻的他们一样。

张爱玲想起，胡兰成在南京入狱时，自己心内的黯然。原来她亦动了怜才之念，如自己的祖母一样，只是却没有和她一样的好结局。那时候，她还不明白，其实人世间很多事情，我们往往猜得对开头，却猜不到结局。

所以，她只想拥抱现在，现在一刻值千金。胡兰成被她的怜才之念感动，回去后写了封信给爱玲，自觉幼稚可笑，谁知爱玲回信给他："因为懂得，所以慈悲。"

我竟要落下泪来，为着这一句贴心的话。因为懂得，所以慈悲。其实是因为爱，所以不忍责备。蝴蝶翩跹而过，飞不过沧海，亦没有人忍心责怪。他在她心里，涉水而过，如一朵芙蓉开过，即使后来零落了，她同样满心欢喜。因为她懂得他的每一次哭，每一次笑，因为她懂得自己的爱，自己的情。万水千山，她步着他走过的路，遇着他遇过的景，不管甜蜜与辛酸，只愿不离不弃。

只是她的懂得与慈悲，依然没能留住这段情缘。她的不忍与卑微，也没有换回他的浪子之心。他想要的天地太大了，她给不了，也留不住。她以为低到尘埃里，就可以开出绚烂花一朵。到头来，始终是镜花水月一场空。

九月的梧桐，早已被风吹皱，才从眉头散去，又落入心田。好几年没下雪的上海竟然纷纷扬扬起来，大而结实的铁栏杆，在雪的浸润下，竟然锈迹斑斑。她只觉自己的心又被上了把锁，庭院深深无人来开的感觉，铜色的锁，生生锈出一朵一朵的花，没心没肺的，一开就是天荒地老，连枯草都不愿意来相伴。

她也不知道当初的自己是怎么了，竟然爱得一败涂地。她蓦然想起《牡丹亭》中那一句戏词来："情不知所起，一往而深。"泪满青衫。

问世间情为何物，也许，不知所起，是对她那段爱情，最准确的总结。而，上海那座城，依然，遥遥矗立着。

临水照花人

临水照花人（你问我爱你值不值得，其实你应该知道，爱就是不问值不值得。）

时光在无涯的荒野中静静流淌。上海的阳光依旧晃得双眼有点睁不开。黄埔大桥上落下一片夕阳，染红了江面。风景依稀还似当年。大上海歌舞厅里，周璇曾经唱过的歌，一点也没有落伍似的，还在被传唱着。歌声在摇晃的香槟酒里，也是悠悠的，带着旧旧的回忆的颜色，而，白兰地苦涩的味道总是能让人想起那叫往事的东西。

一喝，就要醉了的往事，是最经不起回想的。我们却还偏偏要忍不住细细品味。不到心里五味陈杂，无论如何也不放手。

才发现，原来，我们都一样。守着回忆，度过漫漫人生。

也惟有在回忆里，她才能再看到当年的相顾无言；惟有在回忆里，她才能看到那些执手相看共凭栏的岁月。

回忆，依稀，模糊，带着笑与哭。朦胧间，他的眉目，明明如画，越来越清晰。他穿过一条一条的街，转阁楼，绕回廊，穿一身西装革履，皮鞋擦得铮亮来看她。笑容总是放肆而轻快的，日子悠扬得如黄鹂清婉鸣唱。简约时尚的小洋房里，米色的灯光眨啊眨，浪漫甜美，两个人趴在床上，看同一本书，也看彼此，怎么都看不厌，间或傻傻笑起来，自己也不知道为什么。

表面上依然是冷静自持的模样，心里却像装了100℃开水的暖水瓶子内胆，要炸开了似的。怎么爱都觉得不够，总觉得时光太短，匆匆，抓不住，留不住，于是拼尽一切，要留住此时此刻。

此时此刻，他是她的朝朝暮暮，她是他的临水照花。

还是1944年，张爱玲恋爱了。轰然而至的恋爱，如潮水涌来，让她措手不及。她从未恋爱过，不懂一切应对措施，亦不晓得爱情里的智慧和手段。如所有初恋的女孩一样，她的反应如此本真而直接，那就是用心爱，奋不顾身。

她同样也会委屈，全然不像自己笔下那些女子。他日日来看她，一开始她是那样的欣喜，巴不得日日相守。然而，有一日，她忽然很烦恼，同时觉得凄凉，怎么都看不到自己的爱情有任何未来。也该是惶恐的吧，谈一段没有结果的爱情，不是每一个女子都可以做到不在乎。

胡兰成说，女子一爱了人，是会有这种委屈的。这一点，我既认同，也不能完全认可。每个女人在爱的时候，的确会诚惶诚恐。但那种惶恐更多的是为一些极小的事情和莫名其妙不安的心情，但对于未来她们却都是抱着很大的期望的。爱玲的委屈则更多在于她连对未来的期望都无从期望。

胡兰成是有妻室的，且是第二次婚姻。张爱玲深知，胡兰成深知，世人亦深知，因此他俩从来不提婚姻之事。偶尔爱玲想到婚姻上来，但不知如何是好，便不再多想，只能告诉他："我想过，你将来就只是我这里来来去去亦可以。"

其实，她是不敢再想。想下去，是会让人崩溃的。倒不如得过且过，不看未来。胡兰成说张爱玲大度，对于他已有妻室毫不在意。但我想，内心深处她还是在意的，所以才会想到婚姻头上来，所以才会有那样的委屈，所以才会写信告诉他，让胡兰成以后不要再来看她，自己做不了离别的决心，便期待他狠心一些，在爱还没有太疯狂之前。只是因为太爱眼前的这个男人，太多难过不想他和自己一起承受，所以才可以伪装得冰冷绝情，特立独行。

其实，在爱情上，张爱玲真是既脆弱，又赤诚。

胡兰成该懂她的，却恰恰没有。他亦该慈悲的，对这个真真正正、一丝不苟爱着他的女子。却，同样没有。

于是，他不管爱玲的委屈，依旧去看她，寻她。

在读了所有关于他俩的文字之后，在了解这一段情缘的前因后果之后，心里只觉得胡兰成的爱真是自私又任性。也许，他从来没有用心为爱玲考虑过，他认为世界上没有什么事情是犯冲的，却忘了仅仅流言蜚语一条，就能让爱玲所有的付出变成煎熬。

她，应该是明白的。明白姑姑的忠告，明白炎樱的提醒。只是遇见了他，她就再也不是曾经那个清洁出尘的张爱玲。

他说他喜欢《天地》上那张爱玲的小照，她就在翌日取了给他。小照背后，她用心地写下一段话："见了他，她变得很低很低，低到尘埃里，但她心里是欢喜的，从尘埃里开出花来。"

那个他，就是胡兰成。他懂得，却无法赋予她同样的深情。本来无一物，何处惹尘埃，爱上了胡兰成，她却惹了尘埃。在这爱情的泥潭里越陷越深。

两人又时常面临分别，张爱玲是只在上海的。胡兰成却上海、南京两地居住。不在上海的时候，两人就靠书信来往。

每每收到张爱玲的信，胡兰成就莫名的兴奋。连他自己亦不知为何，只是变得极喜欢唱歌。一回到上海，不到家里，却必先去看张爱玲，踏进房门，就对着爱玲说："我回来了。"如回到了自己最熟悉的家一样。

那段时光，应该是张爱玲生命里，最甜蜜的时光了。两人伴在房里，男的废了耕，女的废了织，连同道出去游玩都不想，亦且没有工夫。旧戏里申桂生可以无年无月地伴在志贞尼姑房里，一点没有想到蜜月旅行，一直以为不太现实，没想到在爱玲这里看来竟是真的。

两人在一起时，只是说话说不完。

胡兰成在她面前说话，说得生涩。像是新手拉胡琴一样，让人觉得聒噪。她却爱听，亦不显得烦躁。不管是说的什么，爱玲都觉得好像"攀条摘香花，言是欢气息"。

当然，他也喜欢听爱玲说话，听她喃喃自语，绵绵不绝。而，我猜测，这也是张爱玲爱上胡兰成的一个重要原因。人们说，她爱上了他皆因一个懂得。也许，一开始他确是懂她的，但后来，当感情越走越逼仄之时，当我们越来越看明白爱玲的灵魂之时，也越来越了解爱情的真谛后，才发现，她的爱，可能更多的是因为亲切。那种胡兰成所带给她的亲切，让她有了一种被宠爱的感觉。

而这种亲切感，就在于胡兰成总是能耐心地和张爱玲说话。其实，纵观张爱玲这一生，你会发现，她所得到的爱真的不多。最没有疏离感，最真实的日子也就只有短短的年少时光。父母的离异让张爱玲先是失去了父亲的爱，渐渐地又因为生活琐事而失去了母亲的爱。就连陪伴她最久的姑姑，也没有带给她这种亲切感。姑姑张茂渊的勇敢和直面真实，虽然教会了张爱玲做一个真实的自己，但也让张爱玲对于人情世故看得清透，在姑姑面前，感情也是赤裸裸的，姑姑又总是说一些大煞风景、直穿人心的话，也正因为如此，她的直接和特立独行让张爱玲和她之间总有一种淡淡的疏离，因为面对姑姑，你是无法撒娇的，也无法得到作为孩子而应该得到的宠溺。姑姑曾直言不讳地说和张爱玲在一起是容易变得唠叨的（因为爱玲总是嘀嘀咕咕），在爱玲不小心打碎了一块玻璃之后，姑姑在看到她无大碍时，竟然更关心那块打碎的玻璃。

这一切，都让爱玲对姑姑有一种天然的敬畏之感。连爱玲自己都说，姑姑的家于她而言就是一个完整体系，言外之意就是不容破坏。

所以成年之后的张爱玲，在家庭生活方面几乎是从来没有完全地放松过。因此，当胡兰成出现的时候，当他几乎宠溺地日日和她相伴时，她就爱上了他，那种胡兰成所带给她的完完全全的亲切感，让她在很多年之后重新找回了家的感觉。她觉得过了童年就没有这样平安过。时间变得悠长，无穷无尽，像是个金色的沙漠，浩浩荡荡一无所有，只有嘹亮的音乐，过去未来重门洞开，永生大概只能是这样。这一段时间与生命里无论什么别的都不一样，因此与任何别的事都不相干。其实，她不过是陪胡兰成多走一段路。在金色梦的河上划船，随时可以上岸。

她，其实太贪恋家的感觉，所以也太贪恋他。

看他们两个人相处，看他们在一起的时光，作为事外之人的我，总有一种恍如隔世的感觉，也甜蜜，也怦然心动，却怎么都没有家常过日子的感觉。

看过很多故事，也走过许多感情路，人生分分合合，感情疏疏淡淡。但当所有的起起落落、甜蜜忧伤落在了日子里，都有一种新的味道——烟火气息。可是在他们的感情里，我却从没有嗅到过这种气息。

他们朝夕相处，谈诗论书，可是他们的甜蜜里，却也满是忧伤。相聚，仿佛都是为了下一次离别；分秒相守，好像也是在惧怕那最后的分手。只能，趁着此刻在一起，紧紧相拥，将离别拒之门外。

我也喜欢他们的相处，像是繁花之中再开繁花，梦境之中重生梦境。爱情绽放处，连花蕊都是甜的。

他们总是可以一起从南聊到北，他们会一起讨论西洋的音乐，听贝多芬的梦想激越，也听梅兰芳的缥缥缈缈。他们还一起说经典的著作，将《红楼梦》、《战争与和平》比出高下。他们同看东西方的版画，研究各地的瓷器，她还把在小报上看到的一些新闻和妙语转述给他听，说的时候是那样的开心。

如此只顾男欢女爱，两人也觉吃力，有时候胡兰成暂去南京，张爱玲留在家里写文章。但每次小别，两人亦并无离愁，倒像是过了灯节，对平常日子转觉另有一种新意。人人只说银河是泪水，但原来对他们二人而言，银河轻浅却是形容喜悦。

连朝语不息，桐花万里路。

他说她是民国世界的临水照花人。

胡兰成曾说看张爱玲的文章，只觉她什么都晓得，其实她却世事经历得很少，但也许天分使然，这个时代的一切自会来与她有交涉，就好像“花来衫里，影落池中”。张爱玲爱看书，也爱评论，但无论她在看什么，她仍只是她自己，不致与书中人同哀乐，清洁到好像不染红尘，也不会不自觉与书中之人好或者坏作比较，好，爱玲虽喜欢，却不模仿，坏，爱玲虽明白，却也不会去同情。她是陌上游春赏花，亦不落情缘的一个人。

还是一个清晨，阳光轻快地跳跃，在上海胡同的老树间穿梭。千娇百媚，风姿绰然。胡兰成与张爱玲步行同去美丽园，大西路上树影车声，商店行人，爱玲心里喜悦，说："现代的东西纵有千般不是，它到底是我们的，于我们亲。"

其实，这就是爱玲，再简单平凡不过的一句话，却恰恰也道出了他们之间的爱情症结所在。纵是胡兰成万般不是，但对爱玲而言，他亦是至亲至爱之人。

胡兰成带爱玲见他的亲人和朋友，爱玲和他讲姑姑和炎樱的好，和他说苏青的美，就仿佛他们的生命是连在一起的，连喜好都要莫衷一是。

张爱玲是如此的心气儿高，但对胡兰成却是如此的百依百顺。

两人同去附近马路走走逛逛。张爱玲穿一件桃红色单旗袍，胡兰成笑说好看，她便轻快地道："桃红的颜色闻得见香气。"调皮可爱处，连他都觉惊奇。爱玲还有一双绣花鞋子，是在静安寺庙会买的，鞋头连鞋帮绣有双凤，穿在她脚上，线条非常柔和。胡兰成见了，每每夸她穿着好看，她知他欢喜，每次小别之后，胡兰成从南京回来，在房里她就总穿这双鞋。

爱玲从来不牵愁惹恨，要么就是开开心心，要么就是大哭一场。人生至此，也不过只有两回落了泪，一回是她十岁前后，为一个男人，但是她也记不得是讨厌他或喜欢他而失意，就大哭起来。还有一回是在香港大学读书时，一年放暑假，炎樱没有等她就回上海家去了，她平时原不想家，那一次却倒在床上大哭大喊得不可开交。虽然她的小说里那些女孩子都是恻恻轻怨，脉脉情思，静静泪痕，但她却始终亮烈，仿若晴天落白雨，一目了然。

然而，为了胡兰成，她却第一次有了离愁，她给他写信，“你说你没有离愁，我想我也是的，可是上回你去南京，我竟要感伤了。”虽然张爱玲并不是个会缠绵悱恻的人，但因为深爱，对于一次小别，她也生出不舍之感，这一点大大超出了她自己的想象。多年来一贯的坚强好胜，到了他面前，竟然一败涂地，无处可藏。像一个少女一般羞涩，但却懂得抓住自己的爱，紧紧不脱手。

她爱胡兰成，始终连自己都是觉得不真实的。仿佛从一开始就知道终有一天他会匆匆离去，便越要将此刻的欢愉无限放大，借着醉生梦死的快乐让自己知道，他一直在，爱一直在。两人坐在房里说话，张爱玲只顾孜孜地看胡兰成，不胜之喜，总是夸道：“你怎么这样聪明，上海话是敲敲头顶，脚底板亦会响。”她如此兀自欢喜得诧异起来，会幽然地问：“你的人是真的吗？你和我这样在一起是真的吗？”

其实，她是如此的脆弱。即使在梦境里，她也没有这些日子的欢愉，有时候她会想，他们之间如果是梦一场，她也希望是一梦不醒的。她总是不相信自己能有这样的幸福。那些十几年来所憧憬的亲密无间，来得太快，太突然，她来不及反应，就只能死死守住。

爱玲同样是小女人的，看似理性，实则感性得不得了。渴望被人捧在掌心，渴望人世间最真最挚的情，渴望自己喜欢的人同样喜欢自己，渴望他每天回家，带给她各式各样的礼物和惊喜。爱玲的书写得很好，销路最广，稿费也比别人高，在当时，也算是收入颇丰，并不靠胡兰成养她，但因为世人都是丈夫给妻子钱用，她也要。胡兰成自然也给她钱，她就用这些钱去做衣服，曾经做过一件皮袄，式样是她自出心裁，样子出来很宽大，穿着并不那么合身，然而她心里欢喜，雀跃得不得了。

当然，那时，胡兰成也是爱她的，虽然他风流成性，并不能一心一意对待一个女子，但那个时段，两人最初相识的日子里，他待她却是实心实意的。两人去看一场舞剧，回来时刚好碰到下雨，急急从戏院门口讨得一辆黄包车，雨篷放下，她坐在他身上，她生得那样高大，又穿着雨衣，胡兰成抱着她只觉得诸般不宜，但又觉得是真切难忘的实感，让他觉得日子这样过，再好不过。

有时晚饭后灯下两人好玩，挨得很近，脸对脸看着。张爱玲的脸在灯花朦胧中好像一朵开得满满的花，又好像一轮圆得满满的月亮。嘴角虽没有微笑的弧度，但因为真觉得开心，眼睛里都是满满的笑意。胡兰成当然亦满心里欢喜，他抚她的脸，说道："你的脸好大，像平原缅邈，山河浩荡。"张爱玲笑起来道："像平原是大而平坦，这样的脸好不怕人。"她只管看着他，不胜之喜，用手指抚胡兰成的眉毛，说："你的眉毛。"抚到眼睛，说："你的眼睛。"抚到嘴上，说："你的嘴。你嘴角这里的涡我喜欢。"她叫他"兰成"，他一时之间竟不知道如何答应。他总不当面叫她名字，与人说起她也是直呼张爱玲，她今要他叫来听听，他十分无奈，只叫得一声"爱玲"，百般狼狈与不顺，她听了也诧异。原来对人如对花，虽日日相见，亦竟是新相知。

房里墙壁上爬上一点斜阳，如梦如幻，两人像金箔银纸剪贴的人形，清婉悠扬地唱着一出皮影戏。他说："看这一江春水，看这满溪桃花，看这如黛青山，都没有丝毫改变……你看，这来的是谁家女子，生得满面春光，美丽非凡？这位姑娘，请你停下美丽的脚步，你可知自己犯下什么样的错误？"

她浅浅地笑，皮影戏里的旦角就缓缓开了唱：“这位将军，明明是你的马蹄踢翻了我的竹篮，你看这宽阔的道路直通蓝天，你却非让这可恶的畜生溅起我满身污点，怎么反倒……怪罪起我的错误？”

他也笑，起身缓缓抱住了她，她依偎在他的肩头，夕阳缓缓洒满两人背后。明明暗暗，不多的一点晚霞全飞上她的脸颊。

年华，就这样停顿。时光，一淌，就淌出一段镜花水月。

而，多年后，我们才明白，爱情的是是非非里，又岂有谁对谁错。你的马蹄，惊了我的梦，我们便共度这美丽春光。

谁说过的，爱你一万年，太久，我们只争朝夕。民国的风花雪月里，哪怕世事洞明，人间虚妄，她亦是他惊奇却回头的临水照花人，让他镜花水月般的人生多了一些快乐的理由。哪怕洞若观火，人事了然，他亦是她相思相望的至亲，让她惶恐不安的人生中，多了一段至美的归宿。

春天的马蹄声，还在啪嗒啪嗒地路过少女的心房。溅起落花满天飞，翩翩如少女的心思。

千帆过尽，她没有忘掉曾经的情意绵绵，用一曲《小团圆》观照自己的爱恨离愁。百花落后，他亦没有忘却那时的同住同修，同缘同相，同见同知，用一支妙笔，生出《今生今世》、《山河岁月》这样美丽的文章。

他们并没有忘记，只是从前的事情凝结成了化石，把他们冻结在里面，将我们隔离在外面。

我蓦然想起那时候，张爱玲痴痴地立在窗前，窗外雨声潺潺，像处在溪边。那时候，她宁愿天天下雨，好以为他是因为下雨不来。

其实，所谓爱，也许如此。

愿使岁月静好

愿使岁月静好（彼此都有意而不说出来是爱情的最高境界，因为这个时候两人都在尽情享受媚眼，尽情地享受目光相对时的火热心理，尽情地享受手指相碰时的惊心动魄。一旦说出来，味道会淡许多……）

时光悄然流逝，走过天上的白云，流过细雨霏霏。然后，停在1944年的8月。静安寺路192号爱丁顿公寓里，她静默地坐在老式木雕红漆床上，旧式床栏上雕刻着男女偶舞，蛮横泼辣，亦喜庆有趣。

几尺淡蓝色的轻纱朦朦胧胧罩着窗户玻璃，遮住了外面的燥热。正是桂子飘香的时节，虽然这七拐八转的弄堂里，并没有种植桂花，但她就是觉得那一缕缕的花香，清雅芬芳，渲染了一室的欢愉，连那一向稳重的蓝色此刻也欢愉得有些许过了头，显得轻飘飘起来。秋蝉叽叽喳喳叫个不停，惊天动地，呕心沥血，用尽生命来放这最后一季的歌。

她摇了摇头，略显烦躁，又从梳妆台拿起一支口红，轻轻地涂擦着，按捺不住的激动，心就要蹦到嗓子眼，脸上却依然是一份事不关己的疏离神情，仿佛世事万般，于己，皆不落情缘。炎樱缓缓捧着她的手，轻轻拍她的掌心，印上“放心”二字。大红色锦缎旗袍里映着红烛，花团锦簇，是素净房间里最为喜庆的一角。若不是红烛、红喜帖，怕是连自己就要忘了，今天是自己的大婚之日。

八月的蝉鸣叫得人心烦，其实那都是自己心慌意乱。彷徨，彷徨，等待那个人到来。总觉得口红不够红，总觉得衣服不得体，总觉得自己不够美，想一想什么时候清绝如自己竟会变得如此低微，她蓦然想起初相恋时，自己在送给他照片时，背面写的那些话："见了他，她变得很低很低，低到尘埃里，但她心里是欢喜的，从尘埃里开出花来。"

她原是不懂爱情的，遇到他，她想这就是爱情了，那个时候的意乱情迷想想也奇怪，这些话竟是从张爱玲口中说出，不管是炎樱还是姑姑，总会觉得有些匪夷所思罢了。但，那个时候她如何能知道此后山高水长，爱情的苦难亦是绵绵无绝期。

我想，那就是真爱了。所以，于她而言，她会如此心甘情愿等他来牵起她的手。而于他而言，娶她为妻亦是一生欢喜。所以，他终是来了。打着精致的领结，穿簇新的西式男服，那时候还不流行送花吧，况且也不对爱玲的口味。

我想应该是这样的：他在手里小心翼翼地捧着一个簪花木雕盒子，盒子里是一对色泽纯正散发着浓浓古典中国式韵味的翡翠镯子，颜色却必定不是传统的碧色，而是神秘叛逆又优雅的深紫。木雕盒子散发出独特的檀木香味，浓郁得如他此刻的笑容。让他全然忘记了，随行在身侧，还攥着自己衣角的胡青芸。"六叔，是为着什么这么开心。哦，必定是寻爱玲小姐去了。张小姐最近可好？"青芸总是管爱玲叫爱玲小姐，声音甜腻得如刚出笼屉的蟹粉桂花糕，却怎么也不让人生厌。而胡兰成对这个侄女更是宠爱有加，简直比对自己女儿还要好。她机灵俏皮的性格总让我觉着有那么一点遗了炎樱的风范，尽管那炎樱，于我，也只是存在于字里行间。胡兰成宠溺地用手摸了摸青芸的鼻子，“人小鬼大。”她便嘻嘻地笑了起来。跟着叔叔一直朝他心里的那个地方走去。这个时候，我尚还愿意说服自己他是爱着她的，像所有情深似海的男子一样，一心想要回家去。

待到回了家，炎樱开门，只见房间里重新布置了一番，尽管一切从简，却依然与往日大不相同。青芸瞅了瞅房间，又瞅了瞅着一身新的炎樱，喜悦地问：“你们终于要结婚了，真好。”胡兰成望了望侧坐在床沿的爱玲，“别乱说话，小心惹得爱玲不高兴。”他怕青芸快言快语，无所顾忌，言语间不经意就得罪了张爱玲。

他们两个在一起，胡兰成总是要侍候爱玲的脸色。与人会面，总担心爱玲不高兴，一起看书看画，谈论诗词，也总要听听爱玲的意见。一来因为爱玲在艺术上的造诣已然登峰造极；二来，爱玲并不怎么愿意见人，在人情上更是秉着两讫的态度，互为独立，绝不相欠。这一点她和姑姑张茂渊倒是极为相似。到底是出身贵族后胄，骨子里自有一股与众不同的清高决绝。

张爱玲如是，姑姑亦如是。她是那样疼爱张爱玲，却怎么也不愿来参加她的婚礼。她的态度清朗爽快，就是不赞成。弟弟张子静也不来参加。我想也许她并不想让他们知道。在爱玲的心里，爱情不过是两个人的事情，于别人，看得再热闹也终会落幕。

胡兰成带着青芸进了爱玲的房子。青芸一双美丽的眼睛眨巴眨巴，“爱玲小姐真漂亮，房间也漂亮。”爱玲盈盈一笑，甜而真实，那是她少有的笑容。她走过去，握着胡兰成的手，竟然第一次有了少女的羞涩之意。青芸蹦跳着，炎樱大笑着，每个人都为这平凡又特殊的一天而高兴着。惟有我轻轻地叹息着，隔着几个时代的空气，他们听不到我的哀婉，爱玲，终是嫁了。炎樱用一口不流利的中文主持着整个仪式，她竟比爱玲还要激动。他们拜天拜地，相互交拜，没有高堂亲人，只好膜拜自己，满脸都是笑意，炎樱和青芸也开心，将祝福的红枣、花生撒在他们的床帐上。红烛燃起了，照亮红色喜帖上那赫然印着的几行烫金大字：胡兰成张爱玲签订终身，结为夫妇，愿使岁月静好，现世安稳。（胡兰成《今生今世——民国女子》）那一年爱玲二十三岁，胡兰成三十八岁。两人虽结了婚，亦仍像是没有结过婚。他不肯使她的生活有一点因自己之故而改变。两人怎样亦做不像夫妻的样子，却依然一个是金童，一个是玉女。

只是好景不长，这样的日子，只过了两年，那吃梦的貘便食去了爱玲的青春和梦想。烛光妖娆舞动的两年婚姻里，她那诡谲的才华，也一点点被吃掉，从此张爱玲的光芒慢慢黯淡下去，薄薄的如那烫金大字上淡淡的金箔。

礼成。依照惯例习俗，结了婚是要请客出去吃饭的。青芸闹着要吃炒糖糕，要逛花市。只是街上人多又太吵，爱玲是清静惯了的，加上他们二人的身份，确实又不好去人太多的地方，只能找了个小的饭店，走完这些程序。

红色的纱帐里，他紧紧挽着她的手，总觉得自己委屈了爱玲。不能给她轰轰烈烈的浪漫婚礼。爱玲不说话，只是回握胡兰成的手，给他温暖的讯息。她幽幽地望着他，开了口：“兰成，我说过，因为懂得，所以慈悲。”

可是，我却禁不住要落下泪来。胡兰成怎么知道，爱玲所受的委屈又何止如此。她的爱情甚至没有得到一个亲人的祝福，但她还是一如既往地嫁了，既选择了他，便心甘情愿面对全世界的唾弃与冷眼。

我们常说世界上最幸福的事情就是两个彼此相爱的人终于走到一起。只是一件事物若太美好，连上苍也会心生忌妒，于是，相知相守这本来极为简单的事情，竟成了世间莫大的奢侈。我们总是在不停地遇见。遇见那个爱自己的人，遇见那个自己至爱的。我们都希望这两个人，可以成为一个人。只是这样的好运气太少太少，即使相爱如梁山伯与祝英台，拚尽一生休，也只能在死后化蝶，双宿双飞，终算不得圆满。所以我们总是在不停地选择。

聪明的民国奇女子林徽因选择了最合适自己的梁思成，而放弃了浪漫的康桥之恋。但同样身为民国女子的临水照花人，爱玲选择的却是自己的最爱。哪怕此后一身落寞无人知，她依然义无反顾。对于她和胡兰成的爱情，她珍之重之。她特意约上了炎樱，到照相馆去拍照，留下那永恒的瞬间。“现在要一张有维多利亚时代空气的，头发当中挑，蓬蓬地披下来，露出肩膀，不要笑，要笑笑在眼睛里。”炎樱兴奋地发号施令，俨然自己是一个摄影师。照片也是炎樱去取的，大热天里骑个脚踏车跑了很远的路，取出来，直奔爱丁顿公寓拿给爱玲看。

照片里有一张放大了，是爱玲最满意的，光线柔和，面目朦胧，一眼望不到底的深邃眼眸，很有古典画像的感觉。炎樱看着，画兴大发，说：“让我在上面涂点颜色吧，虽然那摄影家知道了要生气，也顾不得这些了。”

遂将大笔浓浓蘸了正黄色，先涂满了背景，照片不吸墨，颜料像一重重的金沙披下来；然后是头发与衣服，都用暗青来涂没了；单剩一张脸，发光的，浮在纸面上。

爱玲大笑起来：“这可太像遗像了，要不要趴下去磕头？”

炎樱看着，也觉不妥，找出爱玲小时候玩的那把一扇就掉毛的象牙骨折扇倒挂在照片上端，湖色的羽毛上现出两小枝粉红的花，不多的几片绿叶，宛如东方早晨青翠的荫翼，温柔静好。

爱玲看着，慢慢地点头，轻轻说："古时候的早晨就是这样的吧？红杏枝头笼晓月，湖绿的天，淡白的大半个月亮，桃红的花，小圆瓣个个分明……"

她的声音低下去，有了泪意。刹那间，她蓦然想起新婚时写在大红喜帖上的那句话了——岁月静好，现世安稳。

外面响起了炮轰声，是战争的声音，远远的一路从租界外传过来，又传到远处去了。屋顶的露台上，硝烟弥漫的空气里，大家互相通着信，传递战争与生活的讯息——岁月，焉得静好？现世，何时安稳？

她想起《封锁》里的一些情节来。

如果不碰到封锁，电车的进行是永远不会断的。封锁了。

摇铃了。"叮零零零零零"，每一个"零"字是冷冷的一小点，一点一点连成了一条虚线，切断了时间与空间。

爱情。封锁了。

低到尘埃开出花

低到尘埃开出花（遇见他，她变得很低，很低，低到尘埃又开出花。）

遇见他，她变得很低，很低，低到尘埃又开出花。1944年，8月，南京、上海，张爱玲、胡兰成。敲下这些词，眼前的屏幕也有些恍惚，隔了时间的纱，天地忽然黑白，旧电影的清灰，记忆里的物是人非，一漾一漾地闪动着，绰约得看不分明。

而，绰约中，爱玲的眼神幽幽的，总是让人看了有些心酸。像是多年后顾曼桢再见沈世钧，苍凉地道一句："世钧，我们回不去了，回不去了……"她的悲凉比之于曼桢，有过之而无不及。

顾曼桢只是被命运颠沛流离，被别人的爱恨而牵动。但她爱过的人，她珍而重之的人，却从没有让她觉得过人生如此不堪。甚至在多年后，她还会因为自己的善良和坚强，收获另一段同样让人艳羡的爱情。她的人生，虽然波折，却并不窘迫；她的爱情，虽然失落，却并不落魄。

而，爱玲，爱情仿佛成为了她生命中桎梏的伤。一提起，就要揪着心，连着皮的疼。

午后的阳光很好，透过淡绿的玻璃，在背后，照出暖融融的春天，绚丽的七彩光线，开出缤纷的花朵。此刻，上海，已经是十里花开，梦中的水乡也在半醉半醒间开始新一轮的好年景。星巴克咖啡的浓郁味道和东方明珠闪耀的光华，让现代明快的气息无处不在。这样的城市我已经一点嗅不到属于爱玲的味道，惟有那天空中高高飞着的鸽子和老式的弄堂，才能让记忆自由地穿梭，回到那个属于她的年代。

那时候她说："长的是磨难，短的是人生。"

那时候她说："生于这世上，没有一样感情不是千疮百孔的。"

那时候，她只在小说里，写着别人的悲欢离合。曹七巧，白流苏……她主宰了那么多人的命运，这一次，她想主宰自己，终于无能为力。

1944 年的 8 月，张爱玲和胡兰成结了婚，原本一切都应该是遂了张爱玲的意，嫁给了眼前这个自己爱的男人，有了自己其实一直渴望的家，这是怎样的难得，沿着这个轨道，生活原本该给她应有的快乐，却一切都在时光的缝隙中，静静流走。掬水月在手，爱已经在指缝间流掉了。

婚后，她一如往昔地爱胡兰成，却在步步前进中，发现自己爱情的本质：那个自己一心一意爱着的男人，也许并不如自己想象中那样美好。她恍然觉得自己的爱情已经死了，好像一夜坍塌，昨日还是海市蜃楼，雕梁画栋，而如今，却仿佛站在一个古建筑的门口，随意往门口里张了张，就瞥见月光黑影中那断瓦颓垣，千门万户，一无所有。

人们总说，人世间最远的距离，是我站在你面前，你却不知道我爱你。心与心的阻隔，让我和你之间千山万水。而对张爱玲而言，人世间最远的距离，是他明知道她爱他，却轻贱了自己的忱忱心意。更何况是张爱玲这样的女子，爱上一个不该爱的人，在多年后想起那个人的不堪，连自己都觉得羞耻，却无法承认这种羞耻，因为否定了他，也是否定了那时候的自己，那时候的全心全意。

胡兰成可以对爱玲没有虔诚，她却无法对爱不虔诚。因为哪怕在四面楚歌里，人也需要一点回忆，那是生命的温暖。

回忆。她默默想起这个词。不愿想起他的名字，却始终无法避免他给她的那种感觉，五脏如沸，浑身火烧火辣烫伤了一样，潮水一样淹上来，总要淹个两三次才退。

潮水淹到了1944年的11月。

胡兰成去武汉出差，接编《大楚报》，开始了与张爱玲的长期分离。那是一个时常有警报和空袭的时期。有一天，胡兰成在路上遇到了轰炸，人群一片慌乱，他跪倒在铁轨上，以为自己快要炸死了，绝望中，他只喊出两个字：爱玲！这个时候，在胡兰成心里爱玲还是最重的吧，是他惟一可以念想的人。但胡兰成毕竟是个毫无责任感的人，在那一段时间里，他住在汉阳医院，结识了一个女孩子——周训德，十七八岁的年纪，正是一个女孩子如花的年龄。她算不上特别漂亮，但是在胡兰成的眼里，那样的女孩子有着一种世事不谙的天真。她并不像张爱玲一样满腹才华，也不像张爱玲一样凡事都有个章程，过于认真。是那一种混沌未开的少女，懵懵懂懂的，但却机警乖觉。胡兰成动了心。其实，我并不愿意把“动心”这样美好的词用在他的风流里。这样的美好，应该留给那些真正纯净的感情。而他，根本不懂感情，甚至连最基本的尊重也没有。他的动心，不过是给自己的一夜风流找一个光鲜的代名词。

胡兰成是一个极其懂得甜言蜜语、巧言令色的主儿。在他的主动攻势下，不久，他和这位小周小姐的感情便升了温，全然不记得家里还有一个张爱玲，也不记得因为他，张爱玲所受的冷眼与嘲讽。

他只是沉醉在自己的今朝有酒今朝醉，并不觉有任何不妥。在他的思想里，一个男人的花天酒地，朝三暮四，三妻四妾，并不是什么可耻的事情，反而可以用来炫耀。

在武汉，他并没有长留。1945 年 3 月，胡兰成重新回到了上海，小别之后，再次见到张爱玲，他想起小周来，觉得小周也不是那样美丽。婚后，张爱玲和胡兰成的生活并没有与往常有任何不同，用胡兰成的话来说，就是俨然一个金童，一个玉女。他们在一起还是同从前一样，品茗聊天，谈诗说话。她依然学贯古今，他依然奉承赞扬，这个时候，他们的感情看起来还是和从前一样，处在蜜月期。

胡兰成把他和护士小周小姐的事情，告诉了张爱玲。爱玲也不以为意，也没有多生气。当然，仅仅是胡兰成这么想，他认为即使“他有许多女友，乃至挟妓游玩，她亦不会吃醋，她倒是愿意世上的女子都欢喜他”。（语见《今生今生——民国女子》）

然，依我看来，张爱玲未必不在意。和她一样，同为女子，知道感情在一个女人心中的分量。哪一个女子，不是在初爱时，爱得情深意重。更何况爱玲这样心绪飘零已久之人，更渴望靠心心相印换两心相悦。她的不在意，不吃醋，要么是胡兰成夸大其词，要么是爱玲在他面前不忍伤心，惹他徒生厌烦。不然，也不会有后来回忆中《小团圆》里九莉的悲痛欲绝。

她刻意伪装清高孤绝，想留住此刻的两小无猜，良宵美景，以为自己造一场梦，画一个团圆，便可花好月圆，白首不离。却不想命运弄人，总输他覆雨翻云。

1945 年，对整个中国而言，是一个春暖花开的日子，对胡兰成而言，却是名利的天崩地裂。时局飘荡，硝烟弥漫的上海，一半是火，烈焰熊熊；一半是水，如梦似幻。战士军前半死生，美人帐下犹歌舞。有的人在为家国山河九死一生，有的人不愿面对，守着一朝之乐一晌贪欢。

1945 年的夏天，傍晚了，夕阳在不大的房间里画出不祥的预感，两人在阳台眺望红尘霭霭的上海，西边天上余晖未尽，有一道云隙处清森遥远。胡兰成对爱玲说时局要翻，来日可能大难，她听了很震动。汉乐府有："来日大难，口燥唇干，今日相乐，皆当喜欢。"爱玲说："这口燥唇干好像是你对他们说了又说，他们总还不懂，叫我真是心疼你。"又道："你这个人嗄，我恨不得把你包包起，像个香袋儿，密密地针线缝缝好，放在衣箱里藏藏好。"不但是为相守，亦是为疼惜不已。胡兰成知道她的处处用心，奈何，他却非那个良人，任凭张爱玲怎样为他鞠躬尽瘁，在他眼里也是不珍不重。

话却说得漂亮，也正是他的甜言蜜语，让张爱玲在和他相处的日子，有过前所未有的自在放松。

时间到了 1945 年的夏天，日本战败已是必然趋势，而身为文化汉奸的胡兰成同样难逃一劫。他深知自己未来的境遇，也知道，有朝一日，夫妻亦要大限来时各自飞。其实，不是各自飞，而是他想飞离，以爱玲的心性，如若胡兰成痛改前非，真心实意，她必定会死生相随。明明是他要逃，却还要做出一副情深意重的样子，来让张爱玲信服。

胡兰成说："我必定逃得过，惟头两年里要改姓换名，将来与你虽隔了银河亦必定我得见。"爱玲道："那时你变姓名，可叫张牵，又或叫张招，天涯地角有我在牵你招你。"他只是随口一说，爱玲却是诚心诚意，她爱他，是真的不在乎天涯地角，山长水阔的。如若，他愿意；如若，他懂得珍惜，他们都会摆脱这一生的颠沛流离。可是，爱，我们从来做不了主。

他的自鸣得意，藏头缩尾，毫无担当，于世间任何一个女子而言，都是一种悲哀。他说，大难来时各自飞，其实他才是张爱玲的难。

只是那时候，爱玲还没有看清这个男子真正的本质，她高估了胡兰成的德行，错付了自己一腔情意。纵然此后，山长水阔，他们不再相见，他所带给爱玲的沉重的伤痛，却几乎是生生世世的。

爱上他，是苍天给张爱玲开的最大的一个玩笑。没有人经得起。

如果，于我，我定会庆幸胡兰成的离开。没有了这个魔咒，爱玲才会真的幸福。但那一轮爱情的明月，毕竟是属于当时的他们，不是别人能决定的。

1945 年 8 月 15 日，属于胡兰成的末日来了。日本战败，胡兰成深知重庆方面定会惩办他这样的汉奸。于是他告别了张爱玲，告别了周训德，逃到了浙江，化名张嘉仪，称自己是张爱玲祖父张佩纶的后人——想一想，多可笑，又多可悲。他们曾经约定，若日后大难来临，胡兰成改变姓名。这一次，他果是姓张，只是不叫张牵或是张招。张爱玲天涯地角的牵念，对他，只是一种羁绊，他一生多情不义，危难时刻，到底还是沾了张爱玲贵族之后的身份。

一直在想，人心究竟是何物。是我心匪席，不可卷也，还是我心匪石，不可转也。也许，对胡兰成而言，他的心是杂草丛生，不知蔓延在何处，也是浮萍一叶，没有任何人和事可以长久地留住。

又或者他本就不是一个重情的人，童年的悲苦，让他在现实生活里越来越自私，只看重眼前之人。他说爱玲自私，从不悲天悯人，其实他才是真的自私，一生之中，从来只看重自己。他渴望被爱，却不赋予别人同样的深情。他渴望尊重，却连最基本的怜悯也没有。

他在爱的离经叛道里，越走越远，直至无路可退。

张爱玲在《小团圆》中曾这样评价邵之雍：其实他从来不放弃任何人，连同性的朋友在内，人是他活动的资本。用来形容胡兰成，真是再精准不过。原来到头来还是她爱他多一点，所以才懂他多一点。

她的懂得，让我不忍再回忆那一段岁月。

而回忆仿佛烟雨飘杳的江南，在往事中渐行渐深，一幕幕掠过眼前；少年时候的相恋，花开汹涌如潮似水，如同一场游戏，眼前繁花错落，心有不甘却定将结束。

对于爱玲而言，也许那时候的她只是一朵尚未经过风霜洗礼的百合，彼时柔弱花枝未承受得将来盛开的力量。

他们的爱情盛开如荼蘼，却也只是花事将了。原来，爱情，来得太快，太汹涌，往往走得太急，太凄凉。

也许，她从未想过，他们的爱情竟这样草草收场。

一切好像都停留在1945年。胡兰成逃到浙江后，暂住在高中同窗斯颂德的家里。因为胡兰成年轻的时候曾在斯家客居一年，对斯家有过财产上的帮助，所以斯家对他特别关照。那个时候，斯家的老爷子已经去世，是斯家主母维持生计。斯家还有个庶母，名叫范秀美，比胡兰成大两岁，曾经与斯家老爷生有一女。在这样的乱世中，浙江也未必安全，于是斯家人便安排胡兰成去温州范秀美的娘家避难，由范秀美一路相送。

这本是斯家的好意，却不想竟然酿成了两个女人的悲剧。离开了张爱玲，离开了小周，又恰逢狼狈亡命天涯这一独特的时期，孤身一人的胡兰成倍感凄凉与孤独。这个男人真是一点委屈也受不得，一点落寞也不愿承受，于是，在避难的途中，他又开始主动追求范秀美。当然，我是绝对不相信他是爱范秀美的，胡兰成在自己的书中曾不止一次说过，他喜欢的是那种尖尖下巴的媚行女子，而大他两岁，又是守寡多年的范秀美显然不是这一类型。

一路上，长亭外，古道边，夕照日出，两个相互依偎逃难的人。一个本就风流，一个冷清了半辈子。好像一切都是顺理成章的，慢慢地他们就在一起了。况且，胡兰成对于女人，是那样的亲切，温存。

就算这亲切温存里有利用的成分，范秀美也不会介意，她冷清了半辈子，比之寻常女人更渴望爱，虽然胡兰成算不上什么好男人，但是，他只是猥琐，并非大恶，而范秀美多年的底层生涯，使她有机会接触到足够多的恶男人，有过这种经历，她不会像张爱玲那样，眼里揉不得沙子，相反，范秀美有一种被生活捏扁揉皱之后的柔和，这令人辛酸的柔和，足以让她原谅一切。他的爱，不干净不纯粹，她却也心甘情愿地不作太多要求。

于是，胡兰成“又”结婚了，虽然没有任何仪式，但他和范秀美已经在家人和街坊面前以夫妻相称。

而远在上海的张爱玲，对胡兰成此刻的情事一无所知，还在时时刻刻担心他的安全，怕他在流亡途中受苦，所以每次写信的同时，都要汇上自己的一部分书款。

日本战败了，上海又掀起了新一轮的繁华，一波接着一波，不间断的热闹。

一群人的狂欢，是爱玲一个人的寂寞。

她坚强的心，在等待的岁月里百转千回，渐渐柔软下来。她穿着他喜欢的绣花鞋无声地踩在楼板上，抬起头，看日头影子，在粉墙花荫上缓慢地游移。其实，等待也是一种美好，尽管煎熬。太多事情，如果料得到结果，相见倒反不如怀念。只是那个时候，爱玲还看不到百花零落的结局，一心只想留在百花丛中。想念，让她蓦然腾升勇气，爱，让人变得勇敢。

已经是 1946 年的春天，陌上花开，本是该缓缓归去的日子。她等不到胡兰成来，便只身前行，一路往温州寻他。泥泞的乡间小路，芳草碧连天，她却无心欣赏，从前的自己是那样一个诗意的人，微风中的藤椅，电车外微微晃荡的绿叶，都能让她莫名欢喜，而此时，她风雨飘摇的心，却只是在牵念着他。

她想象着胡兰成时隔半年再见她的欢喜，她想象着他搂她入怀的温存，她想象着夫妻小别之后的四目相望，一往情深，想象让她的寻找之路，平添了几多欢喜和温暖。

下了车，寻到了胡兰成的住处，一间矮而破落的房子，几件再平常不过的家具，爱玲的眼里，泛起了一些泪意，她虽知道他现在的日子难熬，却没想到是这般清苦。

只是每个人在世上，都有一些无法预料的事情。太多事情，你想象的不会发生，你想不到的却如噩梦席卷，梦醒时分，一身冷汗。我们梦想着，我们心目中的那个人，会是一个大英雄，披一身霞光，脚踏七彩祥云，来我们的梦里找我们。可是，我们往往只猜得对开头，猜不透结局。

于是，张爱玲的以为，在另一个女人的面前，原形毕露，爱情的美好，在真相面前，面露狰狞。范秀美就那样站在爱玲面前，和他一起。一眼望去，其实满目和谐，爱玲却只觉得满目荒凉。

她看到了他，还是她印象中的温文尔雅，温润如玉。他却没有表现出她想象中的惊喜，反而怒问：你怎么来这里了？爱玲一时之间，愣在那里，她以为自己的精心准备，山也迢迢，水也迢迢，会让他有些许的感动。谁知，他却在另一个女人面前质问她。张爱玲与人相处，向来没有安全感，非常紧张。他的怒问，更是让她窘迫。

况且，此时，她还没反应过来，脑子里在打着结，想知道和胡兰成在一起的这个女人到底是谁。胡兰成自然不敢让范秀美知道他和张爱玲的真正关系，也不能对张爱玲说实话。为今之计，只能用他的七寸不烂之舌，在两个人之间游说。

不知道胡兰成究竟用了什么方法，之后他们三人竟然在一起待了长达二十天，胡兰成在范秀美面前和张爱玲以兄妹相称，对张爱玲则说，范秀美是他的大恩人，出此下策，主要是把张爱玲当成自家人，不忍伤害范秀美，只能委屈张爱玲。

然而，两个女人与一个男人的三角关系，无论如何都只能是尴尬。因为担心范秀美的邻居对三人的关系有所猜忌，他们三人都是在旅馆见面的。

其实，女人，在感情，都是聪明的直觉动物。往往一个眼神，一个动作，都能察觉对方的心思。只是当你深爱一个人的时候，有些事情，你明明一清二楚，却要装作糊涂，不仅仅是因为太爱这个人，还因为自欺欺人能让梦醒得可以不那么快。范秀美在江湖底层摸爬滚打了半辈子，怎能不明白眼前的状况，只是众生纷繁，活得太清醒倒不如迷迷糊糊，况且，她想要的也不是天长地久，而不过只是眼前的须臾之爱，既然他还在她眼前，他还能给自己想要的爱，哪怕很少，她亦知足。

而张爱玲，胡兰成一直以为她如冰洁出尘的九天玄女一样，不会在乎感情的琐事，他以为他和爱玲在一起，只可以诗词歌赋，天上人间，不入红尘，却忽略了她也是一个女人，甚至对于爱情，爱玲想要的更纯粹，她可以不在乎形式，但她的精神洁癖，是无法不妒忌，不生气的。只是她明白妒忌和生气只能让胡兰成和她的距离越来越远，倒不如忍一忍。于是，她也故作糊涂。

其实，爱玲是害怕失去，她在人情方面一向真实，不愿拖欠。然而，这一次，她却无法洒脱。她不敢承认，她自己深爱的男人，其实从未想过对她忠心，但如果连她自己都承认这一点，那还有什么事情能不让人心碎呢。

终于，她也像胡兰成说的那样，劝服自己，他是拿自己当亲人，才会这般委屈她。也许，每个男子全都有过这样的两个女人，至少两个。娶了红玫瑰，久而久之，红的变了墙上的一抹蚊子血，白的还是“床前明月光”；娶了白玫瑰，白的便是衣服上的一粒饭黏子，红的却是心口上的一颗朱砂痣。只是那时候，爱玲还没有想到这句话，也没有想到，她的爱人竟不幸也被言中。

她活在自己编织的梦里，迟迟不愿醒来。但是，渐渐地，她开始心力交瘁，明白有些事情即使你再不承认也是枉然。

那一天，太阳刚从树影后升起来，照在破落陈旧的小旅馆里，明明暗暗，在地上氤氲出一小片光景来。张爱玲和胡兰成像往常一样，聊着天，他一边说话，一边用脚踢踢踏踏那一小片光景。有一点急不可耐想说话的样子，想了想又作罢。不一会儿，范秀美也进来了，他一看到她来，就嚷嚷着自己的肚子不舒服，范秀美搬了一把凳子，坐在房门边上，一边问他疼得如何，一边给他倒了杯热茶。

爱玲只觉得，一些东西，塌了下来，整个人恹恹的，心里堵得慌，整颗心，像是被压在残砖破瓦下的一只小虫子，浑身不舒服，却怎么也摆脱不了这悲伤的负荷。

原来，真正的亲人，是范秀美，而非她。于此时的胡兰成和范秀美而言，爱玲就像一个天外飞仙，纵然再美丽，在他们的人间里，也是格格不入的。她原来已经回温的心，又一次被浮华世态浇漓，原本不安的爱玲，再一次开始害怕人情凉意。

张爱玲给范秀美作画，胡兰成在一边看。可刚勾出脸庞，画出眉眼鼻子，张爱玲忽然就停笔不画了，说什么也不画了，只是一脸凄然。范秀美走后，胡兰成一再追问，张爱玲才说："我画着画着，只觉得她的眉眼神情，她的嘴，越来越像你，心里好不震动，一阵难受就再也画不下去了。"她是真的委屈，已经第二次了，除了小周，范秀美是第二个了。她觉得她已经无法再欺骗自己。她又一次，想起小周的事情来，这个男人熠熠的光环此时已经开始慢慢褪却。

流年易老，爱情不老。每一个女人对曾经的初恋，都有着近乎宿命般的眷念，时间久了，那个人就成为了自己心中的一个美梦，因为生怕这个梦会支离破碎，怕爱情走到尽头会一无所有，即使我们明知道，此生所有皆虚妄，但还是要不遗余力去挽回。

选择，是我们每个人一生都要面临的场景。青石铺就的长巷总有一个十字路口，向左，是九曲回肠的梦里水乡，向右，是通往现实的罗马大道；湿气迷蒙的森林小径，总有两条路通向远方，一条落花满径，一条树木葱茏，阳光满身。

她把选择给了胡兰成。其实，也是在试探他吧，想知道自己在他心中到底有着怎样的分量。

而他，终是放弃了，哪怕落花满心，亦不愿为一枝独秀，而错过以后的年年春色。

原来，爱情，真的不过是一个苍凉的手势。放下了，就消失了。

她叹了口气，幽幽地说道："你到底还是不肯。我想过，我倘使不得不离开你，亦不至寻短见，亦不能再爱别人，我将只是萎谢了。"

她的语调里有悲哀。低到尘埃里的那朵花，还没有来得及开放，就已经凋零。她的爱是开在忘川河边的彼岸花，即使涉水而过，也不能轻易采撷。望眼欲穿的悲凉，世间姹紫嫣红过后的那一点落寞。两年相守的光阴，不过是向岁月借了个躯壳，脱了皮，还是要还魂的。

花凋

花凋（生命有它的图案，我们惟有临摹。笑，全世界便与你同声笑，哭，你便独自哭。）

路尽隐香处，翩然雪海间。上海的早梅又开了，小小的五角花瓣立在细而坚韧的枝条上。初冬的气息在上海不到零度的空气里，还没有那么凛然。但是，对于一枝梅花，这冷气却刚刚好，能让她在料峭的冬日里，开出一枝万紫千红。借着江水的清渺，傍着月色的迷离，它将一树的香气尽数倾洒，水面粼粼的波光里，那香气袅袅升起，吹入千家万户。不知谁家，钟声轻轻，倾听流光的脚步，它无声又无息，红了樱桃，绿了芭蕉，带走了春夏与秋冬，玉壶漏断，此刻人初静。

月如钩，转朱阁，低绮户，照无眠。寂寞早梅，庭院深深，锁住清秋。她缓缓起身，推开面前窗户，阳台外，不知几时，飘起了细雨，点滴凄清，吹散梅花，漂泊天涯。

那一枝花，花凋，不复盛开，零落成泥，惟留余香。

花凋，像是爱情的零落。越是明艳，越是断肠。然而，春花秋月的人间，我们却都一样，在苦苦追寻一段情事。一段，可以让自己盛放，开到绚烂的爱情，一段，可以让自己不问结局，不辞辛苦的爱情。

那时候，如果你问我，爱一个人值得不值得，那时候，你应该知道，爱一个人就是不问值得不值得。

很多年后，当我们再回想起那段如花的情事，当我们背灯和月就花荫，回想起呵手为伊书的岁月，黄昏已经从南走到北，曾经的相思，已然十年踪迹十年心。惟有当时的月色，仍照西楼。

这个时候，心花零落，再想起曾经的爱情来。如果你问我，爱一个人值得不值得，你应该知道，有些爱，初见即是收剑，不用惋惜，不要落泪。因为留得住初见时心花无涯的惊艳，才耐得住寂寞终老。你应该知道，爱没有值得不值得，只有愿意不愿意。

那一年，因为爱情而花凋的张爱玲，像那一枝凋零的梅，一叶叶，一瓣瓣，落尽心香。

那一天，爱玲离开温州。天空飘起细密清冷的雨，雨打树叶，颗颗都像敲打她的心。她想她的这段爱情终于要走到尽头了。胡兰成来送她，面色同样凝重。她就那样静静望着他，这个自己深爱过的男人。她从没有觉得过，原来小雨淅沥，也是可以让人有彻骨的寒冷的。离别在她的心里，凝重如远山，知道一别之后，从此再难登高凌绝顶。

远处，暮色四合。最后一抹残阳的余晖，斜洒在空寂的乡野深处。她转身，远行，不敢再回望这苍茫夜色。人事如飘蓬，风吹浪卷。多少爱情走过，回眸处，满目尽荒凉。

他与她握别，再轻轻抽出手。一声珍重，一场雨，洗掉曾经的倾城之恋，逝水东流。张爱玲知道，她一生最美的爱情就要凋落了，再没有回头路。那就让我们再说一声珍重吧，余生将成陌路，一去千里。

只是，爱，像萦绕心头的一首歌，虽然已不成调，却还有曾经的旋律，她可以锁住笔，锁住笑容，却锁不住爱和忧伤。忧伤让她贪恋曾经的温暖，哪怕那时深陷泥潭，忧伤，让她不能忘却，让她提笔寄去思念，同时寄去的还有她日渐消瘦的心事，她明知道，这穷途陌路的爱，就像饮鸩止渴，却也要拼却一醉。

她给胡兰成写信，劝他一定要忍耐。她给他寄自己的稿酬，好让他的避难生活，不那么艰难。信里，还是她的锦心绣口，还是当初临水照花般的澄净。他的回信却是懒怠的，不像当初热恋时那般热忱。爱得傻而真的张爱玲还在为她的爱情做最后的努力，胡兰成却不那般珍重了。终于，她的努力也是乏力了。

1946 年 4 月，温州通缉汉奸的风声渐紧，胡兰成回到诸暨，在斯家楼上住了八个月，后来想着温州的风声应该过去了，又回到温州。

途中经过上海，他又去往爱玲的公寓，那个曾经像梦一样美丽的爱丁顿公寓，承载了他们一生的爱情，此刻，他们在这里重逢，那是一场大难之中的短暂相聚，原本她以为他们会温柔地四目相对，他会像从前一样，风趣幽默，品谈生活，而她会静静地为他端上一杯茶。他们会小心地走路，拥抱，只怕打扰到姑姑。然而，那个晚上，一切都错乱了，全然不是那么一回事。他们之间曾经有的默契，仿佛一夜之间，被风吹散了。他们之间出现了一种奇怪的感觉，那感觉甚至不是对深不可测的未来的恐惧，恐惧也是一种希望美和悲剧美，胡兰成和张爱玲遇到的问题是破灭和距离，那距离，不是外人强加的，而是他们在生活的磨砺中，终于明白他们都不是彼此心中想象的那个人。

胡兰成一到公寓，就絮絮叨叨地指责张爱玲不会待人接物，刚刚见到送他来的斯君，连午饭都不知道留人家一留。如果是别人来说张爱玲，也许这并没有什么不妥，张爱玲的确是不善于待人接物，但自诩懂她的胡兰成来说这话则是奇怪的，因为，曾几何时，他还对张爱玲这种贵族式的倨傲称赞不已。他若要指责她，早就应该开始，而不是现在。

他还说着她的其他缺点，这些琐碎是非，让张爱玲大吃一惊，曾几何时，那个一直维护着她、赞美着她的胡兰成去了哪里，这气氛和往常快乐悠哉的气氛很不对，和两人的想象很不对，他们在迷雾的沼泽里左兜右转，总是找不到回家的路。

怪异的气氛，会使人变得迷乱，张爱玲开始辩解，这时候他们两人之间倒是出现了我一直喜欢的烟火气息，那种寻常百姓过日子都会有的气息，小两口拌嘴和吵架也是这种气息之一。但却是在这种情况下，在爱情要走到终点的时候，他们之间终于做到了早就应该有的坦荡和赤诚，而不是从前的飘飘欲仙。他们从前把爱情看得太隆重，高高地飘在空中，失去了爱情中最该有的质朴。那时候，他们都不记得，最美的爱情就是在生活中，就在一针一线之间，彼此用真心实意，裁剪出生活风景如画。那时候他们的爱情高高在上，没有任何的生活原料做里子，再好的绸缎也不过是徒有其表，一扯就断的，虫子一蛀就会发霉的，终究不够实用，不够踏实。他们的爱情真像是张爱玲笔下那一袭华美的袍，里面爬满了蚤子。

张爱玲虚弱的抵挡，让胡兰成因看轻她而愤怒起来，他索性把自己跟范秀美的真实情况也告诉了她，又从口袋里掏出一张小照片来，带笑欠身递给她看。“这是小周。”

发亮的小照片已经有皱纹了。草坪上照的全身像，圆嘟嘟的腮颊，弯弯的一双笑眼，身上穿的大概是一件雨过天晴的竹布旗袍，照出来雪白，头发不长，朝里卷着点。

爱玲拿在手里看了看，一抬头看见他震恐的脸色，心里冷笑道："以为我会像你讲的那些熟人的太太一样，会撕掉？"马上递还给他。

他再揣在身上，谈到别处去了。张爱玲勉强地笑了笑，只觉得一阵凄凉，虽然早已料到他的那些事情，真正被他说出来了，还是觉得五雷轰顶。但胡兰成却丝毫没有考虑她的感受，还在问她有没有看过他写的《武汉记》，里面写的都是他和小周的事情——事到如今，他终于有机会扬眉吐气，完全不用对她察言观色，不像从前一样仰望着她。

张爱玲说，看不下去。这个曾经那么骄傲的女子，心如死灰般说出这么一句话，那是一种绝望的象征，绝望不光因为眼前的这个人，还因为曾经的爱情，那一刻，应该是有些后悔的吧，后悔当初自己那么不懂善恶，爱上眼前这样一个不知好歹，甚至有点让自己倒尽胃口的男子。那一刻她放弃了那种无与争锋的清高，像一个已经置生死于身外的囚犯，任由外面狂风暴雨，岁月肆虐。

胡兰成感觉到了张爱玲的绝望，兴许也是有些不忍，一时有点不知所措，他开玩笑式地打了她的手背一下。对于一个已经在绝望中的女子，一个已经被爱情蹂躏得心力交瘁的女子，这样的动作无异于火上浇油，张爱玲不由勃然大怒道："啊！"

这一声"啊"，也完全不是张爱玲平常的态度，她对他的爱此时已经完全被消磨殆尽，这一声"啊"里，已经饱含了她对他的控诉和嫌弃。从此，他再也不是她从前那个亲密无间的爱人，而像是一个歹徒，一个她不得不设防保护自己的歹徒。那一晚，他们分寝而睡。

星光寥寥里，几声犬吠此起彼伏。回到客室里，爱玲褪下榻床的套子，脱了衣服往被窝里一钻。寒夜，新换的被单，里面雪洞一样清冷。她竟然很快就睡着了。没有往日的噩梦连连和不安。第二日一大早胡兰成来推醒了她，俯下身子亲吻她，她一睁开眼睛，忽然双臂环住他的颈项，轻声道："兰成。"忽然之间，泪流满面。那一瞬间，他们的过去像长城一样，在地平线上绵延起伏，在心里绵延起伏。那一刻，爱玲抱着这个男人，像抱着自己的过去一样，有一种舍不得。但却不得不放下，她第一次的爱，自己这一生最美也最受伤的爱，此后她就要与它彻底告别了。为什么人在长长的一生里，欢乐总是乍现就凋落，走得最急的都是最美的时光。

胡兰成的目光里，有奇窘的神态，像是当初他和爱玲在一起时，偶遇他太太的那种目光。

"他不爱我了，所以觉得窘。"爱玲想，想到这里，又不免心疼，连忙放下手臂，直坐起来，把棉袍往头上一套。再也不看他。

也许，那时候，张爱玲已知道那是他们最后一次相见。她不看他，也许是不敢看他，怕一眼就是万年，舍不得这最后的放手。

这场烟花一样的爱情往事，在这最后的一个拥抱里终于落了幕，她的爱情不像白流苏，倾了一座城，但最终换来平凡相守，哪怕这相守未必纯粹。张爱玲的爱情，倾倒的只是自己的心，倾洒的只是自己的勇气和真诚。

多年后，再想起这段往事，张爱玲终于猜透了这爱情的谜底，才发现，筵席已散，一切都已过去。筵席已散，岁月走远，她在回忆之中，暮色深沉，无法再辨认，不会再相逢。时间给了她一个谜面，让她好好地猜测，猜对了，才能与他相守，才能给她一段至美的爱情。

当她猜到谜底，才发现，一切都已过去，岁月早已换了谜题。

曾经那样热烈地计划过的未来。

曾经那样真诚地幻想过的永远。

曾经那样渴盼着出现的爱情。

却始终，始终，没有来临。

沉香屑

沉香屑（从前的事凝结成了化石，把他们冻结里面。这是一个热情故事，我想表达出爱情的万转千回，完全幻灭了之后也还有点什么东西存在。）

那一壶茉莉香片，在春水的浸泡下，将自己风干凝结已久的香气化为一杯浓茶，和滋润她的春水相依相偎。当你端起茶杯，闭上眼，用心感受她的氤氲，有茉莉浅淡的情怀，你品味她，仿佛在品味一杯陈年往事，苦涩与清甜涌上你的舌尖与心头。那时候，你爱极了这种味道，然而，不知何时，岁月变迁，你终于将往事放下，那一盏小小的茉莉花茶，被遗忘在无人知晓的角落。风霜未曾侵袭她，尘埃却让她满身疲惫。

那一壶滋润茉莉的春水，沾惹尘埃，终于变得混浊，她不离不弃，一心相随。茉莉有意，春水无情，她看着他渐渐变得陌生，终于落了眼泪。一滴泪滴下，滴入尘埃，滴入春水的心。她不再是从前的茉莉，干净纯粹。落了泪的茉莉，终于变了质，像背叛了的爱情。

那些曾经的清香，被岁月熊熊燃烧，连同她甜蜜忧伤的回忆。岁月弥坚，没有春水滋润的茉莉，不再像从前般淡雅，而今，她的香气，有着四季的变迁，有着流年的易逝，有着沧海桑田的落寞。像是夏日最后的香气，那是沉香屑点燃的味道，我们都曾在这香气中醉生梦死，在夏日每一个燥热难眠的晚上。

背叛了的爱情，变了质，花凋后，感情的伤痛在岁月里沉淀，沉淀让张爱玲本身的芬芳，凝结成最美的沉香屑，然而，沉香再美，也会贪恋曾经春水的温暖，尽管她知道，那一壶曾经的春水，已然变成一池泥淖；尽管她知道，世间种种终必成空。

尽管那一夜之后，张爱玲已经放弃了他们的爱情。但即使如此，她也没有立即和胡兰成断了来往。因为不舍，也因为想让他们的分手，有个好的收场，他们还是偶尔会有通信，爱玲也会在字里行间思量他的生活，她想，那个人再不堪，却连带着她情感的血肉，也曾经给过她一段最美的时光。直到有一次，胡兰成又一次来信炫耀，说邻家的妇人有时来他灯下夜坐时，爱玲淡淡地回道，我觉得要渐渐地不认识你了。她在心中已经与他分道扬镳，不再为他做任何合理解释。她把这些事情和姑姑张茂渊说起，张茂渊淡然地笑，说：“你对他仿佛不像从前了。”她口里应声“嗳”，心里觉得姑姑的这句话真是多余。他早已不是从前的他了，她又何必还要曾经的痴情。曾经爱玲一直什么都不相信，就相信他。现在，她宁可什么都相信，也不愿意再相信他。

爱玲许久未给胡兰成去信，他像是回过味来，反而给爱玲寄了封信，情深意重的样子。想起曾经风靡了整个大上海的一种舞蹈来——探戈。他们之间的爱情也像探戈，她从前一心一意待他的时候，他从未知道珍惜，她近的时候，他远。现在，她终于下了决心，要远远告别往事的时候，他反而想要离她近一些了。

信上写道：相见休言有泪珠……那天，临走前，你不和我吻，我很惆怅，两个人要好，没有想到要盟誓，但是我现在跟你说：我永远爱你。

她不禁冷笑出来。原来海枯石烂可以这样快。窗外，柳芽抽出新的嫩条，燕子呢喃，开始筑新的美梦。什么是永远呢，她想起就觉得恍惚。永远只不过是我们在心底给自己预设的一个美好；永远，不过是感情汹涌时一瞬间的冲动，最算不得数的。她想起那时候她对胡兰成说的永远。那时候她对胡兰成说：等你二十五年我也老了，不如就说永远等你吧。永远，不过是岁月给我们上的一道枷锁。

他和她的过去的事情，早已凝结成了化石，将她冻结在里面。灵魂像过了铁，坚韧冰冷。

“他以为我怕他遗弃我，”爱玲想，“其实他从来不放弃任何人，连同性的朋友在内。人是他活动的资本。我告诉他说若他不能放弃小周，我便走开的话，他根本不相信。”

其实，这世上有什么东西是长久的，有什么东西是永远的呢？海可枯，石也可烂，只是我们看不到。山可崩，地可裂，这事情常见得很，地球一年三百六十五次自转，这世界每天都在千变万化中。

一段美好的爱情，两颗心心相印的心，尚有无处安放的青春。我们又凭什么不好好相爱，彼此珍惜。

他是早就知道的，女人一旦爱上一个男人，如赐予女人的一杯毒酒，心甘情愿地以一种最美的姿态一饮而尽，一切的心都交了出去，生死度外！所以肆无忌惮。其实他也早该知道，女人一旦不爱一个男人，如赐予女人一张单程旅行票，心无牵挂地以一种决绝的姿态离开，背影倔强，一切的回忆都抛在了脑后，绝不回头。

爱玲给胡兰成回信，非常简短，绕开他的话题。胡兰成也许感觉到她的冷淡，接连来了几封信。

张爱玲置之不理，继续自己的生活。穿着一身桃红暗花碧蓝缎袄，青绸大脚袴子，去炎樱的家里。几个美国士兵见了她，眼前也不觉闪了一闪，仿佛在说“这还差不多”。上海除了宫殿式的汽油站，没有东方色彩。她施施然往那里一站，就是一幅古典中国画。

她的生活竟然回到了从前的快乐。那感觉已经很久违。从前她没有觉得它多好，现在竟然感动得有点想要落泪。

也许，张爱玲这样的女子注定是不寻常的。她看似冷静理智，实则感性多愁。她始终如一朵白莲，盛开时清丽异常，凋落时，也能守住那无人欣赏的落寞。她的一生，是敢爱敢恨的，她的爱情，是轰轰烈烈的，她的心，是临水照花，万物皆清。她在爱时，全心全意，为爱痴狂，不求回报。她在爱失去时，同样可以放下痴嗔，淡然自在。她的一生，纵然有不堪回首月明中的往事，灵魂却始终高洁如初。她就是那个骄傲的张爱玲，哪怕岁月山河，物是人非，都辜负了她的情意，她依然可以独守内心，不做任何改变。她的灵魂过了铁，怎样污浊的世事，都改变不了她作为一朵白莲的高雅。别人是清水出芙蓉，天然去雕饰；她是污水出芙蓉，风华更绝代。世间惟有张爱玲才可以同时承受灿烂夺目的喧闹与极度的孤寂。

她享受着胡兰成给她的温暖，承受着他带来的回忆，也忍受着爱情消散后的流言蜚语。胡兰成离开张爱玲之后的很多年，张爱玲在上海依然被人云亦云着，连炎樱不看中文书报的都听见了一些风声。

这期间，张爱玲依然写小说，只是骂名太大，小说不像从前那样能引起“洛阳纸贵”。他离开了她，上天也没有轻饶她，她心里这么想。好在这个时候，张爱玲通过熟人柯灵认识了电影导演桑弧，在桑弧的帮助下，张爱玲开始给桑弧的电影公司写一些剧本，第一部就家喻户晓，赢得满堂喝彩，那便是《不了情》，之后又相继写出了《太太万岁》等脍炙人口的作品，凭借这些剧本，张爱玲获得了一笔不少的稿酬。

与此同时，胡兰成也在为自己的东山再出奔波着。隐伏温州期间，他开始动笔写一部文化专著，名曰《山河岁月》，行文风格多得益于张爱玲。他心内始终在和张爱玲的文采较着劲儿，写成《山河岁月》后，心内非常得意，自以为在文学上的成就马上就可以与张爱玲比肩。

1947 年 5 月，胡兰成凭着一手出神入化的马屁功夫，赢得了当地一位士绅的欢心，帮他推荐就业，介绍朋友，眼看着在温州城已经能够立住脚。

他还写信给一代名儒梁漱溟，与老先生切磋学问。梁漱溟不知化名“张嘉仪”的胡兰成是何许人也，读到他的信后大为赏识，回信把他赞扬了一番：“几十年的老友中，未有针砭漱溟之切如先生者。”

胡兰成在信中是这样写的，“梁先生于学问之诚，算中国思想界第一人，惟于己尚有所疑，未能蔚为众异，如内丹未成，未能变化游戏，却走火入魔，诸邪纷呈……”

这段话什么意思呢？其实说白了就是拍马屁。但是胡兰成这马屁却拍得异常妙。他是这样说的：“梁先生您啊，虽然学问已经做到横向排名第一，但在你自己，还没修炼到极致。”这话可谓非常高明。一个真诚的学者，一个懂得谦逊和自省的人，即使在学术界已经有着非常高的地位，但也不敢说自己已经到达了真理的彼岸，已无所不通。这就像金庸的武侠剧里高手修炼武功一样，譬如那东邪西毒南帝北丐，虽然江湖已经无人能出其右，但是彼此自身却都渴望更高的境界，总觉得欠了一些什么。这个道理在现今同样适用，一个学者哪怕再好，总有不通的时刻，所以说胡兰成的话，正好击中梁漱溟的心事，而内胆未成、走火入魔这样的词，则如算命先生含糊的谶语，适用于所有人的命运，放在每个人身上都那么合适，如打蛇打中了七寸。因此世人都会以为那是给自己专属的评价，并对这神机妙算大感惊奇，梁先生果然被他蒙住了。

因此给胡兰成回了那样一封信，言下之意，大为欣赏。

胡兰成因此越发得意，索性以“张嘉仪”的名号做金字招牌，在温州广交名流，结识了温州“第一名耆”刘景晨，互有诗文往还，后又经刘景晨引介，去了温州中学教书，半年后转到雁荡山淮南中学做教务主任。

每每看到这些记载，其实都有一些忍不住为张爱玲叫屈。虽然胡兰成口口声声称张爱玲在自己心中最为特别，但凭我怎么看，这特别里，巴结和利用的成分都是居多，若说爱，亡妻玉凤和周训德的地位显然更高。

沾了张爱玲的光，胡兰成眼看着困龙入水，要有复苏的势头了。他按捺不住喜悦，以为东山再起的机会马上就要到了，迫不及待地给张爱玲写了一封信。终于，他不用再比她低那么多了。

胡兰成满心喜悦以为这封信会换来张爱玲只言片语的夸赞，然而，他怎么也想不到，正是这封信，让张爱玲下定了与他彻底了断关系的决心。其实，或者说，张爱玲早就下定了决心，只是苦于一直没有机会，毕竟雪上加霜这样的事情，太不人道，张爱玲这样精神洁癖的人定然是不屑的。

而现在，胡兰成竟然自己主动写了这封信，这对张爱玲而言，是再好不过的一根导火线。既然，他已经前途明朗，大有作为，自己就用不着问心有愧。

1947年，6月10日，张爱玲给胡兰成回了一封信，写道：

> 我已经很不喜欢你了。你是早已不喜欢我了的。这次的决心，我是经过一年半的长时间考虑的，彼时惟以小吉故，不欲增加你的困难。你不要来寻我，即或写信来，我亦是不看的了。

并随信寄去了两部电影剧本的收入共三十万元。

信中所指的小吉就是小劫的意思。因为胡兰成当年被通缉，两人写信，很多语言都用的是隐语。

胡兰成后来说，他收到信，看到第一句，就好像青天白日里一声响亮，但心思却很静。看完这封信，也不觉得爱玲有什么不对，反而觉得她的清坚决绝真的是非常好，她不能忍受自己落到“零数”。他不禁又要欢喜夸赞张爱玲了。

他说，爱玲是我的不是我的，也都一样，有她在世上就好。

话虽如此，但我认为，这只是胡兰成对自己的美化。心里，未必没有想法。但是胡兰成在逃亡的两年当中，张爱玲一直都给他寄钱。现在这最后一次，还寄得这样多，显然已经做到了仁至义尽。即使，胡兰成有什么想法，也没有办法发作，更没有办法纠缠。

他一生自认为游戏花丛，游刃有余，不想，张爱玲竟然如此决绝。心内多少有些愤懑。但，他应该也是了解张爱玲的，知道他再给她写信，她也不会再看，便给炎樱写了两封信：“她是以她的全生命来爱我的，但是她现在叫我永远不要再写信给她了……”

炎樱一脸为难的神气，只能和张爱玲说："这叫我怎么样呢？"

张爱玲对炎樱说："你交了给我你的责任就完了。"

之后张爱玲辗转听见说胡兰成搬了家，也离开了那小城，"当我会去告密。"张爱玲不无凄惶地对自己说。曾经那样的感情，那样的亲密，最后竟然连基本的信任也没有。

就这样，他们曾经的倾城之恋彻彻底底地落了幕。只是像她自己说的那样，这世界到处都是传奇，可不见得有这么圆满的收场。胡琴咿咿呀呀拉着，在万盏灯的夜晚，拉过来又拉过去，说不尽的都是苍凉的故事——不问也罢！

她到底连白流苏的福气也没有。

他们的分手落了幕，他们的故事却没有落幕。多年后，说起这段爱情来，评价起张爱玲最后的分手，有人说，张爱玲最正确的做法，应该是告发胡兰成，立刻将他拽去衙门"报官"，让他蹲入大牢。但如果真的如此，恐怕连张爱玲自己也会对自己冷哼一声。

也有人说，说到底，还是张爱玲太在乎这一场恋情。多年来，她在经济上都对胡兰成有所援助，若就此了断，总显得不仗义。张爱玲这三十万，就像是一个了断，在向世人说明，他们的分手只关乎爱与不爱，而不是张爱玲在困境里舍弃了胡兰成。最后，即使他们的感情不得不结束，也该是一个苍凉的手势，没有难堪的算计，她用三十万，为这样一个愿望埋单。

我们都不是张爱玲，也再没有机会向张爱玲验证她的心理。但，我们可不可以这样猜测：张爱玲曾经说过，爱一个人爱到管他拿零用钱的程度，是一个严格的考验。胡兰成在《今生今世——民国女子》里也曾说她是一个人情钱财两讫的人。她是一个精神洁癖到极致的人，这种倾向随着她的成长表现得越来越明显。在她和胡兰成相爱的时候，那时候她虽然不缺钱，但她还是会和胡兰成要钱，用来做衣服或者什么，不为别的，只是因为她爱他，在她心里，爱一个人的最高表现就是可以随心所欲地花他的钱。像她小时候非常开心地向母亲要钱一样，后来，当母亲表现出不耐烦，她就觉得母亲并不是那么爱自己。

现在她长大了，真正有了自己的人生。她希望他可以毫不吝啬地给她那种爱。

然而，尴尬的是几乎同样的情况出现了。《小团圆》中有这样一段描写：

九莉乘机取出那二两金子来递了过去，低声笑道："那时候二婶为我花了那么些钱，我一直心里过意不去，这是我还二婶的。""我不要。"蕊秋坚决地说。九莉想道："我从前也不是没说过要还钱，也没说过不要。当然，我那时候是空口说白话，当然不理。"蕊秋流下泪来。"就算我不过是个待你好过的人，你也不必对我这样。"在沉默中，蕊秋只低着头坐着拭泪。她并没想到蕊秋以为她还钱是要跟她断绝关系，但是这样相持下去，她渐渐也有点觉得不拿她的钱是要保留一份感情在这里。"不拿也就是这样，别的没有了。"她心里说。

其实，她们母女是很一样的人，也许，在张爱玲心里，早就将爱和金钱联系在了一起，只是和现在人的观念刚好相反，爱玲是，爱就花你的钱，没了感情，那么连钱财也要两讫，省得自己心里添堵，所以当张爱玲要将钱还给黄素琼的时候，黄素琼是那样的悲伤，她对这个女儿始终是有感情的，只是用错了方式，而张爱玲又偏偏不理解。

张爱玲做事情，一向有个章程。现在，她和胡兰成分手了，她采用的是同样的方式，将更多的钱还给他，收回这曾经一段错误的感情，她几乎是在用最强烈的方式向他宣告着：她已经不爱他了，不想再和他有任何牵连。哪怕一丁点。

她一旦决心下定，就不再给对方以回旋的余地。

后来他们辗转于各自的旅途。也许多年后，在一个阳光亮而不刺眼的清晨，或是在一个沉寂的有着落霞之美的傍晚，她会偶尔想起那个第一次见面时，她送他出门的黄昏，爬山虎绿满了整个墙壁，咿咿呀呀的小吃叫卖声回荡在弄堂里，两个人的身影落在地平线上。夕阳影影绰绰的。原来那个恋爱中的自己，是那样的美，因为爱那个时候的自己，连带着对那个人的情绪，也变得柔软起来了，原来当时只道是寻常，此后却人海两茫茫。浮世倏忽，如白驹过隙，时光轻捷，如马踏飞燕，在无可匹敌的生命规律面前，人世的贪嗔痴怨是那样的卑微。和有情人，做快乐事，别问是劫是缘，生命中，只要有那么一段时光就足够了。

第五章

我亦飘零久

遇见

遇见（于千万人之中遇见你所遇见的人，于千万年之中，时间的无涯的荒野里，没有早一步，也没有晚一步，刚巧赶上了，那也没有别的话可说，惟有轻轻地问一声：『噢，你也在这里吗？』）

寻寻觅觅，冷冷清清，凄凄惨惨戚戚，乍暖还寒时候，最难将息，三杯两盏淡酒，怎敌他晚来风急。

我们这一生好像都在寻找。有的人在寻找梦想，有的人在寻找爱情，有的人在寻找那些许的温暖。

在这寻找的过程中，我们看过万紫千红，也看过满目疮痍，江南的小桥流水，塞北的大漠飞雪，都在眼底幻化万千。我们也曾错过那花满枝丫的春，错过那满月静静的秋，虽然，我们并没有立意要错过，可是命运总是给我们开这样悲伤的玩笑，于是，我们只能不停地寻寻觅觅。在寻觅中我们重回了过去，在寻觅中，我们遇见那天心月圆，却最终又别离。我们曾经踏月而去，现在又要踏月而归。时光微卷，红尘飞逝，在年华的末尾，丛山黯暗，芳华已逝。不知道那林中的次次春回大地，会不会有一个人，依然强健，挽我们拾级而上，而月色一样如水，芳草一样凄迷。

没有人知道在这寻寻觅觅的过程中，都有些什么样的曲折和反复。也不知道五百年前，五百年后，会不会有一个人前来，为我们轻声而歌，那时月色一样满山，春色一样如酒。而当我们终于寻找到那个答案，却已错过身后的万重千山。

然后，我们终于明白，遇见，是怎样一种美丽。

遇见是桑弧，邂逅是爱情。关于张爱玲和他的传说像三十年前的月亮，我们没赶上看见三十年前的月亮。但我想着他们那三十年前的月亮该是铜钱大的一个红黄的湿晕，像朵云轩信笺上落了一滴泪珠，陈旧而迷糊。然而隔着三十年的辛苦路望回看，再好的月色也不免带点凄凉。三十年前的月亮早已沉下去，三十年前的人也死了，然而三十年前的故事还没完——完不了。

那么，这个桑弧究竟是何许人呢？桑弧（1916—2004 年 9 月 1 日），原名李培林，原籍浙江宁波，1916 年生于上海，是中国著名的导演、编剧。解放前夕，由他编导的《假凤虚凰》、《太太万岁》、《哀乐中年》等影片，均已在社会产生很大影响。其中《太太万岁》的剧本便是由张爱玲来完成的。

而，关于他和张爱玲的往事，更是一段几近成谜的故事。当时，上海的各大报纸都风传着桑弧和张爱玲的故事，即便是张爱玲的弟弟张子静也在回忆张爱玲的文章中提到过：龚之方先生（《太太万岁》电影制作公司职员）也曾有意为张爱玲和桑弧做媒，只是被张爱玲婉拒了，但是为何婉拒以及他们之间到底有何往事，却是语焉不详。

直到2009年张爱玲的自传《小团圆》出版，很多人将书中的燕山与桑弧对照，这段往事，这个三十年前的月亮，才又穿过一片乌云，重新亮了起来。

但关于他们之间是否真的有过一段风花雪月的爱情，却无人能够印证了。晚年张爱玲常年蛰居在洛杉矶，鲜有人能知道她的踪迹，自然无法采访。而她和桑弧的事情，即使是对自己最好的朋友宋淇夫妇，她也从不愿提起。而另一当事人，桑弧先生，对于他和张爱玲之间更是绝口不提，1995年、2004年，张爱玲和桑弧相继去世，这一段往事，再也无人能知道真相了。

但，如果，张爱玲的《小团圆》真的是她人生的真实写照的话，那么她和桑弧之间，就的确是有一段真真实实的恋情了。

也许是直觉，我反而相信，她和桑弧之间有过那样一段特殊的感情，也许未必是爱情，但又比友情多一些，他们之间用知己来形容，应该丝毫不过。

她和桑弧认识，是在1946年的7月，那时候，抗战已经胜利，她也应该觉得高兴，她和炎樱一起逛街，终于又感受到那自由的空气。然而，很快，她发现，这快乐的权利并不完全属于她。只因为胡兰成，那时候，她和胡兰成的感情眼看着就要走到心酸的尽头，她是那样深爱过他，坦然与他说分手，对爱玲而言并不是一件容易的事情。那时候张爱玲说："电车上的女人使她悲怆。女人……女人一辈子讲的是男人，念的是男人，怨的是男人，永远永远。"结果到头来，自己也逃不脱这样的宿命。

1946年，7月，桑弧在上海自己的家中请客，邀请了柯灵、魏绍昌、龚之方等人。那时候桑弧还不认识张爱玲，却和张爱玲的熟识柯灵先生是熟识。

那些年，张爱玲在上海的名气，足以惊动一方。桑弧非常欣赏张爱玲的才华，想邀请她作为自己文华影片公司的编剧，于是便请柯灵先生代为引荐，并邀请了张爱玲参加这一次的聚会。

张爱玲并不喜欢交际。但那一次，也许天意使然，也许，她想尽快地走出那悲伤的情绪，开始自己的新天地。那一天，她带着炎樱，一起出席了聚会。

穿了一件喇叭袖洋服，本来是姑姑一条夹被的古董被面，很少见的象牙色薄绸印着黑凤凰，夹杂着暗紫羽毛。肩上发梢缀着一朵旧式发髻上插的绒花，是个淡白条纹大紫蝴蝶，像落花似的快要掉下来。

灯光、晚宴，华衣、美食。还有无数人的笑声，外面是流光溢彩的世界，张爱玲却只觉得眩晕。一切仿佛都混乱了，她的脑子木木的，眼神是那样的空洞，仿佛眼前的一切都是透明的，她的眼光可以笔直地穿过去，一望无际，如浩渺江烟。

然而，有一个人却挡住了她漫无目的的眼光。那个人就是桑弧。他是那样的谦卑，甜净的方圆脸，浓眉大眼长睫毛。他走过来，坐在爱玲的面前，满脸谦逊地说：“张小姐改编的《倾城之恋》的话剧，我看了首演，非常钦佩，很希望能有机会和张小姐合作剧本。”

张爱玲定定地看着桑弧，只是看，不说好，也没有拒绝，只是倾听着。其实，张爱玲对电影一直是很感兴趣的，之前在香港读大学的时候，她就经常看一些好莱坞的电影。现在有人邀请她写电影剧本，一方面，她是有些兴奋的，但另一方面，她也有着担忧，她对剧本创作并没有太大的把握。在张爱玲看来，写文章是比较简单的事情，思想通过文字，直接与读者接触。编戏就不然了，内中牵涉到无数她所不明白的纷繁复杂的力量。

因此对于桑弧的提议，她有一些犹豫。后来在龚之方的力劝下，再加上已经很久没有人让她写过东西了，这对于一个作家来说，对于一个视文字为生命的人来说，非常悲哀。就这样，思索万千，她答应了桑弧的提议。

也是从这一年，张爱玲开始了和桑弧为期六年的合作，直到1952年，张爱玲离开上海，两人再也没有任何联系。

张爱玲写的这第一个剧本就是《不了情》。桑弧将张爱玲对于好莱坞电影的独特理解加上中国元素，打造了一部感人至深的中国电影，1947年，《不了情》上映，叫好又叫座，不仅让桑弧一鸣惊人，也为张爱玲带来了不少收人。

电影的成功，也多多少少为张爱玲带去了一些快乐。此时的张爱玲已非彼时的张爱玲，她自己和她的剧本里的人生恰好站在一个世界的两端，一边是她挥之不去的悲伤，一边是她的剧本中凡俗而喧闹的世界。

有了第一部电影好的开头，他们很快又开始了第二次合作，便是《太太万岁》。这部电影的再次热映，也将张爱玲和桑弧推到了风口浪尖。

风口浪尖里，是他们曾经美好的感情。上海的阳光又一次满怀了。不再是胡兰成带给她的阴沉。

不了情

不了情（三十年前的上海，一个有月亮的晚上……我们也许没赶上看见三十年前的月亮。年轻的人想着三十年前的月亮该是铜钱大的一个红黄的湿晕，像朵云轩信笺上落了一滴泪珠，陈旧而迷糊。老年人回忆中的三十年前的月亮是欢愉的，比眼前的月亮大、圆、白；然而隔着三十年的辛苦路望回看，再好的月色也不免带点凄凉。）

由于电影剧本合作的原因，两个人来往非常密切，桑弧经常来找张爱玲商讨剧本，或者爱玲有时也会去他们的电影公司，修改一些细节方面的东西。当然除此之外，我觉得他们之间也是相互很有好感的，偶尔张爱玲也会和桑弧介绍给她的朋友们一起游玩。

张爱玲和桑弧合作的《不了情》、《太太万岁》大获成功后，在电影公司的组织下，他们和其他几个同事一起去太湖游船，这次游玩给张爱玲的印象非常深刻，也给她带来了快乐。也许是她很少与众人同游同乐，一旦放开去玩，却也发现人与人之间仍然存在较多的友爱，即便是在乱世，即便是在惘惘的威胁之下。那时候她想起母亲对她说的“不要将自己封闭起来”的话，有一种暖暖的感动。

那样的一段时期，是张爱玲生命里的人间四月天。不像和胡兰成在一起时，太阳总是高照，像夏日的炙热，一旦日落，却凄惶得无可自拔。

人间的四月天，太阳只是暖暖地洒在心中。不会耀眼，却有稳妥的甜蜜。张爱玲后来回忆起这次游玩，不无感慨地说道："印象深刻，别致得很。"

在一起久了，传言也就越来越多。而且在当时，桑弧未娶，爱玲单身，都还算年轻的年纪。也许，在很多人心里，他们是合适的一对。连龚之方也以为这事可行，还代表桑弧前去提亲。

上海的小报上，他们两个人的绯闻越来越多。然而这样一段往事，却被几个当事人矢口否认，在浩浩汤汤的六十年的岁月里，它始终也只是一个绯闻。

直到2009年，《小团圆》第一次在台湾面世。一场多年前的美丽而哀愁的故事，才渐渐浮出水面，像是从海底捞起来的那一枚"海洋之心"，闪烁的光芒里藏着一段不为人知的悲伤的往事，岁月轻轻地为那段情浮上灰尘，而最后，那些事情还是会和她团圆，由她亲自拭去那些尘埃，回到最初的模样。

在爱玲的回忆里，他有一个好听的名字——燕山。浓浓的文艺情怀，像他给她的最初感受，然而最后却始终隔着千山万水，燕山难越，爱而不得。

那时候，她说："雨声潺潺，像住在溪边。宁愿天天下雨，以为你是因为下雨不来。"

那样百转千回柔美的心思，那一年温润而不刺眼的爱，她给了燕山。我愿意相信燕山就是桑弧。尽管在小说里她将他写成了一个演电影的人，尽管，在现实生活中，他们对彼此都绝口不提。

但那样的爱，胡兰成给不了，赖雅给不了，只有一个桑弧，才能有那样诗意的温暖。我没有生活在他们那个时代，无法见证桑弧究竟是怎样一个人，但在张爱玲的笔下，他是那样的温润，是一个女子在万水千山之后，所惟一拥有的一个依靠。

那时候，他看着爱玲定定地问道：“你是好人还是坏人？”因为爱，还是在乎她和胡兰成之间的事情。他拥着爱玲，说她像是一只猫，当爱玲说自己是好人的时候，他脸上是难捺的狂喜，因为他想要和她在一起。

他们也一起看过电影，去了两次。灯光一暗，看见桑弧聚精会神的侧影，内行的眼光射在银幕上，张爱玲也肃然起敬起来，像佩服一个电灯匠一样，因为是她自己绝对做不到的。“文人相轻，自古皆然。”

桑弧起初对她也是百般敬意，那时候张爱玲早已名扬天下，他向崇拜着自己的偶像一样，仰望着她，但是，很快，他就发现，她只是小女孩一个，在人情上单纯得让人心疼。

他们在一起时，是那样的温馨，那温馨，让张爱玲念念不忘了好久，她经常一个人在那里自言自语，他听她说了半天之后亲昵地笑道：“喂，你在说些什么？”像是一个大男孩，温暖纯净得让爱玲恍惚。

这样的“那时候”，她笔墨淡然地写在纸上，纸上留下一片唏嘘的泪。读到她和燕山这一段，恰恰是在下午将暮未暮的时刻。眼泪打湿了一大片字，字里，是他们的悲欢离合。这时候，所有的颜色都已沉静。像是抱着一块圆木，顺着流水漂得不知所终。

那时候他们站在一个小码头上，码头上泊着一只大木船，没有油漆，黄黄的新木材的本色，有两层楼高，大概是运货的。船身笨重，虽也枝枝杈杈有些桅杆之类，但与中国帆船大不相同。

其实，不过是隔着条黄浦江的近郊，但是咫尺天涯，夕阳如雾如烟，不知道从哪个朝代出来的这么一只船，她不能想象在什么情形下能上去。

他说："你的头发是红的。"其实，是斜阳照在她头发上，染出一片天然的红。

桑弧的国语其实不怎么好。他是上海很少见的本地人，有一天跟姑姑讲起有些建筑物的沧桑，谈得津津有味，两人抢着讲。爱玲虽然喜欢上海，但没有这种历史感，一方面高兴他们这样谈得来，又一方面感到一丝妒意。正是黄昏时候，房间里黑下来了，她制止着自己，没站起来开灯，免得他们以为她坐在旁边不耐烦起来，去开灯打断话锋。但是他们还是觉到了，有点讪讪地住了口。

爱玲觉得在桑弧这里，她是找补了初恋，从前错过了的一个男孩子。他比她略大几岁，但是看上去比她年轻。初恋永远都是最美好的，以至于此刻，她在他面前竟然有难得的娇羞。

不同于胡兰成，桑弧给张爱玲的爱，是真诚而无瑕疵的。虽然后来，他们没有在一起，但桑弧带给张爱玲的完完整整的美好，没有一个人能够给她，从亲情到爱情，到友情，只此一个。什么是一心一意呢，一心一意，不是一辈子只爱这一个人，而是在爱她的时候，心里眼里只有她一个人。

我喜欢桑弧这样的男子，在我心中他有金庸笔下张无忌的味道，是那种温文尔雅、彬彬有礼，又谦逊谨慎、重情重义的人。

看他和张爱玲的相处，才能在那样的乱世里，嗅出一点温情。落霞孤鹜，秋水无尘。她和他并肩仰望黄浦江，看过落花飞雨，又见明月中天。终于明白，只要内心澄明，哪怕处身乱世，风云骤起，日子亦可以简静清朗。

是的，内心澄明。她比任何时候活得都要舒缓。岁月在她的脸上画出忧伤，他却在爱玲心内画下一片感动。

那一天，她和胡兰成分手。她伏在桌前给胡兰成写那一封最后的分手信。桑弧就立在她身边。她给他看信的内容，讲他们曾经的事情，那是毫无保留的信任。她说："上次看见他的时候，觉得完全两样了，连手都没握过。"

桑弧本来静静地听着，却突然说："一根汗毛都不能让他碰。"声音很大。

爱玲一面忍着笑，那笑是得意，他竟然那样地在乎她，一面又觉得感动。

太阳从东走到了西，在他的脸上影影绰绰，她看不清他的表情，只是默然片刻，才又听见他说："你大概是喜欢老的人。"

他们至少生活过。她喜欢人生。爱玲在心里想。

其实，一直以来，她也这样想。她从小缺少父亲的爱，她以为如果他们有过生活，便会给她想要的宠爱和理解。但她从没有想到，那个她深爱的胡兰成，竟然会伤她那样的深。

桑弧，只比她大四岁。在张爱玲的眼里，也许他是年轻的。桑弧早就意识到，那一天，当他这样问的时候，我想他是有一些落寞的，他以为张爱玲并不爱他。

这个他心心念念、动了真情的女子，也许给不了他同等的爱。

其实，怎么会不爱呢？张爱玲那样视爱如命的女子。可是，也是有心结的吧，被伤过，所以就有了防守，无法像从前那样死心塌地，一无所往。

她对姑姑说：我怕对他太认真了。语气里，是无法掩饰的苍凉，她早已不轻信这人生。

张爱玲二十八岁才开始化妆，也是因为桑弧，因为他问："你从来不化妆？"

他陪她一起化妆，目不转睛地看着她，自觉有点不好意思，便把头枕在她腿上，她抚摸着他的脸，不知道为何悲从中来，觉得"掬水月在手"，已经在指缝间流掉了。

他的眼睛有无限的深邃。她想，也许爱一个人的时候，总觉得他神秘有深度。有时候晚上出去，桑弧送她回来，不愿意再进去，给她姑姑看到，三更半夜还来。于是，两人就坐在楼梯上，她穿着瓜楞袖子细腰大衣，那苍绿起霜毛的裙幅摊在花点子仿石阶上。他们像是十几岁的人，无处可去。

那种年轻时候恋爱的味道，全涌了过来，爱玲怎么也没有想到，她在即将三十岁的时候，还能有这样的运气。

她有点无可奈何地嗤笑道："我们应当叫'两小'。"

桑弧也笑："嗯，'两小无猜'。我们可以刻个图章'两小'。"

他们就这样静谧地爱着，溪涧的水淙淙地流着，绕过一片月光，流到另一个故事里。月色倾城，也只有月才知道他们的故事。有时候姑姑也问："为什么要这样鬼鬼祟祟？"其实，爱玲也不知道是为什么。

就像，她也不知道为什么，她和他的爱，走着走着就没了，像是一片乌云忽然飘过，再清亮的月色，也暗淡无光了。

连下了许多天的雨。她在笔记簿上写道："雨声潺潺，像住在溪边。宁愿天天下雨，以为你是因为下雨不来。”

那时候桑弧已经渐渐地不来看她了。

她靠在藤躺椅上，泪珠不停地往下流。

“爱玲，你这样流眼泪，我实在难受。”他俯身向前坐着，肘弯支在膝盖上，两手互握着，微笑望着她。

“没有人会像我这样喜欢你的。”她说。

“我知道。”

然而他们还是各自飘散在天涯。他们的这一段爱无疾而终了，张爱玲没有在《小团圆》里提及究竟是何原因，但一切都应了黄素琼初见桑弧时说的那句话，她说，他们希望不大。

后来，再见面的时候，桑弧要结婚了。爱玲觉得，立刻像是有条河隔在他们中间汤汤流淌着。

他的脸色也有点变了。他也听见了那河水声。此后他们真的是万水千山了，任是怎样高明的泅渡者，也无法送她到达他的岸边，本就是彼岸开着的两朵花，遇见不过是上帝打盹时，给他们的一场梦，再美也是要醒过来的。

上海的一份改良小报，有时候还会登点影剧人的消息。有一则报道了桑弧和他夫人一起拜访报社的消息。桑弧怕张爱玲看了难免受到刺激，托人去说了，以后不登他们私生活的事。此后，关于他和张爱玲，他也再没有提过。他的噤声让我感动，哪怕后来不爱了，他也不愿伤她分毫，不愿让她被众人挂在嘴上，议论纷纷，他知道，那是她最怕的事情。虽然不能与她相守终生，但，这也许是他能给她的惟一的最后的守护，让她在茫茫人海里，不那样孤独。

追求炎樱的男子请爱玲和炎樱吃饭，吃完东西，送她们回家的时候，很窘地向炎樱低声道：“我能不能今年再见你一面？”

爱玲在旁边听见了，十分震动。三年前桑弧也是这样对她说。当时在电话上听着，也好像觉得过了年再见就是一年不见了。

那天爱玲回去的时候已经午夜了，百感交集。炎樱的母亲一定要给她一只大红苹果，握在手里，用红纱头巾捂着嘴，西北风把苍绿霜毛大衣吹得倒卷起来。一片凝霜的大破荷叶在水面上漂浮。这条走熟了的路上，人行道上印着霓虹灯影，红的蓝的图案。

那一年，她三十岁了。时光没有回头，但她仍然觉得感激。她想起很多事情来，她想起那时候桑弧对她说，说他父亲抱着他坐在黄包车上，替他用围巾捂着嘴，叫他：“嘴闭紧了！嘴闭紧了！”

那些时光，一眨眼不见了。

她心里有一点点难受。不是离开胡兰成时的那种难受，而是有点感激，有点遗憾。和桑弧的事她从来没懊悔过，因为那时候幸亏有他。一切都正像席慕容的那首诗一样，她和桑弧之间是无怨的青春。

在年轻的时候，如果你爱上了一个人，
请你，请你一定要温柔地对待他。
不管你们相爱的时间有多长或多短，
若你们能始终温柔地相待，那么，
所有的时刻都将是一种无瑕的美丽。
若不得不分离，也要好好地说声再见，
也要在心里存着感谢，感谢他给了你一份记忆。

长大了以后，你才会知道，在蓦然回首的刹那，

没有怨恨的青春才会了无遗憾，

如山冈上那轮静静的满月。

死生契阔

死生契阔（女人一旦爱上一个男人，如赐予女人的一杯毒酒，心甘情愿地以一种最美的姿态一饮而尽，一切的心都交了出去，生死度外！）

美国。洛杉矶。大朵的云绣在天空上，白蓝分明。午后，是一望无际万里的晴天。偶尔，有几只鸟从天上飞过，落在窗边，红嘴，红腿，让她想起鸿雁传书的景象来。她望着那天空，那蓝可以一直蓝到霞飞路吗？那高飞的鸿雁，是否真的可以传书，是否还认得家乡的明月？

她离开那里已经很多年，想起来只觉得恍如隔世。太多事情，太多印象都有些模糊了。静安寺爱丁顿公寓里，不知道还有没有残留一些曾经的记忆。

想念，应该是有的。却不会再回去。她也说不清为什么，许是那里已经没有什么牵绊，许是，不回去，正因为不想被牵绊。她在心里略顿了顿，甩给自己一句话："国内太嘈杂了，住不习惯，还是这里清静。"她禁不住提起一丝微笑，这语气，仿若是当年母亲的样子。

当年，有些恍惚了。这些年她一个人生活，不停地搬家，仅通过书信和外界往来，若不是家里的地址一栏填着赖雅夫人，她连赖雅都有点记不起来。

那个气质高贵幽默的老人，只能是老人，爱玲认识他的时候，他都已经六十五岁了，大了自己整整二十九岁。

在不长的一段时间里，每当爱玲出现在文艺营的交流会上，看天听风，颔首沉思的时候，这个神情清朗、气质高贵的美国老人总是会走来向她问安，极简单不过的寒暄，却给她留下深刻的印象。他总是白衣白裤，清清爽爽，举手投足，都是那样的绅士。

人们总说，人的一生中会遇到四个人，一个是你深爱的，却辜负了你的人；一个是爱你的，你却不爱的；一个是彼此相爱，却相忘于江湖的；一个是你未必深爱，最后却相濡以沫的。

这四个人，几乎代表了我们人生中的四个阶段。从少不经事到垂垂老矣，我们在这些爱中，听尽流光无声，年华在和他们相伴的瞬间，一不小心，就似了水，流了年。人生有那么多的不得，求不得，离不得，又放不得的无可奈何，全都在这四段故事里。只是无可奈何，花已落去。

于是我们听见冬天的离开，在某年某月醒过来。人生的取经道路上，最难取的经是曾经。

爱玲的人生中，也有这样的四个人。从第一个的胡兰成到最后的赖雅，每一段路程她都小心经营，只盼涉水而过，采得芙蓉香满怀。然而，她却忘了，我们都忘了，我们以为我们在走自己的路，其实我们只是上帝早已布好的棋子。

怎么走，也走不出人生这个大格局。

命运棋盘的格局里，注定她会遇到他。

只是。

君生我未生，我生君已老；君恨我生迟，我恨君生早。

君生我未生，我生君已老；恨不生同时，日日与君好。

我生君未生，君生我已老；我离君天涯，君隔我海角。

我生君未生，君生我已老；化蝶去寻花，夜夜栖芳草。

他们的相遇，纵然美好，却始终不免感叹。尽管，她一直喜欢那些年长于自己的人，但，如若可以，我相信，她也愿意他再年轻一些，希望他能陪她走得再久一些。

一生太长，十二年太短。

她认识赖雅的那一天，是一个冬季飘雪的日子。爱玲倚在窗边，素色衬衫，及踝长裙，她不喜欢与人交谈，却又喜欢这种俗气的热闹。很多的人，让她陌生，却让她有安全感，那是生命惟一的信号。

窗边，早已白雪茫茫，没有谢道韫的“未若柳絮因风起”，只有“撒盐空中差可拟”。她有一点点的悲伤，莫名而来。

棋盘上那么多条路，横竖交叉的都是无奈，我们倒退，是在隐忍，是在等待下一次的突出重围。我们拐弯，只是为了不让别人看到表面背后的另一个自己。我们以为，只要坚持，一路向前，总有一天会看到下一个天亮。

一个人的一生，会遇到几个人呢。

她不知道，她只知道那一天她遇到了赖雅，那个陪她相濡以沫的人。

1956 年 3 月 13 日。

张爱玲第一次在文艺营交流会的大厅里遇到赖雅。那时候她已经三十六岁，到了一个女子成熟的年龄，像果树上那一颗红透的果实，因为生活的阅历，而显得那样饱满。那时候，距离她和胡兰成分手已经十二年，十二年一个轮回，她没有想到自己还能遇见爱情。

他走过来，带着浓浓的话剧一般幽默的腔调，笑笑地对张爱玲说：“你好，请允许我介绍我自己……”

是的，他就是赖雅。

赖雅原是德国移民后裔，年轻时就显露了耀眼的文学才华，他个性丰富多彩，知识包罗万象，处事豪放洒脱。他十七岁就读宾州大学文学专业，后入哈佛大学攻读硕士学位，毕业后在麻省理工大学任教。最后，辞去职务，做了自由撰稿人。

和张爱玲一样，在美国他也是一个知名的作家。有六部作品被搬上好莱坞大银幕。

遇到张爱玲时，他已经六十五岁，那个时候他的锋芒已经渐敛，经济状况也出现一些问题，那些日子，他去文艺营，也是为了寻找机会看是否可以重振文学雄风。

然而，第一眼，他就注意到了这个具有浓厚东方气息的中国女子。那时他正在和一群朋友举杯阔谈，风度翩翩，虽然已经不年轻，却是整个大厅里最活跃的人。

他微笑着和她举杯：“小姐，我以前好像从没有见过你。”是那种典型的德国范儿的绅士，淡蓝色的眼睛，射出柔和温暖的光芒，鼻梁挺直，带着好看的弧度，栗色的头发又柔又亮，闪烁着熠熠光泽……高大修长的身躯，在白衬衣的烘托下，显得更加清秀挺拔。

爱玲其实也早已注意到他，只是她不爱说话，即使想认识，也不会有行动。

此刻，听到他这样问她，她也施然一笑：“我是从中国来的。”

他一时间竟然有些微愣，被这个来自东方的女子的落落大方和郁郁寡欢而吸引。他定定地注视了爱玲一会儿，她没有回避那片目光，而是和他四目相视。

那一瞬间，竟有一种被定格的感觉，窗外大雪又飘了好一阵，地面上已经是一片苍茫的白了吧。爱玲若有所思地低下了头，眉眼里的神色更让人沉醉。一切，竟让她想起自己说过的一句话来："于千万人之中遇见你所遇见的人，于千万年之中，时间的无涯的荒野里，没有早一步，也没有晚一步，刚巧赶上了，那也没有别的话可说，惟有轻轻地问一声：'噢，你也在这里吗？'"那时候，她给这篇文章起了个名字叫《爱》，现在，他们竟然也是这样四目相对无言，她有点不好意思地笑了。

他主动和她谈话，谈文学，谈电影，谈人生，在一场一场的谈话中，他们惊喜地发现，彼此是那样的合拍，有那样多共同的语言和兴趣爱好，最重要的，他可以滔滔不绝地讲话，也可以安安静静地听张爱玲讲话，这让张爱玲很欣慰，她又找到了那个可以听她说话的人，可以带给她一个精神家园的人。

赖雅和胡兰成是完全不同的人。虽然张爱玲喜欢他们的原因都是才华和"至少生活过"这样的经历，但他的本质和胡兰成有着天壤之别。

赖雅是一个非常热爱自由的人，在年轻的时候，他就因为自由而放弃了一段婚姻，从此之后，他一直有着单身主义的念头，直到遇到张爱玲他才开始了第二段婚姻，且相濡以沫十二年，一直到生命的尽头。

赖雅丝毫不看重钱财，广交天下好友。他是一个像李白一样的男子。

他知识渊博，口才出众，热情大度，乐善好施，许多驰誉世界的作家都曾是他的好友，其中他和德国剧作家、戏剧理论家、导演、诗人布莱希特之间的友情，更是非常密切、非常感人的。而布莱希特对赖雅的评价也相当之高。

我们总说世上没有无缘无故的爱，也没有无缘无故的友情。物以类聚，人以群分，真的是再正确不过的一句话，你是什么样的人，便会吸引什么样的人靠近你。

赖雅还是无产阶级主义者，襟怀开阔，疾恶如仇，他替美国的劳工和普通民众考虑，对被压迫的人们怀有出于自然的同情心，思想里带着浓厚的理想主义色彩。在他的作品中，也常常都是以社会小人物和他们的遭遇为主。

他的善良和气度，是胡兰成终其一生也无法企及的。

我想，在经历了一些事情之后，张爱玲也渐渐明白品德的魅力。

可以这样说，在赖雅被她吸引的同时，她也被赖雅深深地吸引了。自从第一次见了面认识之后，在文艺营上，张爱玲总是期待赖雅优雅的身影。

期待着他能和她谈一谈他的往事，也能听一听她曾经的故事。也许上天是怜悯张爱玲的，也许他们的相遇相守冥冥中就已经注定好了。

在他们认识之后的没几天，一场猛烈的暴风雪袭击了麦克道威尔文艺营，大雪封道，他们也被封锁在这个封闭的空间里，无法出去。然而这一场大雪却打通了张爱玲和赖雅通往爱情的道路。

大雪，给了他们一个长相厮守的机会。在没有与外界相接触的那些天里，他们谈话谈得更加开心，也就是那一段时间，他们都对彼此有了一个深刻的了解。

两颗心，在千山万水间，越来越近。

雨后初霁，天空有微蓝的晴。三月的美国，空气有一些稀薄的冷，却不觉得萧索，是那一种清亮的冷，风不大，吹在脸上如掬了一捧水，慢慢洒在脸上，是一种心无旁骛的澄澈清醒，完全没有夏日的燥热和秋天的颓靡。那样的天气里，空气总是干净新鲜的，如爱情最初的芬芳。

他们肩并肩去幽谷山林中散步，脚印一大一小，一个稍前，一个略略靠后，却紧紧地依偎着，在雪后还有点泥泞的小道上，留下四条幸福的痕迹。松鼠在枝头上跳来跳去，偶尔还有几只云雀“嗖”的一声从头顶飞过，震落一枝丫的积雪，落在两人的头上，爱玲笑着说：“这样，我们就真是执子之手，与子偕老了。”她给赖雅解释中国这句古老唯美的爱情箴言。他听了也笑，轻轻拍打爱玲身上的雪，那样的时刻，甜蜜浪漫，宁静美好。

闲下来的时候，爱玲给赖雅看自己写的英文小说。不知道他看了会有怎样的评价，她一遍一遍地问：“怎么，不好看吗？”他满脸的惊讶，先是顿了一顿，想要吓一吓她，良久，才缓缓地说道：“怎么会不好看呢？我从来没有想到你的文章写得这样好，文笔如此流畅，又有难得的巧思妙想。”

她原是被他吓了一跳，听他这样一说，又笑起来，像十五的满月。

面前的篝火，熊熊地燃烧着，雪白的灰里窝着红炭，炭起初是参天的树木，后来死了，现在，身子里通过红隐隐的火，又活过来，然而活着，又快成灰了。它的第一个生命是青绿色的，第二个生命是暗红色的。

她想，她已经错过他的青绿色时代。相见恨晚，在她身上有那样真实轰动的体现。而赖雅，想必也是遗憾的，“怎么好日子才开了头，自己反倒老了呢。”

然而时光，就是这样无情，从不给任何人逆流的机会。

张爱玲与赖雅就这样恋爱了。很多年后，喜欢张爱玲的人都在为这一段爱情唏嘘抱怨，说张爱玲这一朵中国鲜花，插在了美国的牛粪上，即使是作为张爱玲铁杆粉丝和合作的夏志清，对赖雅的评价也丝毫不留情面。在很多人的心中，他连胡兰成都不如。

其实，赖雅只是老了、病了，谁没有那样的一天呢？为什么人老了就要弄得“众叛亲离”呢？时间是站在张爱玲这边的，她怎样都有点胜之不武。

中国的读者们都为赖雅后来对张爱玲的拖累而怨恨着他，以至于给赖雅加了太多的罪名，如果张爱玲遇到赖雅时，赖雅是和她相当的年纪，也许就不会有这么多张迷们有如此的不平和怨愤。然而爱情，是不分时间的。

相反，倒是张爱玲自己对这段感情的认知让人觉得如此平衡。“本来他也许与她十几岁影迷时代有关，也在好莱坞混过好些年。”“她也不相见恨晚。他老了，但是早几年未见得会喜欢她，更不会长久。”

是的，若过早几年，未必会有后来的相濡以沫。

在美国，文艺家们在文艺营逗留的时间是有期限的。冬季是四个月，到了5月14日，赖雅在这个文艺营的期限就到了。那时候，他将不得不离开张爱玲，张爱玲也将再一次不得不面临离别。

1956年，5月12日，对张爱玲和赖雅来说，应该是特别的一天，那一天他们的关系有了实质性的变化，赖雅在日记中写道："爱玲来小屋，一同过夜。"

然而，两天后，赖雅就要离开了，动身去纽约北部的另外一个文艺营，赖雅在晚年的时候，已经居无定所，流连于文艺营，可以免去很多开支。

1956年，5月14日，赖雅离开麦克道威尔文艺营，张爱玲前来送行。那一天，张爱玲将自己在美国的困难告诉了赖雅，赖雅也诚恳地告诉了张爱玲他拮据的经济状况。

那一刻，两人站在那里，都有一些相顾无言的感触。只觉得此去经年，应是良辰好景虚设，便纵有千种风情，更与何人说。

火车的鸣笛声，由远及近地充斥着耳朵。离别的脚步声越来越近了。张爱玲转身紧紧地抱住赖雅，"我是多么的舍不得你离开。"他给她同样的回应："我也一样。"

那个拥抱，我想是张爱玲在经过慎重考虑后，所给的一个答复。那个答复是在告诉赖雅，她已经选择了他，不管贫穷与富贵。火车开之前，她还把自己身上的最后一笔钱，塞给了赖雅，这让赖雅非常感动，已经很久，没有一个人对他这样好了。

很多年后，看到一些张迷评论，说张爱玲选择赖雅是作为一个经济依靠，大为不齿，以张爱玲的秀外慧中，若真的是想找一个经济依靠，也绝不会是赖雅。如果说有依靠的话，也是一个精神依靠，赖雅所给她构筑的精神乐园，是她一生从未遇到过的。

两个人有了将近两个月的小别。1956年7月5日，身在萨拉托卡泉小镇一个旅馆的赖雅收到张爱玲的一封信：张爱玲怀孕了。她有了他的孩子，他想他必须要对爱玲负责。况且，张爱玲又是那样一个才貌兼备、有德有品的东方女性。

张爱玲改变了赖雅三十年不婚的那个念头。

那一天，他怀中揣着张爱玲的来信，在微雨中来回地走着。思考了良久，他做出一个重大而慎重的决定：他要娶张爱玲为妻。一到家，他就立马给张爱玲回了一封求婚的信，信中还是他西方式的幽默。写完信，外面已是倾盆大雨，他等不及雨停，冒着雨将信寄了出去。他怕张爱玲等不及。

她的确等不及，还没有收到他的回信，她就已经坐上前往萨拉托卡泉小镇的火车，动身前去找赖雅。

1956年，7月6日，张爱玲给赖雅打电话，说自己已经到达他所在的小镇。赖雅非常高兴，告诉罗素旅馆的老板娘罗素太太，说自己马上要娶一位年轻的中国太太。

那天，赖雅抱着一大捧玫瑰花，到车站去接张爱玲。来到罗素旅馆时，老板娘和她的儿媳都非常热情地接待了张爱玲，这让此刻惶惶不安的张爱玲感到非常温暖。

他们两人一起到餐馆用餐，赖雅当面向张爱玲求婚。后来盘桓了几日，两人最终决定结婚，并打掉孩子。这一细节，张爱玲在《小团圆》里写得非常清楚：

“生个小盛也好。”起初汝狄说，也有点迟疑。

九莉笑道：“我不要。在最好的情形下也不想要——又有钱，又有可靠的人带。”

这个“汝狄”，便是赖雅。

打掉孩子。我想是两个人共同的决定。当时的他们都已不复当年的鼎盛，赖雅多病，爱玲也还没有在美国站住脚。这孩子来得太不合时宜，注定与红尘无缘。后来，很多人都将这一往事归结为赖雅的错误。但我想这个决定更可能是张爱玲内心的主张。赖雅是迟疑的，因为他的生存条件决定了他必须迟疑。张爱玲是清醒的，她明确地将自己的使命定位于写作，而生孩子带孩子教育孩子的重任将严重影响她的写作，何况他们两人当时还都处于没房没钱没时间没亲人后盾的艰难处境中。

可以说，做出这个决定，他们是明智的。我无法想象，在那样的情况下他们有了一个孩子，生活该怎样继续下去，一直到赖雅去世，他们的生活从没有宽裕过。

那样的凄风苦雨，再有一个孩子，也许就是一种毁灭。

拿掉孩子的那一天，是赖雅陪着张爱玲一起去的。他站在门外一直没走。

“我没出去，”他说，“就在楼梯口，听见电梯上来，看见医生进去。刚才我去看看他们这里有些什么，看见这把斧头，就拿着，想着你要是有个什么，我杀了这狗娘养的。”

她听了有些感动，赖雅是爱她的。

1956年，8月14日，张爱玲和赖雅在纽约市政府公证结婚，正式结为夫妻。赖雅能带给张爱玲的惟一礼物——就是一个美国身份。

短短几个月的表现，让我们看到了一个重情重义的赖雅，虽然他一直以自由为生，但最后为了张爱玲他也愿意放弃自己曾经的生活方式。

但，我也不得不承认，张爱玲在这一段婚姻里受尽了苦难。虽然，这苦难，赖雅一点都不希望给她。然而，人祸可免，天灾难躲。她和胡兰成之间的悲剧是人祸，到了赖雅这里反而是天灾，但一样的不堪回首。

结婚仅仅两个月，1956 年，10 月 14 日，赖雅就又一次中风了，情状接近死亡。张爱玲精神高度紧张，几近崩溃。虽然早就做好了这样一天的到来，但真的到来时，张爱玲还是手足无措。

1956 年，12 月 19 日，赖雅的病复发，这次更严重，脸部麻痹，不能出声，在医院躺了四天。张爱玲十分惊惧，到过年时，反而是赖雅倒过来为张爱玲祈祷，再三向她保证他会活下去。

1957 年 9 月 30 日，联邦调查局派员来核查赖雅欠款一案，那天刚好是张爱玲三十八岁生日，赖雅急急地应付着，支走了那些人，希望能给张爱玲一个幸福快乐的生日。

之后，他们度过了相对平安的四年，直到 1961 年 10 月张爱玲为了写《少帅》能有更好的取材，离开美国飞到台湾和香港。那一天，赖雅以为张爱玲要永远地离开他，非常的绝望。

10 月底，在张爱玲畅游台湾的时候，赖雅再一次中风，在一家医院里昏迷过去，霏丝将父亲接到她家附近的医院后，打电话给张爱玲的美国朋友麦加锡，请他帮忙转告张爱玲赖雅的情况。

张爱玲立马写信给赖雅，说她已经了解情况，但此时，然而手里没有回程的路费，让他再忍耐一些时间，她凑够了钱立马回去。

后来赖雅的病情有了好转后，她当机立断，改变计划，提前飞往香港，开始她的赚钱计划——她要完成剧本《红楼梦》，赚回一笔稿费，以应付在美国的生活，以及为赖雅治病。然后这部作品是最为让她伤心的，她不眠不休地工作了几个月，却并没有赚到钱。

1962年3月18日，张爱玲回到赖雅身边，小别团聚的欢乐没有维持到六个月，赖雅就又小中风，两个月后才康复。

1962年，11月1日，赖雅因手术住进医院。12月31日，这一年的最后一天，赖雅在日记上写："死亡：沉重的重击，身体在发抖，睡眠或是闭眼，或已经是长眠了，而且不再醒来。"

然而，他终于熬了过去，他不忍心留下张爱玲一人在美国，孤苦伶仃。

1963年7月，赖雅散步时跌了一跤，再度卧床不起，之后又几度中风，终致瘫痪不起。

1964年，给张爱玲提供剧本写作来源的香港电懋公司出事，张爱玲和赖雅的生活就只能靠两人的一点版税（其中张爱玲的版税多数是来自台湾皇冠公司）和赖雅的社会福利金维持。

1966年9月，张爱玲到迈阿密大学担任驻校作家，将赖雅暂时安顿在霏丝家。后来因霏丝自顾无暇，张爱玲又花钱雇请两个黑人女邻居照料赖雅。不久，因邻居照料不周，张爱玲又将赖雅接到自己身边。

1967年4月，位于马州康桥的雷克德里芙大学对张爱玲发出邀请，张爱玲带着赖雅，来到康桥。

1967年10月8日，赖雅去世。那一年张爱玲四十七岁，赖雅七十六岁。此后张爱玲再也没有和另外一个人一起生活，一个人冠以赖雅夫人的名义，一直到去世。

赖雅遗嘱一切遗产留给张爱玲，其实应该也没有什么资产了。恐怕只有手稿、日记和书信了。

然而，无形的资产却有很多。她这一生几乎都是风雨飘摇，乱世造就了这样一个佳人。世不乱，人也就不佳了——但是世一直是乱的。只不过她独独钟情于她那时候的乱，例如“孤岛”的上海，纵有千般不是，于她亲，便样样入眼了。是的，她是上海“孤岛”废墟上生长出来的罂粟花，离开这个时空和土壤，不仅没有张爱玲的奇迹，恐怕连她本人也没有。柯灵说过：“张爱玲的文学生涯辉煌鼎盛的时期只有两年（1943—1945 年）是命中注定的；千载一时，过了这村，没有那店。幸与不幸，难说得很。”

然而去掉作家这个美丽的外衣，她也和寻常女人一样，期待最平凡不过的温暖。只是这温暖，孤独的上海没有给她，色彩斑斓的香港也没有给她，反而是异国他乡的美国，给了她一个平凡温暖的梦想。为她开启这个梦的便是赖雅。她的一生，辉煌那么多，所获得亲情却实在太少，而，赖雅给了她任何一个男人都不可能再给她的美好感情。

这感情里，一粥一饭都是张爱玲。爱玲这朵鲜花并没有插在牛粪上，相反，爱玲这朵鲜花，也惟有在赖雅这里，才真正被爱情所滋润。

炎樱说：“从没有见一个人那样痴爱一个人。”那个人是赖雅。

霏丝说：“他是痴爱着她。”那个人还是赖雅。只有赖雅，把爱玲真正地放在了心里，让她不再孤独地在水一方。两个人一起骑着单车，也比一个人开着宝马要幸福得多。有谁不渴望现世安稳的两个人的地久天长，有谁愿意守着一份孤独做遗世而独立的佳人。如有，也是无奈而为的举动。

虽然，张爱玲在后来的《小团圆》中提到赖雅的部分少之又少，在《对照记》中更是自动回避了赖雅。很多人猜测也许张爱玲是怨恨赖雅的，我想应该不会，她不提一是因为珍重，二是因为她不想被人指指点点，也不想赖雅被人指指点点。真正的感动是应该放在心里的。我愿意相信，在走完整个人生之后，她会把赖雅看得和她一样重。

她不愿意讲他们的往事，他们的故事也就渐渐地不为人知。好在赖雅有记日记的习惯。自从认识张爱玲之后，他的日记中就几乎满满的只有张爱玲。

初婚的生活中他这样写道：

1958 年

2 月 26 日

睡得好，节日，巴哈。霏丝的一封好信，给我们的。修理两个古董书桌抽屉拉柜，然后搬到我房间。修理，觉得自己好像补锅的人。暖和了，什么都不想做。才过一会儿，就像有两个魔咒在我身上，睡了，早些上床。

（注："我们"就是赖雅和张爱玲。霏丝是赖雅和前妻的女儿。）

2 月 27 日

银行柜台领支票，大日子，上教堂；面包店，买一两样东西而已，主要是在 Lloyd.& Roy's 店里买咖啡。图书馆里的杂志和报纸。来信有关爱玲妈妈的箱子和行李。同时解决掉鸡肉派，爱玲上床了，我完成修理沙发了，做噩梦，在床上溺水了，好冷。

2月28日

关了烤箱火。火速派了一个脏兮兮的男人去修，换了一条地下室的保险丝。家长日，一个人。爱玲跟我在下个不停的暴风雪中去找他们，面包店、杂货店、图书馆，还有外国资产。经过同意，进口她妈妈的中国凳子。真是很好相处的人。汉堡晚餐。11点以后上床。280元，是给我的，从英国寄来的。

9月1日星期二

睡得好冷。单人毯子够两人盖，一个人睡的话会冷。9点前把爱玲换到卧室；看来不错，声音清楚。温吞的老咖啡，核果、牛奶加麦片。爱玲起床了，活过来了，几近快乐。这个月有好的开始。开了张房租支票，再见了房租。气候温和舒适带点凉意。卷起。透过俗气的舌头。12点30分离家，购物：肉和其他。爱玲起床了，从上次以来又一个好觉。午餐：有牛排，玉米，意大利面疙瘩，现煮咖啡。很好。爱玲也要了一小杯咖啡。过了2点出门去，不知去哪儿。在舞台门口停了一下。躲起来。……很好，最便宜的地点，享受这地方吧！虽然……女孩们如此年少。跟她一起住的祖母很好，享受这背景就是全部的背景，真棒。事实上，一出道德剧里面却有极大的诱惑，带着看似美德的美德。它撕裂、扭曲、虐待、无意义、没有剧情。就是按照脑袋里东西演。从内在里反射出来的东西。寄信给福特基金会询问有关奖助金一事。6点前10分，背痛得让我皱眉。买日用品，回家，爱玲不在，走了。又在家，要寄信给福特基金会，又忘了。我忘了爱玲，没有信心。忘了我已试过了，换了衣服，休息，我们两个，爱玲，汤，我，麦片和咖啡。和爱玲在食物上下了点功夫。多半她喜欢我的小改变和小小嗜好。……爱玲帮我搓揉后背，带着对父亲的仰慕。真舒服。上床睡觉，她过会儿也睡了，今晚还是暖和。

现世安稳时他写下：

1961 年

1 月 30 日

7 点起床，一大壶咖啡，看书，9 点后出门，天空灰灰的，气温保持几近完美的状态。9 点 20 分准备躲起来写东西，12 点出门。6 点到家，8 点以后，肉、马铃薯、青豆、咖啡，爱玲穿好衣服出门散步去。长期居住在纽约可以宣告爱玲的成就，这就是她最后的愿望，对她来说是中国人的文明病。

爱玲按摩我的脚，我的脚需要看医生。祝你新年快乐，妈。

2 月 5 日星期三

12 点 30 分出门，回家，吵醒爱玲，多煮些咖啡，吃个小午餐，冲个澡。到 Kress 买意大利面食，点了培根，晚上有约。希拉蕊报道了爱玲的《秧歌》。

2点35分躲起来，写KR花了两小时，看报直到爱玲从眼科医院回来。雨中出门，回家，用了茶和蛋糕，爱玲准备好了，一起出门看中国新年游行，6点45分。

上上下下的人潮拥挤，不管毛毛细雨，好不容易占了个好位置靠近Sacramento，刚好游行队伍走近了。刚开始很好，有美国军人、水手、海军、海防部队，还有船，一起游行，很有精神。不过有一些脱离队伍演出的团体，整体看来变得有点不够完整。

非常大胆地扭曲了中国传统，小孩队伍、红包、长长的黑龙跟在后面，我就是不相信龙这回事的一个人。终于在热闹中结束了。我们顺着商业街往下走到Kerney，再到Portsmouth，游行又开始了，吹奏声、喇叭声……

肩膀紧缩了，挤在一个可以看到的地点，观赏夏威夷舞蹈、日本舞蹈和中国魔术，不同时代的中国影子，我终于可以把我的脚抬起来了。

爱玲跟我离开了，一路走回家，我还很讶异才11点呢。原本以为会到1点甚至2点，麦片是我要的，爱玲累坏了，恭——喜——发——财！

这些是赖雅在和张爱玲结婚后所写的一些日记，也许你和我一样不难发现，这里面全是关于张爱玲的。

“爱玲起床了，活过来了，几近快乐。这个月有好的开始。”——他是那样地看重她，她快不快乐他都记在心里，忧愁着她的忧愁。

她快乐，生活就是好的开始。

“爱玲不在，走了。”——她不在，他只觉得怅然若失，仿佛世界都要抛弃他，事实上爱玲就是他的世界。

“多半她喜欢我的小改变和小小嗜好。”——为迎合她的喜好，他愿意做出很多改变。

“爱玲上床了，我完成修理沙发了，做噩梦，在床上溺水了，好冷。”——他细致地能注意到她几时做的噩梦，随着她的寒冷而一起寒冷。

“爱玲帮我搓揉后背，带着对父亲的仰慕。真舒服。”——她给他搓背，给他爱，他是那样的开心。

“妈，新年快乐。”——这一句，我猜想，是赖雅代替爱玲向黄素琼的问好。他是了解她的，知道她一生最大的心结还是母亲。

而我在夜半时分看到这样的日记，是那样的感动。我也爱着我的那个他，从认识的第一天起，就记下了和他在一起的点点滴滴，每一篇日记，都像是在和他喃喃自语，虽然他听不到。四年，不知道积攒了多少个厚厚的本子。我无法想象十二年，对赖雅，一个多病的老人来说，是怎样的一个坚持，一个男子为了他深爱的女人，十二年写下了他一生可能都没有完成过的字数。那些字里，全都是细密的爱意。

所以，我想，我是理解赖雅的，他对爱玲的爱，像是我们年少时，那样无悔的付出。

过了，就再也不会有。也许我们应该庆幸，张爱玲能够遇到赖雅。没有他，她的一生即使再辉煌，也不过是苍凉。谢谢赖雅，让我们看到了那个温暖真实的张爱玲。谢谢赖雅，陪爱玲走过了那样一段不寂寞的人生。谢谢赖雅，唤回了张爱玲藏在心底从不向人表现的赤诚的爱恋。谢谢赖雅，让我们认识了一个不一样的张爱玲，因为他，我们才看到了张爱玲的端庄、单纯、坚韧、负责和善解人意。如果说，她的文学天才和认知能力让我们无限崇拜的话，那么，她在这场婚姻里所显现出来的为人品质更让我们万分敬仰。

张爱玲这样的女子，绝无仅有。看似自私，实则无私；看似无情，实则深情。她的爱情里，没有任何的功利。正是因为她的不现实，她才是那个临水照花人，无限的美好。

死生契阔，与子成说；执子之手，与子偕老。我想，那是他们最美好的爱情。曾经她说，如果我能活到白发苍苍的年纪，我将在炉边宁静的睡梦中，寻找早年我熟悉的，穿过绿色梅树林的小径。然后在那样雪花飘落的一年，她便认识了赖雅，虽然那条一起走过的小径，不是当年飘摇的上海城里那一片绿色的梅树林，然而纽约的空气里，也有着爱情的芬芳。

那一年，雪花飘满了头发，他牵着她的手，那样不疾不徐。她说：古老的“执子之手，与子偕老”就是这样的，这样的美丽无瑕。幽长的白雪覆盖的小路上，两对脚印绵延到看不见的远方，大雪静谧无声地飘扬，回首看他们的路，有一些隐隐约约，我在他们的爱情里，静下去，静下去……

小团圆

小团圆（回忆这东西若是有气味的话，那就是樟脑的香，甜而稳妥，像记得分明的快乐，甜而怅惘，像忘却了的忧愁。回忆不管是愉快还是不愉快，都有一种悲哀，虽然淡，她怕那滋味。她从来不自找伤感，实生活里有的是，不可避免的。）

夜里，冬天的风，透过窗纱静静地吹，屋里的风铃，叮叮咚咚奏出美妙的音乐。是大自然的声音，本来应该觉得欢快的，但，许是此刻笔下不停流淌的是如此忧伤的故事，所以心内有一种想流泪的冲动。

以前总听老人们说，人总要有未完成的梦想，有放不下的人。这样下辈子的时候，你才能继续追随他而去。如若成真，那么下一世，人海中相遇，请你再不要忘牵我的手。不要早一步，也不要晚一步。我只要在最美好的年华，遇到最美的你。

那样，我将不会再孤独。

母亲去世了，赖雅去世了，偌大的美国，洛杉矶宽阔的街道里，只剩下张爱玲一个人品味这世间的孤独喜乐。那一年，她四十八岁了，没有改嫁，没有想过再和任何一个人生活。

赖雅去世后，通往这个世界的最后一道门也被她无情地关闭了，她觉得自己已经不需要任何爱情了，爱情的悲伤绝望，爱情的甜蜜幸福，她都已经尝遍，此生，余下的漫漫长路，她将一个人来度过。此后，她也只有一个名字爱玲·赖雅。那是她对他所给予的爱的最好回报。

如果年轻时候的爱，给了胡兰成，那么此后，她将只给赖雅，虽然爱有千般苦，但此心只向一人。

如果爱情是饮鸩止渴，那她宁可死在赖雅的爱情里。

时光一眨眼，已经是三月份，又回到她和赖雅认识的岁月。日子快得禁不住自己小小的一个犹豫。要用多久眼泪才可以流下来，要用多久她才有勇气重新整理思绪，写下那些故事。那些故事里，他们终于回归，以不同的方式和风采。

那一年碧水青天，半江瑟瑟半江红。是谁在水中央低吟浅唱，唱着那首动听的歌。微风轻轻地吹，一片芦苇荡漾，漫天芦花纷飞。

在古老的经典里，时间始终是个谜团。

在张爱玲的故事里，这一刻是花团锦簇，姹紫嫣红，下一刻是孤星冷月，人去楼空。曾几何时人面桃花，暗香浮动，只换来剪不断，理还乱，一场没来由的小团圆，转眼成空，又势必会成真。

至少在张爱玲的《小团圆》里，那些曾经熟悉的面孔终于再一次团圆了。

有人说，张爱玲的《小团圆》的名字采取的是张爱玲一贯的反讽方式，说团圆，其实是因为不团圆。但这一次，我觉得《小团圆》未必全是反讽。那个名字里还有她的期望。从没有一部书，爱玲的书，可以出现这么多传奇人物，而这些人物几乎全是她的亲人朋友，是和她有过爱的交集的所有人。

在《小团圆》里，爱玲重新活了一次。她就是九莉，而那些陌生的名字里有她的父母亲，还有她已经觉得快要忘记了的胡兰成、桑弧，还有笑起来甜甜的炎樱，还有太多太多……

她已经多久没有和这些人说过话了，她自己都恍惚了。这些年在洛杉矶，她都是一个人生活，搬了无数次家，身边真正能见面的人不多，也只是给林式同写写信，让他帮忙找房子，或者给宋淇和邝文美写信。其他的交流几乎都没有了。

1968 年的世界，欧洲、美国，还有她的祖国，都不太平静，到处是轰轰烈烈的。但是对张爱玲来说，这一切，都很遥远。她开始走入内心。虽然赖雅走了以后她仍在写作，却不再描述对于凡俗生活的那种兴致勃勃，也不再感叹人世有多少与生俱来的苍凉。

除了修改旧作，她主要的精力，是放在翻译《海上花列传》和写作《红楼梦魇》上。那种两千年的旧厦即将崩塌之时的氛围，对她来说，有特殊的魅力。她像是一座孤岛，隐匿在闹市之中，却从没有人能发现她。

她开始自己发掘自己。

在《小团圆》中，故事以她在香港大学读书的一段时光开始，也许她还是最怀念那样的青葱时光，毕竟年轻的时候，只有那短暂的几年，像花一样，每一段青春都有花期，张爱玲这样的女子，历经沧桑，她的青春也许只有昙花一现，怎能不珍重，怎能不怀念。

顺着她铺就的青石板往前走，那些从前的日子一个一个都回了头。他们站在时光的尽头，等着爱玲回家。

在那条青石板路上，和母亲一起走过的岁月是最多的。她出现在张爱玲的每一段故事里，童年的时候，有她年轻的容貌；读书的时候，有她相陪的记忆，有母女俩爱恨交织的回忆；恋爱的时候，有她冷静的审视和霸道的视察。

写着，写着，她的眼泪就要落下来。一直到了自己的五六十岁，她才能放下对母亲的恨，渐渐看明白母亲的爱，那迟来的爱，也许让爱玲有些许的悔恨。

她说自己是最不愿意回忆的人，因为回忆不管是好是坏，总是忧伤的。而胡兰成偏偏就出现在她的回忆里，怎么能不出现呢？如果连这一段回忆也掐掉的话，她的人生可能连惟一的绽放也失去了。

尽管她也恨，我们也恨，但谁又能否认，爱玲曾为他绽放过呢。而且，可能是惟一的一次完全的绽放。

此刻，写着这些文字，爱玲觉得自己又有了绽放的力量。在那一点点开放的花朵中，他们又一次团圆了。他给她的恣意的快乐，他给她的绝望的伤害，那些年，胡兰成就像一朵罂粟花，她不知道为何就迷恋上了他。

那么多年，她从想不起他，但她知道自己没有忘记。后来他们天各一方，都已经是老态龙钟，胡兰成在一次讲完课之后，回到家心脏病发，猝然离世。

1953 年父亲去世，1957 年母亲离世，1967 年赖雅去世，1981 年胡兰成离世，曾经她生命中最重要的四个人带着属于她的盛年锦时轰轰烈烈一去不复返。

赖雅走后，她的《怨女》在台湾出版，又一次掀起了一阵张热。台湾皇冠出版社的老板平鑫涛非常崇拜张爱玲，从高中时期就开始喜欢张爱玲的文章，其中一些好的篇章都能熟记于心。很有意思的是，平鑫涛先生不是别人，恰恰是台湾鼎鼎大名的言情小说家琼瑶的丈夫。1965 年，他在宋淇的引荐下认识了张爱玲，得知自己可以为张爱玲出版书籍，非常开心。《怨女》就是他们的第一次合作，这一合作就是三十多年，之后，张爱玲所有的版权都由皇冠出版社来打理。

《怨女》一出版就引起了非常大的轰动，引起了惊奇的“台湾纸贵”现象，皇冠出版社于是趁热打铁，又接连出版了《秧歌》、《张爱玲短篇小说集》、《流言》(1968)、《半生缘》(1969)。几年后，又将《连环套》挖掘出来，与《创世纪》、《忆胡适之》、《天才梦》等结集为《张看》(1976)出版。

而这，显然对张爱玲晚年的生活非常有影响，让她在离开赖雅，孤身一人之后，也有了可靠的经济上的保障。她晚年的生活，虽然寂寞了些，但不至于飘零，不至于凄惨。

从皇冠拿到的版税，自此就成为张爱玲的主要经济来源。这成为张爱玲晚年得以平静生活的保障。

张爱玲对此非常感激，她后来在给夏志清的信上说：“我一向对出版人惟一的要求是商业道德，这些年来皇冠每半年版税有两千美元，有时候加倍，是我惟一的固定收入……”

而平鑫涛对张爱玲也极为尊重，但凡涉及到张爱玲的事情都会倍加留心一些，虽然他们两人几乎没有见过，但却维系了三十年的友谊。

1969年，张爱玲也做过别的工作，在夏志清和庄信正的推荐下，加州伯克利大学主持“中国研究中心”的陈世骧教授，给她发函，请她去担任高级研究员。

然而，两年之后，因为始终觉得这个工作的不合时宜，她还是离开了。自此后，她的世界更为封闭。

1975年，她不想再写以前那些老的故事了。她开始创作一部全新的小说《小团圆》，这部书被宋以朗称为自传体小说，后来，人们在研究之后，一一对照，几乎书中的人物都找到了原型，而书中那些惊世骇俗的故事，则是以前人们一无所知的。

如果你能拨开张爱玲人为设置的文字迷宫与细节障碍，细细品读她的故事，便会通过《小团圆》看到一个最真实、最扭曲、最自卑、最骄傲、最疏离、最痴傻、最可悲，亦是最纯挚的张爱玲，对母亲至死不休的恨、对胡兰成卑贱已极的绝望之爱、对至亲好友枕边伴侣人情世故的极端敏感阴郁排斥绝望、对"万转千回、完全幻灭"了的爱情的不死心的苦苦徒留……

自传式小说中的各个人物虽尽是化名，但全盘照搬作者本人、亲眷、挚友、恋人等大大小小近百人的真实经历的描写，令明眼人立时便能看出女主角"九莉"即张爱玲本人，"邵之雍"即为胡兰成，"蕊秋"与"楚娣"即为张爱玲的妈妈及姑姑，"比比"即为爱玲在香港读书时的好友炎樱，"燕山"即为爱玲在胡兰成之后的恋人桑弧导演，"荀桦"即著名作家柯灵，还有张爱玲的好友、另一位文坛才女苏青，以及胡兰成的诸多"民国女子"一一对应的各路声色人物……

我想她对《小团圆》是富有极深的感情的。那种状态并不仅仅是创作，而是一种沉醉，沉醉在往事里，不知如何自拔。她写信给宋淇，说《小团圆》越写越长，本来应该结束的，现在却连一半也没有了。她对文字一向有那样惊天动地的掌控能力，这一次，她自己却无法掌控她的回忆。

我甚至有点难以想象，一个孤独的老人，一个人趴在书桌上，就着阳光，借着月色，写着年少时，那些不堪回首的往事，身边，一个可以说话的人也没有，一个可以给她温暖的人也没有，那样冰冷的故事，她一个人回忆了小半生。

那情景，让我觉得心酸也心疼，她本来完全不用经历这种痛苦，然而她还是偏执地写下去，也许她已经习惯了孤独，也许，她享受这样的清静，但我更愿意相信，她也是渴望团圆的。

因此，就用最朴素的方式接受《小团圆》吧，韶华老去的张爱玲其实已经没什么野心，前前后后出场的近百个人物，既是一次小说的团圆，也是一次历史的团圆，而在张爱玲的历史中来来往往的那些现实人物，也在她的回忆里完成最后的见面。

这样的一个小说，张爱玲用了她晚年所有的时间。写完给宋淇夫妇看，然后修改。再看，再修改，她竟然用了将近二十年的时间，甚至，到最后，她也没有完成《小团圆》的全部创作。

可不可以这样理解，余生张爱玲是靠着回忆来度过的。像她自己说过的那样：在四面楚歌里，她需要一点点温暖的回忆，那是她的生命。

在《小团圆》第一稿刚刚完成的时候，宋淇曾写信告诉张爱玲，希望她能改掉一些故事，比如邵之雍的身份和他的结局，然而，多年后，我们再看到《小团圆》，却完全没有宋淇提供的情节，甚至连自己的生日，张爱玲都懒得虚构。我想，她是不愿意改的，她是如此的忠于自我、难甩天真，《小团圆》就是她的自救余生之作，所以至死未尽，她要依靠它而活，如果连这些回忆也没有了，她也就没有了。所以哪怕不见天日，她也只求能对得起自己。回忆里的那些人是什么样，就是什么样，改变了他们，也就改变了自己的人生，哪怕这人生她并不满意，她也不会否定自己的人生。

这些故事中的人们最终也没有完满地在一起。也许朝花夕拾，暮鼓晨钟，是生命无常带来的欢欣与寂寞。也许花好月圆，天长地久往往总是叹息。

故事的最后她做了一个痴美的梦：艳俗得像着了色的风景明信片，青山上红棕色的小木屋，映着碧蓝的天，阳光下满地树影摇晃着，有好几个小孩在松林中出没，都是她的。胡兰成出现了，微笑着把她往木屋里拉。非常可笑，她忽然羞涩起来，两人的手臂拉成一条直线，就在这时候她醒了。二十年前的影片，二十年前的人。她醒来快乐了很久很久。

良辰美景奈何天，赏心乐事谁家院。叹息归叹息，唏嘘归唏嘘。但那样的美梦始终是绚烂的，梦里，她不想失去的孩子，她不想失去的胡兰成都回来了，如果连美梦都不能海枯石烂，还有什么可以经久不衰。和张爱玲一样，我也快乐了很久很久，哪怕只有一瞬，我也宁愿沉醉在这绚烂的一瞬。

其实，悲凉的结局却也不一定都是悲凉的心事。穿越历史的尘埃，当往事里的人，一个一个走进自己的梦境中，我开始感动她的痴爱与天真，没有爱过的人生不是人生，没有经历的岁月不是岁月。悲剧结尾的故事不一定只剩下绝望和死亡在心里，曾经的交汇让人感觉夜莺的歌声有如天籁，让云霞下溪水的细流有了粉色的意义，让时光在记忆里留下安静祥和的片段……

合上书，那些陈旧的故事和梦境的绚烂所组成的秀美的画面已变成永恒的惋惜，挥之不去，冷冰冰而生生地撬开我的心灵，让它感受到绝望的美，却也多了些期盼。

“愿言配德兮，携手相将。”哪怕爱情和等待可能一样无望。

但我们相信，总有一天会看到下一个天亮，总有一天我们都会等到那个小团圆。

1995 年 9 月 8 日，中秋节的前一天（她这一生好像和月亮共进退，出生在中秋节后的第四天，又逝世于中秋节的前一天），一直照顾她的林式同接到电话。电话里房东告诉他，说张爱玲逝世了。林式同赶到的时候，看见张爱玲躺在房间里惟一的一张靠墙的行军床上，身穿一件赭红色的旗袍。四十三年了，她始终没有忘记那个遥远的东方，她合上了眼，神态安详，表情平静。1995 年 9 月 19 日，张爱玲的遗体在洛杉矶惠捷尔市玫瑰岗墓园火化，没有举行任何仪式，到场的只有林式同和其他几位在美的友人。9 月 30 日，她的“七十六岁冥诞”。在这一天，她的骨灰，由林式同和其他友人，乘船护送至海上。

遵照爱玲的遗嘱，林式同将她所有的遗产寄给了远在香港的宋淇夫妇，将她的骨灰撒在无人居住的地方。

船笛长鸣声，声音悲悲戚戚，飘荡在海面上，唱着哀婉的歌，朋友们将她的骨灰撒向了太平洋，同时撒下了她爱的红白玫瑰花瓣。花瓣飘飘扬扬，带着她青春的回忆，带着她一生的荣耀，带着那再不复相见的悲欢离合，爱玲永远地离去了，她的灵魂飘荡在浩大的太平洋上，也好，循着这条路，她一定能辨别回家的方向。那个她做了很久很久的梦，终于可以实现了。人生总有小团圆。

三十年前的月亮早已沉下去，三十年前的人也死了，然而三十年前的故事还没完——完不了。

附录一

张爱玲经典书信

（日子过得真快，尤其对于中年以后的人，十年八年都好像是指缝间的事。可是对于年轻人，三年五载就可以是一生一世。）

张爱玲给胡兰成

1947年5月

我已经很不喜欢你了。你是早已不喜欢我了的。这次的决心，我是经过一年半的长时间考虑的，彼时惟以小吉故，不欲增加你的困难。你不要来寻我，即或写信来，我亦是不看的了。

1958年

兰成：

手边如有《战难和亦不易》、《文明的传统》等书（《山河岁月》除外），能否暂借数月作参考，请寄。

1958年12月27日

兰成：

你的信和书都收到了，非常感谢。我不想写信，请你原谅。我因为实在无法找到你的旧作作参考，所以冒失地向你借，如果使你误会，我是真的觉得抱歉。《今生今世》下卷出版的时候，你若是不感到不快，请寄一本给我。我在这里预先道谢，不另写信了。

爱玲

12月27日

张爱玲给赖雅

一

……收到你的新年来信，还有从Beaver Fall退回来的寄给霏丝的第一封信，上面的邮戳是12月4日。如果重寄要花两块港币的邮费和一趟巴士的车费，所以我决定自己带回去给她。我很确定你的假期是如何度过的，你平常穿的衬衫是什么颜色？替你和杰瑞米高兴……先寄这封信以免你担心，甜心，爱你，期望3月初能回到你身边，如果能赶上2月30日的班机的话。你还疼吗？告诉霏丝，我爱她。

二

你的来信加上那张蓝图真让我开心，那就是我真心想要的家。……你可以维持到3月20日吗？……一想到我们的小公寓，我心里就深感安慰，请把钱花在持久性的用品上，不要浪费在消耗品上，如果你为了我去买些用品，我会生气的，不过，一个二手的柳橙榨汁机不在内……甜心，快乐些，吃好点，健康点，很高兴你觉得温暖，我可以看到你坐在乔家壁炉前的地上，像只巨大的玩具熊。附上我全部的爱给你。

三

……我说我会在2月30日回来（就是3月2日，2月没有30日，你大概不知道吧），后又改成3月16日，是因为要多赚800美元——我称它为“有回报的两周”。我工作了几个月，像只狗一样，却没拿到一分酬劳，那是因为一边等一边修改的缘故，为了省时间，许多剧本会在最后一分钟完成……我真为你感到骄傲，能找到这么适合、这么便宜的公寓，真惊讶你是怎么做到的。我从来不认为你是浪费的，却逼你只能买家用品，你的弱点加上我小小的恨意。目前请不要对我超级敏感，在任何情况下不要寄钱给我。……

四

你可以给我的最好的，就是在我身边陪伴我，帮我，或给我一二百美元来平静我的心灵……甜心，你不用说我都知道，你跟我一样对未来觉得茫然……

五

……昨天去航空公司付了部分的机票钱，今天旅行社捎信告知我退款已经下来了，一切都处理好了，所以甜心，请你写信来，你知道吗？当我在黑暗中孤独地徘徊在阳台上时，心中不禁猜想你是否知道我的处境、我的心情，顿时觉得在这个世上我可以投向谁。爱你。

张爱玲给邝文美

“自从认识你以来，你的友情是我的生活的core（核心）。我绝对没有那样的妄想，以为还会结交到像你这样的朋友，无论走到天涯海角也再没有这样的人。”（张爱玲1955年10月25日致邝文美）

“你们的姻缘是世上少有的，因为两人都这样敏感，中间没有一点呆钝与庸俗作为shock absorbent（缓冲），竟能相处得

这样好。当然这是因为你是太理想的贤妻，但是有贤妻也不一定是好姻缘。”（1956 年 3 月 19 日致邝文美）

“我想到你们的时候，毫无意见，仅只是你们的影子在眼前掠过，每天总有一两次。”（张爱玲 1956 年 11 月 16 日致邝文美）

“任何深的关系都使人 vulnerable（容易受伤），在命运之前感到自己完全渺小无助。我觉得没有宗教或其他 system（思想体系）的凭借而能够禁受这个，才是人的伟大。”（张爱玲 1959 年 3 月 16 日致邝文美）

“如果能够天天和你谈一个钟头，可以胜过心理治疗。”（1959 年 8 月 9 日致邝文美）

“我对女人有偏见，事实是如果没遇见你，在书上看到一定以为是理想化的画像。”（1976 年 1 月 25 日致邝文美）

“没人知道你们关系之深。两人刚巧都是真独一无二的，each in your own way, & complement each other（性格各异而又互相补足），所以像连体婴一样。我旁观都心悸。你们真是天造地设的一对，打造也没有那么巧。他稍为有点锋芒太露，你却那么敦厚温婉，正好互相陪衬，互相平衡。”（1993 年 10 月 17 日致邝文美）

附录二 张爱玲年表及创作年表

1920年9月30日，张爱玲出生于上海。祖籍河北丰润，乳名张煐，十岁时改为张爱玲。

祖父张佩纶，祖母李菊耦，李鸿章长女。父亲张志沂，字庭重，张佩纶的小儿子。母亲黄素琼，后改名为黄逸梵。两任丈夫分别是胡兰成和美国作家费迪南·赖雅。姑姑张茂渊，弟弟张子静。

1921年

周岁抓周，弟弟张子静出生。

1922年

随父母迁到天津法租界张家旧宅住。也到北京去过。

1925年

母亲黄逸梵与姑母张茂渊结伴出国留学。

1929年

全家由天津乘船迁往上海。姑姑与母亲留学归来。

1930年

春，父亲病好后，不思悔改，依旧吃喝嫖赌，父母两人激烈争吵。终于协议离婚。

夏秋，张爱玲进入上海黄氏小学，正式更名为张爱玲。同年，黄素琼再度奔赴法国。

1932年

秋，进入圣玛利亚女校初中。刚升入初一，即发表短篇小说《不幸的她》，刊于1932年圣玛利亚女校年刊《凤藻》第12期。这是迄今发现的张爱玲最早公开发表的作品。

1934年

夏，升入圣玛利亚女校高中。

1937年

夏，从圣玛利亚女校毕业。

母亲黄素琼为她出国留学的事从法国归来。张爱玲向父亲提出到英国留学的请求，被父亲拒绝，并因为和继母的过节，被父亲关押。

1938年

旧历年前，乘家人不注意，逃出父亲家中，与母亲住一起。母亲为她聘请英国教师辅导，准备报考伦敦大学。

1939年

以远东考区第一名的成绩考入英国伦敦大学，因欧洲第二次世界大战的全面爆发，改入香港大学读书，母亲黄素琼也于这一年移居新加坡。

同年，上海《西风》杂志举行三周年纪念征文“我的……”为题。张爱玲写了《我的天才梦》应征，并一举获得特别荣誉奖。

1940年

在香港大学认识了同学炎樱。炎樱，锡兰人，原名莫黛

(Fatima)，又改为獏黛，獏梦，张爱玲替她取名炎樱，与炎樱成为终身的朋友。

1942 年

香港沦陷，香港大学停课，张爱玲未毕业即在同年下半年和炎樱一起回到上海。

后与炎樱、弟弟张子静一同考入上海圣约翰大学。

1943 年

从圣约翰大学辍学，靠文字为生。文章先后在英文《泰晤士报》及上海德国人克劳斯·梅涅特主编的英文月刊《二十世纪》上发表文章。

1 月，《中国人的生活与服装》，载《二十世纪》4 卷 1 期。后改名为《更衣记》。

5 月，发表“Wife，Vamp，Child ”《妻子·狐狸精·孩子》，载《二十世纪》4 卷 5 期。后以中文改写，名为《借银灯》。

6 月，发表散文《还活着》，载《二十世纪》4 卷 6 期。后改名为《洋人看京戏及其他》。

7 月，发表无题影评，载《二十世纪》5 卷 1 期。

10 月，发表无题影评，评电影《万紫千红》和《迎春燕》，载《二十世纪》5 卷 4 期。

11 月，发表影评《中国的家庭教育》。此文后以中文改写为《银宫就学记》。

12 月，发表散文“Demons and Fairis ”《妖魔与神仙》。此文后以中文改写，题为《中国人的宗教》。

同年，《紫罗兰》杂志连载中篇小说《沉香屑：第一炉香》、《沉香屑：第二炉香》；

《杂志》月刊刊载《茉莉香片》、《到底是上海人》、《倾城之恋》、《金锁记》；

《万象》月刊刊载《心经》、《琉璃瓦》；

《天地》月刊刊载《散戏》、《封锁》、《公寓生活记趣》；

《古今》月刊刊载《洋人看京戏及其他》、《更衣记》。

1944 年

2 月，张爱玲与胡兰成相识并恋爱。8 月，《传奇》出版，与胡兰成结婚，签订终身，结为夫妇，愿使岁月静好，现世安稳。旁有炎樱为媒证。

11 月，胡兰成到武汉接办日伪刊物《大楚报》后，又与汉阳医院一位护士周训德关系暧昧，瞒着张爱玲，年底与这位护士又结了婚。

12 月，《流言》出版。

1945 年

话剧《倾城之恋》在上海公演。

8 月 15 日，日本天皇宣布无条件投降。9 月 2 日在投降仪式上签字。之后，汉奸胡兰成遭通缉，化名张嘉仪潜逃。

1946 年

2 月，胡兰成为躲避通缉，隐匿于杭州温州一带，与一村妇范秀美同居。张爱玲到这里探望胡兰成，发生争吵，返回上海。

1947 年

4 月，电影《不了情》上映。桑弧导演，张爱玲编剧。刘琼、陈燕燕主演。大获成功。

6 月 10 日，给胡兰成写诀别信，两人离婚。

12月，《太太万岁》在全上海皇后、金城、金都、国际四大影院同时公映。桑弧导演，张爱玲编剧。

1950年

7月，参加上海召开的第一次文学艺术界代表大会。

1951年

参加中国旅行社办的临时观光团体，到杭州去过一次。

1952年

11月，以香港大学复学入读的名义奔赴香港，先寄居于香港女青年会，为美国新闻署香港新闻处做翻译，认识美新处处长麦加锡夫妇，以及居住在香港的宋淇夫妇。

1954年

父亲张志沂去世。

1955年

秋，移居美国。

经炎樱介绍，住在纽约救世军办的职业女子宿舍。到纽约后，11月即与炎樱一道拜访胡适，后自己又单独拜访一次。

11月底，胡适又到职业女子宿舍来看她，这是她与胡适见的最后一面。

1956年

2月，获得爱德华·麦克道威尔（Edward MacDowell Colony）写作奖金，入住麦克道威尔文艺营，结识了第二任丈夫美国作家费迪南·赖雅（Ferdinand Reyher）。

7月，发现自己怀孕。

8月，张爱玲与赖雅在纽约结婚。

同年，电影剧本《情场如战场》开始摄制。

1957年

母亲黄素琼在英国伦敦去世，张爱玲为此大病一场。

1958年

与赖雅移居波士顿。

1961年

10月13日，为创作剧本《红楼梦》赴香港。取道台湾，由麦加锡安排与台湾大学的青年作家白先勇、王文兴、欧阳子、陈若曦、王祯和等会面畅谈。

1962年

年初，回美国，与丈夫移居华盛顿。

10月，剧本《南北一家亲》在香港上映。

1963年

10月，剧本《小儿女》在香港首映。

1967年

在迈阿密大学做过短期的驻校作家。

同年10月，赖雅去世。

1969年

由夏志清推荐，移居美国西海岸柏克莱城，进入加利福尼亚大学柏克莱分校陈世骧主持的中国研究中心任研究员，为期两年。

1973年

秋，张爱玲移居洛杉矶。

1981年

张爱玲的姑姑张茂渊与李开弟在上海结婚，张爱玲80年代作品在大陆的版权交由李开弟代理。

1991年

6月，姑姑张茂渊在上海去世。

1992年

2月14日，在律师处签下遗嘱两项：一、所有的私人物品留交香港的宋淇夫妇：二、不举行任何葬礼，将遗体火化，骨灰撒到任何空旷的地方。

1993年

11月，《对照记》图文在《皇冠》杂志连载。

1994年

9月，获台湾第十七届时报文学奖“特别成就奖”。

1995年

9月8日，张爱玲在洛杉矶10911 Rochester Ave公寓去世，死后几天，被房东发现。9月19日遗体火化。9月30日，生前好友美籍华人夏志清、张错、林式同、张信生、高全之等在加州玫瑰岗墓园为她举行了追悼会。追悼会后，骨灰被撒入太平洋。

至此，她轰轰烈烈的一生结束。

小　说

《牛》，上海圣玛利亚女校《国光》创刊号，1936年。

《霸王别姬》，《国光》第九期，1937年。

《沉香屑：第一炉香》，上海《紫罗兰》杂志，1943年5月，收入《传奇》。

《沉香屑：第二炉香》，上海《紫罗兰》杂志，1943年6月，收入《传奇》。

《茉莉香片》，上海《杂志》月刊第11卷4期，1943年7月，收入《传奇》。

《心经》，上海《万象》月刊第2—3期，1943年8月，收入《传奇》。

《倾城之恋》，《杂志》第11卷6—7期，1943年9—10月，收入《传奇》。

《琉璃瓦》，《万象》第5期，1943年11月，收入《传奇》。

《金锁记》，《杂志》第12卷2期，1943年11—12月，收入《传奇》。

《封锁》，上海《天地》月刊第2期，1943年11月，收入《传奇》。

《连环套》，《万象》7—10期，1944年1—6月，收入《张看》。

《年轻的时候》，《杂志》第12卷5期，1944年2月，收入《传奇》。

《花凋》，《杂志》第12卷6期，1944年3月，收入《传奇》。

《红玫瑰与白玫瑰》，《杂志》第13卷2—4期，1944年5—7月，收入《传奇》。

《殷宝滟送花楼会》，《杂志》第14卷2期，1944年11月，收入《惘然记》。

《等》，《杂志》第14卷3期，1944年12月，收入《传奇》。

《桂花蒸　阿小悲秋》，上海《苦竹》月刊第2期，1944年12月，收入《传奇》。

《留情》，《杂志》第14卷5期，1945年2月，收入《传奇》。

《创世纪》，《杂志》第14卷6期，第15卷1、3期，1945年3—6月，收入《张看》。

《鸿鸾禧》，发表刊物及年月不详，收入《传奇》。

《多少恨》，上海《大家》月刊第2—3期，1947年5—6月，收入《惘然记》，台湾皇冠出版社，1983年6月。

《小艾》，上海《亦报》，1950年连载，江苏文艺出版社，1987年7月。

《十八春》，上海《亦报》连载，1951年出单行本。

《秧歌》，香港《今日世界》月刊，1954年。

《赤地之恋》，香港《今日世界》，1954年。

《五四遗事》，台北《文学》杂志，1957年，收入《惘然记》。

《怨女》，香港《星岛晚报》连载，1966年，台北皇冠出版社出版，1968年。

《半生缘》，1968年，先在台湾《皇冠》杂志刊出，后改名为《惘然记》，收入《惘然记》。

《相见欢》，收入《惘然记》。

《色·戒》，台湾《中国时报·人间副刊》，1979年，收入《惘然记》。

《浮花浪蕊》，收入《惘然记》，1983年。

《同学少年都不贱》，2004年2月台湾皇冠出版社出版

《小团圆》，2009年4月台湾皇冠出版社出版。

《易经》，2009年4月台湾皇冠出版社出版。

《雷峰塔》，2010年6月台湾皇冠出版社出版。

电影剧本

《不了情》，1947 年。与桑弧合作。

《太太万岁》，1947 年。与桑弧合作。

《情场如戏场》（改编），1956 年摄制，收入《惘然记》。

《小儿女》，1963 年 10 月摄制。

《魂归离恨天》，1965 年创作，这也是张爱玲的最后一个剧本。

学术论著

《红楼梦魇》，台湾皇冠出版社，1976 年。

《〈海上花列传〉评注》，台湾《皇冠》杂志刊出，1981 年。

译　文

《海上花列传》（汉译英）。

《美国现代七大小说家》（与人合译，英译汉），读书 · 生活 · 新知三联书店，1988 年。